Sibirische Märchen, Mythen und Legenden

gesammelt und bearbeitet von

Michail Oscharow

aus dem Russischen von
Erich Liaunigg

Sibirische Märchen, Mythen und Legenden
Gesammelt und bearbeitet von Michail Oscharow
Aus dem Russischen von Erich Liaunigg
Titel der Originalausgabe: Северные Сказки (Sewernyje Skaski)

Erich Liaunigg
Krottenbachstraße 3/2/3
1190 Wien
Österreich
E-Mail: info@edition-liaunigg.at
Internet: http://www.edition-liaunigg.at
Illustrationen: Igor Bartschukow
Lektorat: Sigrid Strauß
Druck: GEMI s.r.o. Prag
Printed in Czech Republic
ISBN: 978-3-902712-09-7

Inhalt

MÄRCHEN DER EWENKEN

Wie der Wolf die Frauen betrog 9
Der Kraftmensch und der Leim 11
Der Wolf und der Fuchs 12
Der Hasenschamane 14
Der Riese Mani und Choglen 15
Der Bär und der Tannenhäher 16
Das Mammut und die Schlange Tschjabdar 17
Die Tauchente 18
Wo der Ewenke die erste Frau fand 18
Die Maus und der Pfeifhase 19
Warum der Bär an den Pfoten keine Daumen hat 20
Wie dic Menschen zu den Läusen kamen 20
Mani 21
Warum die Menschen mit dem Schamanentum begannen 24
Der Elch Choglen 24
Der dumme und der kluge Bruder 25
Der Wald über den Felsen 27
Agdy, der Donner 28
Die zwei Schlangen 30
Turga 32
Die Füchsin und der Bär 33
Der Frosch 33
Warum die Ewenken Rentiere haben und die Ostjaken nicht 34
Die wundersame Suppenkelle 35
Der Vielfraß und der Fuchs 36
Warum das Burunduk auf dem Rücken dunkle Streifen hat 39
Makedonma 39
Der Specht 41
Wie der Jäger den Fuchs überlistete 42
Der Auerhahn und der Birkhahn 42
Warum die Rotaugen rote Augen haben 44
Der Fuchs und die Aalquappe 44
Bojaty 46
Woher der erste Bär kam 48
Christus und der Teufel Kingit 50
Der Fuchs 51
Die Menschen mit den tropfenden Nasen 52

Das Haselhuhn 53
Sonne, Mond und Sterne 53
Tanina und der Bär 55
Die Sterne und die Mäuse 57

MÄRCHEN DER DOLGANEN

Moskirys und Unkawil 61
Der Wolf 67
Der Bär und der Elch 70
Der Teufelsfluss 72
Der Fuchs und die Eule 72
Die Morgenröte 75
Kunatschschi 78
Das Rebhuhn und der Hecht 91

MÄRCHEN DER OSTJAKEN

Pjunekese 95
Itschekotschko und die Kinder des Teufels 97
Nemol-Porkira 101
Der Schamane 102
Palna 103
Sonne und Mond 105
Die Maus 109
Chasynget und die Biber 112
Die Stiefmutter 114
Das Vöglein und der Maulwurf 116
Funa und Fyrgynja 120
Der Auerhahn und der Hase 123
Die Hündin Tenyn 124
Die Maus und der Bär 125
Der Fischer und die Teufelin 126
Itschekotschko 130
Chasynget und der Teufel 135
Die gezeichnete Aalquappe 138
Der Auerhahn, die Ente und die Gans 140
Alba 141
Das Zwergenvöglein 146
Der Frosch und das Hermelin 148
Chasymatschaka 151
Yjynbolba 154

Oses 156
Die Angeber 160
Das Bärenohr 162
Tuta und Erulja 163
Wie die Farbe auf die Erde kam 166
Das Bärenkraut 166
Warum die Ostjaken keine Rentiere haben 168
Der Teufelssee 168
Die alte Teufelin 171
Tnej 173
Die ungeliebte Ehefrau 176
Itschekotschko und der Teufel 179

MÄRCHEN DER NENZEN

Bagare 187
Der Polarfuchs und der Hase 188
Der Krieg der Maus 189
Kotura 193
Ulasny 202
Wie die Götter auf die Erde kamen 203
Die Spinne 206
Der Schwan 208
Der Polarfuchs 209
Der Hundesee 209
Der Taimyrsee 211
Das Rentier und der Stör 213

MÄRCHEN DER JURAKEN

Der Fuchs 217
Der Wolfsmensch 222
Nenjag 228
Wawale 234
Togei-Pani 238
Lesja 244

Nachwort 260
Glossar 262

MÄRCHEN DER EWENKEN

Wie der Wolf die Frauen betrog

Der Wolf hatte erfahren, dass die Frauen ohne Männer allein im Zelt waren, und kam zu ihnen. Die Frauen sengten über dem Feuer ein weiches Rentiergeweih ab und aßen es. Der Fuchs sah das und begann zu lachen.

»Weshalb esst ihr Knochen? Warum esst ihr nicht einen köstlichen Fisch?«

»Das würden wir, doch wir haben keine Fische. Woher sollten wir sie nehmen?«

»Ha! Ich kenne da ein Flüsschen, das ist voll von Fischen. Kommt ihr mit mir?«

»Gehen wir, gehen wir!«, riefen die Frauen erfreut.

»Gut«, sagte der Fuchs, »ich führe euch zu den Fischen. Nur, habt ihr auch Mehl?«

»Wozu, Fuchs, brauchst du denn das Mehl?«

»Ja ohne Mehl kann man im Fluss schwer Fische fangen. Wollt ihr euch Fische verschaffen, dann nehmt einen Sack mit Mehl, legt ihn in euer Boot und dann fahren wir schnell.«

Der Fuchs drängte die Frauen dazu, vom Zelt wegzufahren, bevor die Männer zurückkämen.

Die Frauen nahmen den letzten Sack Mehl, setzten den Fuchs zu sich ins Birkenboot und fuhren flussaufwärts.

»Bis zur Mündung des Flüsschens ist es weit«, sagte der Fuchs. »Ihr steuert und ich schlafe ein wenig. Auf dem Weg werdet ihr an den Mündungen der Zuflüsse vorbeikommen. Weckt mich dann und fragt mich, was das für ein Zufluss ist. Und passt schön auf, dass wir nicht vorbeifahren.«

Die Frauen ruderten und sahen ans Ufer. Der Fuchs aber legte sich zum Mehlsack, deckte sich mit einer Felldecke zu, stellte sich schlafend und begann, das Mehl zu fressen.

»Fuchs!«, riefen die Frauen. »Sieh mal, ein Flüsschen!«

»Das ist der Fluss Chulelgo[1]. Fahrt weiter.«

Die Frauen fuhren weiter. Wieder sahen sie eine Mündung.

---

1 Chulelgo: nicht der Anfang.

»Fuchs, schläfst du? Sieh dir das Flüsschen an.«

»Das ist der Fluss Omylgo[2]. Fahrt weiter ...«

Die Frauen ruderten ohne Pause. Sie wollten so gerne die Fische fangen und essen. Da sahen sie die dritte Mündung. Sie weckten den Fuchs.

»Fuchs. Ist das vielleicht der Fischfluss? – Er schläft fest ... – Fuchs! Ist das vielleicht der Fischfluss? Wir fahren jetzt vorbei.«

»Fahrt weiter«, antwortete der Fuchs verträumt. »Das ist der Fluss Tygalge[3].«

Die Frauen mühten sich ab, der Fuchs aber fraß mit vollem Maul das Mehl. Er schnaufte, als würde er schlafen.

»He, Fuchs! Bald sind wir beim vierten Fluss. Sind dort vielleicht die Fische? Sieh mal.«

Um den Frauen nicht sein bemehltes Maul zu zeigen, sah der Fuchs nur mit einem Auge unter der Decke hervor und sagte:

»Ihr rudert langsam. Das ist der Fluss Uschilge[4].«

Die Frauen ruderten und beeilten sich, um zum Fischplatz zu kommen, und der Fuchs beeilte sich, das Mehl zu fressen. Da zeigte sich der fünfte Fluss. Die Frauen sagten zum Fuchs:

»Wir sehen einen Fluss. Werden wir in ihm gar Fische fangen?«

»Nein. Aber wir kommen bald zum Fischfluss. Das hier ist der Fluss Chorolge[5]. Rudert weiter.«

Und sie ruderten. Der Fuchs leckte das Mehl im Sack aus. Die Frauen sahen wieder einen Fluss und riefen zum Fuchs:

»Fuchs, sieh mal – der Fluss. Was ist das für einer? Sind in dem vielleicht die Fische?«

»Das ist der Fluss Kumolge[6]. Dort werden wir Fische fangen.«

Die Frauen vertäuten das Birkenboot am Ufer. Der Fuchs sprang heraus und sprach:

»Bei mir stimmt im Bauch etwas nicht. Wartet einen Augenblick – ich laufe in den Wald. Wenn ich lange nicht komme, dann fangt ohne mich zu fischen an. Den Sack für die Fische lasse ich euch hier.«

Der Fuchs lief davon und die Frauen blieben ohne Mehl und ohne Fische.

---

2 Omylgo: Es wird etwas weniger.

3 Tygalge: bis an den Rand.

4 Uschilge: die Hälfte.

5 Chorolge: Auf dem Boden liegt noch etwas.

6 Kumolge: ausgeleert.

Der Kraftmensch und der Leim

Vor langer Zeit lebte einmal ein starker Kraftmensch. Er wandelte auf der Erde und probierte an allem seine Kraft aus. Was immer er anpackte, zerstörte er.

Der Kraftmensch prahlte mit seinen Kräften, sodass alle Leute sich vor ihm fürchteten. Da fand sich aber ein mutiger Mensch, der sprach zu ihm:

»Man sagt, dass du sehr stark bist. Ich kenne jedoch einen Fischleim, den du nicht besiegen kannst.«

»Was ist das für ein Leim?«, fragte der Kraftmensch.

»Willst du ihn prüfen?«

Der Kraftmensch war einverstanden. Er legte sich lachend auf eine mit Leim bestrichene Steinplatte. Lange lag er so und bewegte sich nicht. Als der Leim getrocknet war, sprach der Mensch zum Riesen:

»Versuch doch, dich ein bisschen aufzurichten.«

Der Riese versuchte, leicht seine Schultern zu heben und seinen Rücken, aber weder die Schultern noch der Rücken ließen sich bewegen. Er stemmte seine Füße gegen die Steinplatte, aber er konnte sich nicht erheben. Da wurde er wütend. Er schlug mit aller Kraft mit den Füßen auf die Platte und zerbrach in zwei Teile.

Seither gab es den schrecklichen Kraftmenschen nicht mehr.

Der Wolf und der Fuchs

Dem Wolf war kalt. Er war hungrig. Er sah eine Hasenspur und wollte einen Hasen erlegen. Da traf er einen Fuchs. Er dachte:

»Den fresse ich ...!«

Der Fuchs sprach:

»Wolf, mir ist kalt. Lass uns uns aufwärmen und lustig sein.«

»Wie denn?«

»Du bindest mir die Pfoten zusammen, ich fange an zu springen und Purzelbäume zu schlagen und du lachst.«

Der Wolf band die Pfoten des Fuchses zusammen. Dieser fiel um und wälzte sich.

Der Wolf lachte. Als der Fuchs den Wolf so erfreut hatte, sprach er zu ihm:

»Ich bin müde. Binde mir die Pfoten wieder auf und nun unterhalte du mich. Mir ist jetzt warm. Komm, ich binde dir die Pfoten zusammen. Du spielst jetzt, dann fesselst du mich wieder.«

Der Wolf war einverstanden. Der Fuchs band ihm fest die Pfoten zusammen. Dieser lag, stand auf, fiel hin, wälzte sich und der Fuchs lachte über ihn. Der Wolf wurde es müde, den Fuchs zu belustigen, und bat ihn, ihm die Pfoten wieder aufzubinden.

»Spiel!«, sagte der Fuchs zu ihm und lief in den Wald.

Hier lag der Wolf nun. Da kam ein weißes Vöglein zu ihm geflogen.

»Vöglein, binde mir die Beine auf. Ich bewirte dich dafür mit Fleisch und Innereien.«

Das Vöglein legte seine Krallen um den Knoten und befreite den Wolf. Der erlegte ein Rentier, trank sich an dem Blut satt, riss ihm den Bauch in Stücke und überließ ihn dem Vöglein. Es kletterte in den zerrissenen Bauch des Rentiers und beschmierte seine weißen Federn mit Blut. Seither gibt es einen rotbrüstigen Vogel – den Kreuzschnabel.

Der Wolf folgte der Spur des Fuchses. Er fand gefrorenen Pferdemist. Der Fuchs hatte an dem Mist genagt. Davon war ihm ein Eckzahn ausgebrochen. Der Wolf folgte weiter der Spur und suchte den Fuchs. Er sah, dass im Wald ein Feuer brannte, um das viele Füchse saßen. »Sie sind zu einem Suglan[7] zusammengekommen«, dachte der Wolf und setzte sich zu den Füchsen in den Kreis.

Der Wolf saß ruhig da und besah sich die Füchse, doch konnte er den betrügerischen Fuchs nicht finden. Alle hatten dasselbe fuchsrote Fell. Wie sollte er ihn herausfinden?

Er saß lange da und erinnerte sich schließlich an den herausgebrochenen Zahn, sprang zum Feuer und schlug mit dem Schwanz hinein. Der Schwanz fing Feuer und die Füchse lachten.

Da sah der Wolf den Fuchs mit dem fehlenden Zahn, setzte sich zu ihm und sprach:

»Da mir der Schwanz versengt ist, sind mir nun alle Läuse auf den Kopf übergesprungen. Kannst du mich ein bisschen lausen?«

Der Fuchs biss die Läuse vom Kopf des Wolfes und sagte zu ihm:

»Ich habe dir die Läuse ganz gut vom Kopf gebissen, jetzt such du sie mir auf meinem Kopf.«

Der Wolf begann, die Läuse vom Kopf des Fuchses zu beißen. Er biss und biss und fragte, wo er noch nach Läusen suchen sollte.

»Hinter den Ohren, hinter den Ohren juckt es. Dort beiße noch ein wenig.«

Der Wolf biss den betrügerischen Fuchs so stark, dass dieser sofort verendete.

7 Suglan: Zusammenkunft, Versammlung.

Der Hasenschamane

Lange, lange ist es her.

Ein Hase hatte im Wald einen Schulterknochen gefunden, ihn genommen und sich für einen großen Schamanen erklärt. Davon hörten die anderen Hasen und kamen alle, damit ihr Schamane nun schamanisiere. Die einen kamen, um sich heilen zu lassen, die anderen wollten etwas über ihr Schicksal erfahren. Ein großer Schamane weiß alles ...!

Sie versammelten sich. Ein Feuer wurde entzündet. Sie setzten sich im Kreis und warteten, bis der Hasenschamane anfing zu schamanisieren. Der Schamane schlug mit seiner Pfote seine Trommel, den

Schulterknochen, streckte sich und begann zu singen:

Im verbrannten Wald – bumm!
Ist mein Weg ausgetreten – pumm!

Er machte einen kleinen Sprung, stampfte, schlug auf den Knochen und sang:

Im verbrannten Wald – bumm!
Ist mein Weg ausgetreten – pumm!

Er schlug kopfüber Purzelbäume und sang wieder:

Im verbrannten Wald – bumm!
Ist mein Weg ausgetreten – pumm!
Im verbrannten Wald – bumm ...!

Er trommelte und sang und sang und trommelte ...

Im verbrannten Wald – pumm!

Die Hasen warteten und warteten, dass der Hasenschamane zu schamanisieren beginnen würde. Sie gingen aber unverrichteter Dinge von ihm weg. Seitdem lebt in der Taiga die große Geschichte über den großen Angeber – den Hasenschamanen.

Der Riese Mani und Choglen[8]

Der Riese Choglen mit dem weitverzweigten Geweih entführte von der Erde den Tag und lief mit ihm über den Himmel. Auf der Erde wurde es Nacht. Mani legte sich Skier an und ging los, um Choglen zu fangen. Er hatte einen guten Bogen und zwei große Pfeile.

Lange jagte Mani nach Choglen. Kräftig schritt er aus und ließ eine breite Spur hinter sich. Mani näherte sich Choglen, schoss seinen ersten Pfeil auf ihn, traf ihn aber nicht. Der Pfeil verfehlte sein Ziel.

Choglen flüchtete mit dem entführten Tag über den Himmel und Mani jagte hinterher. Sie liefen lange. Mani holte Choglen ein, lief von der Seite heran, spannte die Sehne bis zum Ohr und hielt ihn treffsicher mit seinem Pfeil zurück.

8 Choglen: Großer Bär (Sternzeichen).

Mani raubte Choglen den Tag und brachte ihn zurück auf die Erde. Er brauchte so lange zur Erde zurück, wie er Choglen auf dem Himmel nachgejagt hatte.

Seither entführt Choglen jeden Abend den Tag von der Erde und läuft mit ihm auf dem Himmel davon. Aber jedes Mal stellt sich Mani genau um Mitternacht auf die Skier, holt ihn ein, schneidet Choglen den Weg ab, nimmt ihm den Tag weg und bringt ihn zurück auf die Erde.

Der Bär und der Tannenhäher

Der Bär zog durch die Taiga. Er war alt und hungrig. Er suchte im Wald nach Nahrung. Da erblickte ihn ein Tannenhäher und fing an zu spotten.

»Gevatter Bär, komm her! Hier gibt es Nüsse!«, rief der Tannenhäher von Weitem.

Der Bär hörte, wie der Vogel ihn zum Essen rief. Er ging zum Vogel. Er ging und ging ... Auf einmal hörte er auf der Seite von Neuem dieselbe Stimme:

»Gevatter Bär, komm her! Hier gibt es Nüsse!«

Es schien dem Bären, dass er falsch gegangen war, und er änderte die Richtung. Er folgte der Stimme. Er näherte sich, aber der Tannenhäher sang auf einem neuen Platz und schrie:

»Gevatter Bär! Komm her! Hier gibt es Nüsse ...!«

Der hungrige Bär folgte dem Ruf. Aber da gab es weder einen Tannenhäher noch Nüsse. Der Tannenhäher flog in den leeren Wald und rief:

»Gevatter Bär, komm her! Hier gibt es Nüsse ...! Komm her ...!«

Lange lief der alte Bär dem ständig weiterfliegenden Tannenhäher nach. Dann verstand er, dass der Häher ihn betrogen hatte. Er wurde wütend und sagte:

»Tannenhäher, du hast mich betrogen. Merk dir: Wenn die große Nussernte kommt, dann wirst du dich niemals satt essen. Soviel du auch isst, immer wirst du Hunger verspüren. Wenn in der Taiga gar keine Nüsse mehr wachsen, wirst du starken Hunger leiden und verenden.«

Seither ist der Tannenhäher so gefräßig.

Das Mammut und die Schlange Tschjabdar

Viel, viel Wasser gab es und nur wenig trockene Erde. Der Mensch konnte nirgends leben. Nirgends konnte er seine Rentiere weiden lassen. Er grämte sich über die Erde. Da kam das Mammut zu ihm und fragte:

»Warum bist du traurig?«

»Wie soll ich lustig sein?«, sagte der Mensch. »Rundherum gibt es nur Wasser. Wie soll ich herumziehen?«

»Sei nicht traurig, ich werde dir die Erde trockenlegen ...«

Das Mammut schleppte sich durchs Wasser fort. Der Mensch blieb auf dem trockenen Flecken zurück. Hinter dem Wasser fand das Mammut eine Schlange, die auf dem Sand lag, und sprach:

»Tschjabdar, komm mit mir, um die Erde trockenzulegen. Ich habe die Kraft und du hast die Geschmeidigkeit. Du wirst mir helfen. Dann kannst du dich hinlegen.«

Die Schlange wollte nicht mitgehen, aber das Mammut überredete sie. So gingen sie, um die Erde trockenzulegen.

Das Mammut ging durch das Wasser, trieb seine kräftigen Hauer in den Grund und begann, den Sand, den Lehm und die Steine herauszuwühlen. Auf der Seite bildeten sich Ebenen, Berge und Klippen. Tschjabdar kroch hinter dem Mammut her. Sie schlängelte sich zwischen den Bergen, Schluchten und Ebenen hindurch. Und hinter ihr floss das Wasser.

Den feuchten Grund bewegend ging das Mammut Richtung Mitternacht und hinter ihm kroch und krümmte sich die Schlange Tschjabdar. So haben es vor langer Zeit die Alten den Alten erzählt und erzählen es jetzt den Jungen.

Das Mammut schuf die Ebenen, die Berge und Felsen, Tschjabdar aber schuf die Betten für die Flüsse.

Die Tauchente

Amaka schuf das Wasser und ließ die Vögel hinein. Die Vögel sollten die Erde vermehren. Amaka rief die Tauchente zu sich und sagte:

»Ukon[9], du kannst tauchen wie sonst kein anderer. Tauche bis zum Grund und hole mir Sand und ich werde daraus Land schaffen.«

Die Tauchente tauchte, holte den Sand, gab ihn aber nicht Amaka. Sie wollte selbst die Erde schaffen.

Da zürnte Amaka der Tauchente. Er rief die Schellente zu sich und sagte zu ihr:

»Momura[10], du kannst gut tauchen. Hol mir Sand vom Grund. Aus ihm werde ich die Erde schaffen.«

Die Schellente holte den Sand und gab ihn Amaka.

Amaka schuf die Erde, fing die Tauchente und bestrafte sie. Er riss ihr die Beine aus dem Bauch und steckte sie weit hinten an den Körper, damit sie nicht auf der Erde gehen könne; die Schellente aber schmückte er mit einer langen Feder.

Wo der Ewenke die erste Frau fand

Die Sonne[11] hatte keine Frau. Sie war verwitwet. Sie lebte mit dem alten Vater Mond und mit einer schönen Tochter zusammen.

Ein junger Ewenke konnte sich an der schönen Tochter nicht sattsehen. Als die Sonne einmal nicht in ihrem Zelt war, kam der Bursche zu ihr. Sie saßen lange zusammen.

Die Sonne kam zum Zeltlager zurück. Der Junge konnte nicht entfliehen. Er versteckte sich.

Die Sonne kam ins Zelt und fand einen üblen Geruch in der Wohnung. Sie fragte die Tochter:

»In unserem Zelt riecht etwas nicht gut. Weißt du, was das ist?«

»Nein«, log die Tochter.

Die Sonne begann, im Zelt zu suchen, und fand durch den Geruch

9 Ukon: Tauchente.

10 Momura: Schellente.

11 Die Sonne ist hier männlich zu denken *(Anm. d. Übers.)*.

den Burschen. Die Sonne wurde böse auf die schöne Tochter und jagte sie mit dem Burschen davon.

So bekam der Ewenke eine schöne Frau.

Die Sonne aber zog mit dem ergrauten Vater Mond zum Himmel und so ziehen beide seither einsam über ihn.

Die Maus und der Pfeifhase

Die Maus sprach zum Pfeifhasen:

»Hilf mir, damit alle Menschen umkommen.«

Der Pfeifhase antwortete:

»Mir tun die Menschen leid. Sollen sie doch leben. Wen stören sie schon?«

»Nein, die Menschen sind schlecht«, sagte die Maus. »Sie zertreten mit den Füßen meine kleinen Kinder. Ich habe viele Kinder und die Erde ist klein. Es ist kein Platz mehr zum Leben.«

»Der Platz reicht für alle«, antwortete der Pfeifhase. »Es sollen noch mehr Menschen leben. Mehr Menschen, das bedeutet ein lustigeres Leben.«

Die Maus stritt lange mit dem Pfeifhasen und meinte, dass die Menschen böse seien, aber sie konnte ihn nicht überzeugen.

»Gut!«, sprach da die abscheuliche Maus. »Wenn es dir um die Menschen leid ist, dann lass uns um sie kämpfen. Wenn du mich besiegst, dann sollen meine Kinder sterben; wenn ich gewinne, dann sollen die Menschen deine Kinder zertreten.«

»Einverstanden. Lass uns kämpfen.«

Sie begannen zu kämpfen. Die Maus war stark wie eine Wurzel, sie stieß ihren langen Schwanz in die Erde, stützte sich auf ihn und besiegte den schwanzlosen Pfeifhasen.

Der Pfeifhase hatte verloren. Damit aber seine Kinder nicht unter den Füßen der Menschen umkamen, zog er auf Steinfelder und lebt seither dort.

Warum der Bär an den Pfoten keine Daumen hat

Amaka schuf den Bären mit sechs Fingern und entließ ihn in den Wald.

Der Bär verspürte in sich eine große Kraft und begann, alles, was ihm unter die Pfoten kam, umzuwerfen und zu zerbrechen.

Das sah Amaka und verringerte die Kraft des Bären.

»Damit du etwas friedlicher wirst, reiße ich dir deine Daumen ab. Im Winter wirst du in einer Höhle schlafen und im Sommer wirst du herauskommen und dich von Beeren, Wurzeln, Nüssen und Kräutern ernähren.«

So sprach Amaka zum Bären und riss ihm die Daumen aus.

Der Bär lag den langen Winter über in der Höhle, kam im Frühling heraus und bat Amaka, dass dieser ihm seine Daumen zurückgäbe.

»Gut«, sagte Amaka. »Ich gebe dir deine Daumen zurück; aber dafür gebe ich dem Menschen Pfeil und Bogen und seinen Hunden scharfe Zähne.«

Auf seine Kräfte hoffend nahm der Bär von Amaka seine Daumen zurück und ging. Im Wald traf er auf den Menschen und die Hunde. Sie begannen zu kämpfen. Der Mensch schoss mit Pfeilen, der Hund biss sich mit seinen scharfen Zähnen im Rücken des Bären fest. Der Bär rief:

»Amaka! Nimm mir meine Daumen. Ich lebe besser ohne sie, schlafe den ganzen Winter über in einer Höhle, komme aus ihr im Frühling bei Tauwetter heraus und ernähre mich von dem, was du befiehlst.«

Und Amaka riss dem Bären die Daumen aus.

Wie die Menschen zu den Läusen kamen

Auf der Erde gab es viele, viele Mäuse. Die Menschen zertraten die Mäusejungen im Gras, während sie gingen. Deshalb hassten die Mäuse die Menschen und begannen, deren Kleidung kaputt zu machen und ihre Essensvorräte anzunagen und zu fressen. Dann bauten die Menschen auf Baumstümpfen hohe Speicher und schützten dort alles vor den Mäusen.

Eine alte Maus dachte sich eine andere Rache aus. Sie fand einen Pfeifhasen und sagte:

»Pfeifhase, du hast viele Läuse. Lass sie uns den Menschen geben. Sollen sie die Menschen totbeißen.«

»Nein, Maus«, sagte der Pfeifhase, »die Ewenken sind ein gutes Volk. Ich werde meine Läuse nicht auf sie loslassen. Die Ewenken haben mir nichts Böses getan.«

Die Maus ärgerte sich über den Pfeifhasen und ging fort. Sie kroch leise in ein Zelt und alle ihre Läuse setzten sich auf den Kopf einer kranken Frau.

Diese Frau starb. Die Läuse aber krochen von ihr zu den anderen Menschen und beißen sie seither.

So übertrugen sich die Läuse der Maus auf den Menschen.

Mani[12]

Es lebten einmal zwei verwaiste Schwestern in einem Zelt. Den Namen dieser Schwestern kennt niemand. Im Monat »Sarana« kamen die Schwestern aus dem Zelt und gingen in den Wald, um nach der süßen Sarana-Wurzel[13] zu graben. Sie gruben und auf einmal hörten sie in der Nähe ein Kind weinen. Sie gingen es suchen und fanden eine Wiege aus Zinn und darin einen männlichen Säugling. Den Schwestern tat das schreiende Kind leid. Sie nahmen die Wiege und brachten sie zu sich ins Zelt. Sie fütterten das Kind und es schlief ein. Die Schwestern gingen wieder in den Wald, um nach Sarana zu graben. Nachdem sie etwas Sarana ausgegraben hatten, brachten sie sie ins Zelt. Über dem Feuer war ein Feuerbock angebracht und in ihm kochten zwei große Renken. Wer hatte das gemacht? Sie wussten es nicht. Das Kind war klein und schlief.

Die hungrigen Schwestern aßen weichen Fisch, rasteten und gingen aufs Neue in den Wald, um Sarana zu sammeln. Sie entfernten sich weit vom Zelt, versteckten sich im Wald und flüsterten: »Wer hat im Zelt eingeheizt und woher kommen die Renken?« Die ältere Schwester sagte zur jüngeren:

12 Mani: Orion.
13 Sarana: eine sibirische Lilienart.

»Wir müssen so schnell wie möglich aus dem Zelt fort. Die Wiege muss eingeschmolzen und das heiße Zinn über das Kind geschüttet werden, damit es stirbt.«

Auf einmal tauchte beim Zelt ein sehr großer Mensch auf, zog aus sich zwei Kanyr-Würmer heraus, legte die Würmer in den Feuerbock, rührte um und sang:

> Die Frauen aßen den Fisch.
> Er hat ihnen geschmeckt.
> Würmer, Würmer –
> verwandelt euch in Renken.
> Wenn die Frauen fetter werden,
> dann werde ich sie fressen.

Die Frauen erschraken. Die ältere sagte wieder zur jüngeren:

»Das gefundene Kind ist böse. Sollen wir es etwa aufziehen und es ernährt uns mit Bandwürmern? Nein! Man muss es umbringen und von diesem Ort flüchten.«

Die Schwestern kehrten zum Zelt zurück, als ob sie von der Arbeit kämen. Im Zelt brannte erneut ein Feuer, der Feuerbock hing darüber und darin kochte Fisch – Renken. Das Kind schlief. Die Schwestern nahmen das Kind aus der Wiege, bedeckten es mit seiner Decke, leerten die Fischsuppe aus und legten die Zinnwiege in den Feuerbock. Als das Zinn geschmolzen war, leerten die Schwestern es auf das Kind, um es zu töten. Auf einmal stand vor ihnen aus dem Bett der große Mani mit zinnernem Gürtel auf.

Die Schwestern ergriffen ihre Taschen und liefen aus dem Zelt. Mani verfolgte sie. Die ältere Schwester zog aus ihrer Tasche einen Koderorun[14] und mit den Worten »Koderorun, werde zum bergigen Gebirge!« warf sie ihn hinter sich.

Und es entstanden hohe, hohe Berge, ein ganzes Gebirge. Mani blieb zurück und begann zu singen:

»Zerspringt, steile Berge,
die ihr aus dem Koderorun gewachsen seid.«

Und die Berge zersprangen und es entstand ein Gebirgssattel mit sanft abfallenden Hängen. Mani lief über die Berge und holte die

14 Koderorun: Schaber.

Schwestern erneut ein. Die ältere Schwester warf einen Schleifstein hinter sich und rief:

»Schleifstein, werde zum Felsen!
Halte Mani fern.«

Und der Schleifstein wurde zum unüberwindlichen Felsen. Mani sang wieder:

Großer Schleifstein,
der du aus dem Stein der Frauen gemacht bist,
zerspring in Teile.

Der Felsen zerklüftete sich in Spalten. Mani lief, um die Schwestern einzuholen. Da warf die ältere Schwester einen Tschutschun[15] und rief:

»Tschutschun, werde zum Berg,
bewachsen mit dichtem Wald!«

Und es wuchs ein Kreis aus hohen, hohen Bergen mit undurchdringlicher Taiga um Mani herum. Mani sang erneut:

Berg aus dem Tschutschun der Frauen,
zerreiß in schmale Spalten.
Ich werde eine dünne Raupe,
ich durchkrieche dich als Ameise.

Und der Kreis aus Bergen zersprang. Mani warf seinen Zinngürtel von sich, kroch durch die engen Schluchten und verfolgte die Schwestern weiter. Da warf die ältere Schwester einen Kamm hinter sich.

»Kamm, werde zu Steinen, Bergen, Wäldern,
damit kein Weg mehr hindurchführt.«

Und es entstanden viele, viele Berge mit steinernen Zinnen, es wuchs die dichte Taiga und Mani verlor sich darin als kleine Ameise.

---

15 Tschutschun: runder Schaber.

Warum die Menschen mit dem Schamanentum begannen

Amaka erschuf alle Vögel, der böse Chargi aber nur die Tauchente. Er setzte die Tauchente ins Wasser und begann, vor dem guten Amaka zu prahlen:

»Was sind schon deine Vögel? Nichts sind sie gegen meine Tauchente. Meine Tauchente holt im Wasser niemand ein. Und dein Mensch kann sie auch nicht fangen.«

Amaka antwortete darauf Chargi:

»Dem Menschen gebe ich einen Speer mit zwei Zinken, damit er deine Tauchente fangen kann.«

»Was wird der Speer gegen die Tauchente helfen? Sie kann besser tauchen als alle deine Enten.«

Amaka gab dem Ewenken den Speer. Dieser setzte sich mit dem Speer in ein Birkenboot und begann, die weise Tauchente zu jagen. Er holte sie ein. Die Tauchente war müde. Der Ewenke stieß den Speer in den Schwanz der Tauchente und hinderte sie so daran, im Wasser unterzutauchen. Die Tauchente saß auf dem Speer, drehte den Kopf und rief nach allen Seiten:

»Der Ewenke wird ein Schamane! Der Ostjake wird ein Schamane! Der Jakute wird ein Schamane ...!«

Seit dieser Zeit gab es Schamanen unter den Menschen, die mit dem Schamanentum begannen.

Der Elch Choglen

Im Wald trafen sich drei Jäger, ein Russe, ein Ostjake und ein Tunguse, und stritten darüber, wer besser und schneller Ski laufen kann. Der Russe sagte:

»Ich kann besser als ihr zwei Ski laufen.«

Der Ostjake stand dem Russen nicht nach, der Tunguse aber sagte:

»Morgen werden wir ein Tier suchen und uns messen. Vielleicht bin ich schlecht zu Fuß.«

Am Morgen gingen sie los. Am Fuße eines Berges fanden sie die

Spuren von Choglen. Sie liefen ihm nach. Der Russe kam bis zum Fuß des Berges, der Ostjake schaffte es bis auf die Spitze, der Tunguse aber war schon hinter dem Berg und jagte dem Elch Choglen nach.

So laufen sie auf dem Himmel. Der Russe läuft schlecht Ski – er ist mit dem Quersack immer weit hinter dem Berg; der Ostjake ist ein wenig besser unterwegs – er ist immer auf dem Berg; der Tunguse aber ist kühn – er ist immer hinter dem Berg und läuft den anderen voraus und dem Elch nach.

Seht ihnen in der Nacht zu ...

Der dumme und der kluge Bruder

Es lebten einmal zwei Brüder, ein Kluger und ein Dummkopf. Der Kluge sammelte Sarana im Wald, bewachte die Rentiere, jagte Eichhörnchen und andere Tiere. Alles erledigte der Kluge, der Dummkopf aber schlief nur, aß und sang.

Die Brüder lebten allein in einem Zelt ohne Frauen. Wer nimmt schon einen Dummkopf zum Mann? Und deshalb kam auch kein Mädchen zum klugen Bruder.

Es wurde Sommer. Zum Fischen brauchten sie ein Boot. Sie mussten eines bauen. Der Kluge sagte zum Dummkopf:

»Bruder, ich gehe in den Wald und ziehe eine Birke für ein Boot heraus. Du aber schneide Njangtal[16], damit wir damit das Birkenboot zusammenbinden können.«

Der kluge Bruder kehrte mit einer Birke aus dem Wald zurück. Er sah den Dummkopf und fragte:

»Na, hast du die Wurzeln gebracht? Wo sind sie?«

»Da«, und der Dummkopf schüttelte aus seiner Tasche die abgeschnittenen Fersen von Kindern.

»Ach, du Dummkopf! Was hast du getan? Ich habe dir aufgetragen, dass du Njangtal bringen sollst, und du hast Ningtyl[17] gebracht. Ach, du Dummkopf! Bevor man uns dafür umbringt, lass uns von hier flüchten.«

Der kluge Bruder sattelte einige Lastrentiere, mit denen er seinen

16 Njangtal: Zedernwurzeln.
17 Ningtyl: Fersen.

Bruder vorausschickte, um ein Zelt aufzustellen. Er selbst blieb noch und packte die Sachen zusammen und belud damit die Rentiere.

»Geh voraus«, sprach der Kluge zum Dummkopf. »Du wirst an eine Oran[18] kommen. Lass die Rentiere dort stehen und bau ein Zelt.«

Der Kluge zog zu den Stromschnellen. Am Ufer aber waren kein Zelt, keine Rentiere, kein Dummkopf. Er sah sich um. Der Dummkopf hatte die Rentiere ins Wasser geführt und direkt an den Stromschnellen errichtete er gerade das Zelt: Er stellte die Stangen ins Wasser, die von der Strömung dann fortgetragen wurden.

»Ach, du Dummkopf, du Dummkopf!«, rief der Bruder. »Ich habe dir gesagt, du sollst die Orone[19] ans Wasser führen und hier am Ufer das Zelt errichten. Und du hast sie an die Oran geführt. Zieh sie heraus!«

Sie zogen weiter. Am Morgen suchte der Kluge im Nebel die Rentiere zusammen, führte sie zum Zelt, sattelte einige und schickte wieder seinen Bruder voraus, ein Zelt zu bauen.

»Geh«, sagte der Bruder zum Dummkopf, »und steig auf den Bergrücken. Von dort wirst du einen Baumwipfel in Form einer Tschina[20] erblicken. Steig wieder hinab und stell dort bei der Tschina das Zelt auf.«

Der Kluge kam zum beschriebenen Platz. Die Rentiere waren dort, der Bruder nicht. Er sah sich um und fand, dass der Dummkopf auf der Tschina die Stangen für das Zelt aufstellte.

»Ach, Dummkopf, Dummkopf! Komm herunter auf die Erde. Da unter dem Baum werden wir das Zelt errichten.«

Sie legten sich schlafen. Da hörte der Bruder, dass man hinter ihnen her war. Die Leute kamen und würden sie umbringen. Er weckte den Dummkopf, ergriff die scharfe Palma[21] und begann zu kämpfen. Der Dummkopf aber saß da und begann zu essen. Der Kluge tötete einen Menschen, die anderen aber liefen alle davon. Auch die Brüder flüchteten weiter. Der Kluge sagte zum Dummkopf:

»Deinetwegen habe ich einen Menschen umgebracht. Du bist schuld. Du trag ihn auch. Wir müssen ihn verstecken.«

Sie gingen. Der Dummkopf trug den Ermordeten. Auf dem Himmel waren Wolken. Es würde leichten Regen geben. Plötzlich hörten die

18 Oran: Stromschnelle.

19 Oron: Rentier.

20 Tschina: Adlerhorst.

21 Palma: an einem langen Schaft befestigtes Messer.

Brüder, dass ihnen Tschamdalen[22] auf Rentieren entgegenkamen. Der Kluge erschrak und sagte zum Dummkopf:

»Wir werden uns verstecken. Klettere schnell mit der Leiche auf eine Zeder.«

Die Brüder kletterten hinauf. Es begann zu regnen. Die Tschamdalen hielten an und suchten unter der Zeder Schutz. Sie standen und warteten den Regen ab.

Der Dumme konnte die Leiche kaum noch halten und sagte zu seinem Bruder:

»Ich werfe die Leiche hinunter.«

»Nein. Die Tschamdalen werden uns beide umbringen. Du bist schuld, so halte du auch die Leiche.«

Den Dummen verließen die Kräfte und er ließ den Toten auf die Erde fallen. Die Tschamdalen erschraken und liefen vor Angst nach allen Seiten davon.

Die Moral: Seit dieser Zeit findet man überall die Siedlungen der Tschamdalen.

Der Wald über den Felsen

Amaka schuf den Stein und den Baum und befahl ihnen zu wachsen. Der Stein wurde groß und sprach zum Baum:

»Pah! Siehst du, wie groß ich bin? Bald werde ich so groß wie Amaka.«

Der Baum hörte dem Felsen zu und sagte:

»Ich werde nicht kleiner als du, Chischal. Die Wolken werden sich an meinem Wipfel stoßen.«

Amaka hörte die Prahlerei, ging zum Stein und sagte zu ihm:

»Chischal, du willst größer werden als ich. Das ist nicht schlecht. Du wirst aber schwer werden und dick. Das ist schlecht. Wenn du stürzt, wirst du den Wald zerstören. Damit das nicht passiert, zeige ich dir, wie groß du sein sollst.« Und alles, was darüber war, stieß Amaka mit der Hand vom Felsen. »So wirst du ewig sein, Chischal. Sobald dein Gipfel darüber hinauswächst, wird er von selbst zerfallen.«

22 Tschamdalen: ein ewenkisches Volk.

Amaka ging zum Baum.

»Pah, du hast damit geprahlt, höher als die Wolken zu werden. Das ist schlecht. Der Wind wird dich stark beuteln. Deine Wurzeln werden nicht halten. Du wirst umstürzen und Menschen und Rentiere erdrücken. Da, das ist deine Größe.« Amaka nahm die Zweige in die Hand und drückte die Finger zusammen, führte die Hand vom unteren Stammende zum Wipfel und riss alles aus, was zu viel war.

»So wirst du ewig sein«, sagte Amaka zum Baum. »Wenn du zu hoch wächst, dann wirst du von selbst vom Wipfel aus vertrocknen.«

Seit dieser Zeit zerfallen zu große Felsen von selbst in kleine Brocken und zu große Bäume vertrocknen vom Wipfel aus.

Agdy, der Donner

Vor langer Zeit lebte einmal ein Mensch mit Flügeln, der umherflog und Menschen fraß. Niemand konnte den geflügelten Menschen besiegen. Alle fürchteten sich vor ihm.

Da wurde ein Knabe unter den Menschen geboren, dem man den Namen Agdy gab. Als Agdy herangewachsen war, sagte er zu den Menschen:

»Ich habe keine Angst vor dem Geflügelten. Ich werde mit ihm kämpfen und ihn töten.«

Niemand glaubte ihm. Alle versuchten, den jungen Agdy umzustimmen.

»Wer kann den Geflügelten bezwingen? Er fliegt wie ein Vogel. Man darf ihn nicht berühren.«

Agdy hörte auf niemanden. Er fand acht Frauen und bat sie, ihm große eiserne Flügel zu machen.

Die Frauen stellten die Flügel her.

Als sie fertig waren, legte sich Agdy die Flügel an und begann, fliegen zu lernen. Bald konnte er es.

»Nun werde ich fliegen und den Geflügelten suchen«, sagte Agdy. »Ich werde ihn finden und ihn töten.«

Agdy flog über dem Wald. Er erblickte eine alte Frau, flog zu ihr hinunter und fragte sie:

»Weißt du, wo der Geflügelte lebt?«

»Was willst du von ihm?«

»Ich will ihn töten. Sag mir, wo er ist.«

»Nein, das sage ich dir nicht. Was bist du für ein Kämpfer?«

Agdy wurde zornig, schlug mit den Flügeln, erschlug die alte Frau und flog weiter. In einem moosigen Sumpf erblickte er ein Rebhuhn. Er hielt an und fragte:

»Weißt du, wo der Geflügelte lebt?«

»Das weiß ich. Ich habe aber keine Zeit, mit dir zu reden. Ich esse Beeren.«

Agdy wurde zornig und donnerte mit den Flügeln, schoss einen Feuerpfeil ab, der aber nicht bis ins Gebüsch zum Rebhuhn gelangen konnte. Agdy flog weiter. Er traf einen alten Mann. Er hielt an und fragte:

»Weißt du, wo der Geflügelte lebt?«

»Das weiß ich«, antwortete der Alte.

»Sag es mir.«

»Warum soll ich dir etwas über den Geflügelten sagen?«

»Ich will mit ihm kämpfen. Zeig mir den Weg zu ihm.«

Der Alte sagte:

»Ich fürchte den Geflügelten: Er ist stark und fliegt wie ein Vogel. Alle fürchten sich vor ihm. Ich weiß nicht, wer du bist. Ich zeige dir den Weg zum Geflügelten, wenn ich deine Kräfte sehe. Wenn du sieben große Bäume auf einmal fällst, dann wirst du von mir den Weg zum Geflügelten erfahren.«

Agdy erhob sich über den Wald, schlug mit den Flügeln, donnerte, schoss feurige Blitze ab und zerspaltete sieben Bäume in lauter Späne.

Da sah der Alte die Kraft des jungen Agdy und sagte zu ihm:

»Jetzt kenne ich deine Kraft. Du bist ein Held. Höre. Der Geflügelte lebt weit weg. Sein Zelt steht hinter einem Sumpf. Dieser Sumpf ist groß. Kein Rentier und kein Mensch konnte diesen Sumpf je durchqueren. Hinter diesem Sumpf gibt es einen Wald. In diesem Wald lebt der Geflügelte. Flieg dort hin und schau genau.«

Agdy verließ den guten Alten. Er überflog die Taiga und erblickte den großen Sumpf, den weder Mensch noch Tier jemals durchquert hatten. Agdy überflog den Sumpf und fand das Zelt des Geflügelten. Er flog hin, schlug mit den Flügeln, donnerte, schoss die feurigen Blitze ab und steckte das Zelt in Brand. Er tötete aber nur den Körper des Geflügelten, seine Seele blieb am Leben.

Sie warf den toten Körper des Geflügelten ab und flog zum Himmel. Agdy verfolgte sie. Seitdem fliegt er über den Himmel, schlägt mit den Flügeln, donnert und schleudert feurige Blitze, um die böse Seele des Geflügelten zu töten ...

Der junge Agdy ist schon vor langer Zeit von der Erde fortgeflogen. Ist er jetzt schon alt geworden ...?

Die zwei Schlangen

Sieben Menschen waren auf der Jagd. Sie gingen in die Taiga, um Wild zu jagen, und wurden müde. Sie hielten an, um zu übernachten. Die Bogen und die Palmas lehnten sie an die Bäume, aßen und schliefen ein. In der Nacht kroch eine riesige Schlange zu ihnen heran und legte sich als Kreis um sie.

Am Morgen erwachte einer der Jäger und erblickte die Schlange, die dick wie ein Baum war, und wusste vor Angst nicht, was er machen sollte. Er lag da und dachte, dass die Schlange alle auffressen würde. Kämpfen konnten sie nicht mit ihr: Keiner hatte eine Waffe.

Die Schlange lag da und rührte sich nicht. Der Jäger begann, heimlich seine Kameraden zu wecken. Schließlich waren alle erwacht. Sie erschraken ebenfalls und wussten auch nicht, was zu tun sei.

Die Schlange zog ihren Kopf etwas vom Schwanz zurück und lag wieder da, ohne sich zu rühren. Die Augen hielt sie zugekniffen. Sie war listig. Einen Ausweg gab es. Aber wie kam man durch? Sie würde einen fressen.

»Lauft alle! Alle auf einmal kann sie nicht fressen. Irgendjemand wird sich schon retten.«

Sie bewegten sich, doch die Schlange verschloss den Ausgang. Die Menschen traten zurück. Sie erwarteten ihren Tod. Die Schlange zog wieder den Kopf vom Schwanz zurück und lag da.

»Wir müssen so oder so sterben«, sagte einer der Jäger. »Ich gehe als Erster.«

Er schlüpfte hindurch und entkam. Auch ein Zweiter wagte es. Die Schlange rührte sich nicht. Sechs ließ sie aus dem Kreis hinaus, dem

Siebenten versperrte sie den Ausgang.

»Die Kameraden haben mich alleingelassen«, dachte er. »Nun muss ich sterben. Die Schlange wird mich fressen.«

Die Schlange aber lag da und dachte nicht daran, den Menschen zu fressen. Sie blickte mal auf ihn, mal auf ihren Rücken, mal auf ihn und wieder auf ihren Rücken. Sie blickte nicht böse.

Der Mensch dachte kurz nach und versuchte, sich auf die Schlange zu setzen. Was würde geschehen? Sobald er sich gesetzt hatte, streckte sich die Schlange und begann zu kriechen. Im Vorbeigehen nahm der Mensch die Palma mit.

Er ritt auf der Schlange; wohin er ritt, wusste er nicht. Die Schlange durchkroch viele Sümpfe, Bäche und Berge. Sie kroch bis zu einem zerstörten Wald und hielt an.

»Hier war ein großer Sturm«, dachte der Mensch. Es waren unzählige Bäume, die zerbrochen und entwurzelt dalagen.

Die Schlange bog sich, machte einen Buckel bis zu den hohen Ästen und setzte den mit der Palma bewaffneten Menschen darauf. Dann kroch sie vom Baum weg und hob den Kopf. Und wie sie nun zischte …! Der Wald erbebte und begann zu rauschen.

»Nun wird mich die Schlange fressen«, dachte der Mensch auf dem Baum oben erschrocken. »Wohin soll ich von hier flüchten?«

Die Schlange zischte und zischte und auf einmal antwortete etwas mit einem noch stärkeren Zischen.

Der Mensch sah, dass aus dem Wald eine andere Riesenschlange kroch. Sie krochen zischend aufeinander zu. Der Wald erbebte …

Die Schlangen krochen aufeinander zu, erhoben sich wie wurzellose Bäume und begannen zu kämpfen. Sie wanden sich um den Wald, zerbrachen Bäume und rissen sie mit den Wurzeln aus, würgten einander. Die ganze Nacht kämpften die Schlangen und zerstörten viel Wald.

Der Mensch merkte, dass die Schlange, mit der er gekommen war, leiser zischte und ihn schon beinahe verendend mit den Augen zu sich rief.

»Ich werde jetzt so oder so sterben! Ich helfe meiner Schlange. Allein wird es mir schlechter ergehen«, dachte der Mensch und sprang vom Baum.

Er lief zum Kampfplatz und die scharfe Palma schlitzte die Bauchdecke der anderen Riesenschlange auf. Sie fiel um und verendete.

Da sah die erste Schlange mit einem wohlwollenden Blick auf den Menschen, dann auf ihren Rücken. Der Mensch verstand, dass er aufsitzen solle, und setzte sich erneut auf die Schlange.

»Was auch immer kommen wird. Ich muss so oder so sterben.«

Kaum war er aufgestiegen, als die Schlange ihn zurück durch Wälder, Sümpfe, über Berge und Bäche brachte. Sie kroch bis zu dem Platz, an dem die Jäger übernachtet hatten, setzte den Menschen ab, zischte leise und kroch weg, wer weiß, wohin.

Der Mensch kehrte zu seinem Zelt zurück und erzählte darüber den anderen Menschen.

Turga

Zwei Jungen lebten in einer Nomadensiedlung und spielten zusammen. Der eine war etwas älter als der andere, aber beide zeichneten sich durch ihre Kraft aus. Die Knaben wuchsen heran. Der Ältere sagte zum Jüngeren:

»Ich bin stark und fürchte mich nicht vor den Bären. Ich gehe hinaus zu ihnen zum Zweikampf und kämpfe mit ihnen.«

»Ich fürchte mich auch nicht vor den Bären«, sagte der Jüngere. »Ich besiege sie auch. Nur nehme ich eine Turga[23]. Vielleicht bin ich ja schwächer als du?«

»Nein, ich brauche nichts. Ich besiege die Bären mit bloßen Händen. Gehen wir in den Wald.«

Sie gingen in den Wald und trafen einen Bären.

»Ich werde zuerst mit dem Bären kämpfen«, sagte der ältere Junge.

Sie gerieten aneinander. Der Bär überwältigte den Jungen und begann ihn zu würgen. Da stürzte sich der Jüngere auf den Bären. Der Bär riss sein Maul weit auf. Der Junge steckte ihm die Turga in den Rachen, drückte ihm das Kiefer auseinander und tötete den Bären. Kraft und List – das sind zwei Helden ...

23 Turga: Stock, Stab.

Die Füchsin und der Bär

Die Füchsin traf den Bären und sagte: »Grüß dich, Gevatter Bär! Wie geht's?«

»Schlecht«, antwortete der Bär. »Es gibt keine Beeren, ich bin hungrig, dann die Mücken ... und heiß ist es ...«

»Gräm dich nicht, Gevatter Bär. Es wird etwas zu essen geben. Sag, willst du mein Mann werden?«

»Was ist dabei? Ich muss so oder so sterben!«

»Gevatter, wo werden wir übernachten?«

»Gehen wir zum Schlafen in den Wald.«

»Nein, Gevatter Bär«, sagte die Füchsin. »Im Wald gibt es viele Mücken. Lass uns auf einem Felsen übernachten. Dort schläft sich's gut.«

»Gut«, dachte sich der Bär, »die Füchsin kann man auch auf einem Felsen fressen.«

Sie stiegen auf einen hohen und steilen Felsen hinauf.

»Hier werden wir schlafen, Gevatter Bär. Du legst dich an den Rand des Felsens und ich lege mich neben dich. Es zieht von unten herauf. Wenn ich aber neben dir liege, dann wird mir warm.«

Sie lagen eine Zeit lang, da sagte die Füchsin:

»Gevatter Bär, ich habe vergessen, dass ich unruhig schlafe und dich im Traum stoßen könnte. Lass uns die Plätze tauschen.«

Der Bär ließ die Füchsin ganz zum Rand des Felsens und schlief ein. Die Füchsin sprang lautlos über den Bären und rief laut:

»Oh, Gevatter Bär! Du stößt mich hinunter! Rück ein Stück!«

Der Bär rückte von der Füchsin in Richtung des Abgrunds ab und fiel vom Felsen. Die Füchsin stieg hinunter und aß lange vom Bärenfleisch.

Der Frosch

Ein Jäger ging in den Wald und wurde müde. Er hörte einen Ruf: »Boe[24], nimm mich mit! Ich bin hier allein.«

Er kam näher und sah nach, ob da jemand lag. Er sah weder Bein noch Hand und wollte wieder gehen.

24 Boe: Anrede an einen jungen Mann.

»Nimm mich mit dir mit.«

»Wohin soll ich dich mitnehmen? Ich bin müde.«

»Ich bin klein. Es ist nicht schwer, mich zu tragen. Nimm mich mit. Du wirst deinen Spaß haben, wenn du mit mir übernachtest.«

Er nahm ihn, band ihn an die Ponjaga[25] und trug ihn mit. Er hielt an und übernachtete in der Taiga. Er legte sich hin und erinnerte sich an seinen Fund. Die Müdigkeit verging. Es wurde lustig. Am Morgen band er das feine Fundstück an die Ponjaga und trug es mit sich fort.

Er kam zum Zelt und sah seine Frau nicht an. Die Frau bemerkte, dass der Mann etwas im Bett versteckte. Sie begann zu suchen und fand den Fund des Mannes. Sie packte ihn und warf ihn in den Sumpf.

Im Sumpf zeigte sich ein Frosch.

Warum die Ewenken Rentiere haben und die Ostjaken nicht

Amaka sagte zu den Menschen:

»Ich werde Rentiere machen, sie vom Himmel zu euch senden und sehen, wie ihr sie aufnehmt.«

Die Ewenken freuten sich, brachen viele Fichtenzweige, schälten weiches Moos von den Bäumen ab und breiteten alles auf der Erde aus; die Ostjaken sorgten sich gar nicht um die Begegnung mit den Rentieren.

Amaka hielt Wort. Er schickte den Ewenken und Ostjaken Rentiere, dann begab er sich vom Himmel auf die Erde, um zu prüfen, wie die Menschen die Rentiere empfingen. Zuerst fragte er ein ewenkisches Rentier. Das antwortete:

»Die Ewenken haben mich gut empfangen. Sie haben mir eine weiche Streuunterlage bereitet. Als ich vom Himmel fiel, habe ich mich an der Erde nicht gestoßen.«

»Und wie hat man dich empfangen?«, fragte Amaka das ostjakische Rentier.

»Sehr schlecht«, sagte das Rentier. »Mich empfing die harte, nackte Erde, an der ich mich stark gestoßen habe.«

---

25 Ponjaga: Brett mit Tragriemen zum Transportieren für Beile, Nahrung und für Beute.

Als Amaka die Rentiere angehört hatte, sagte er zu den Ostjaken:

»Da die Ewenken meine Rentiere gut empfangen haben, sollen sie auch bei ihnen bleiben und sich vermehren; ihr aber sollt keine Rentiere haben. Ich nehme sie euch weg.«

Seither haben die Ewenken Rentiere. Die Rentiere der Ostjaken verliefen sich und verschwanden in die Erde.

Die wundersame Suppenkelle

Es ritt einmal ein Mensch auf einem Rentier durch den Wald. Damit das Rentier schneller lief, stieß er ihm seine Fersen in die Seiten. Plötzlich sprang ihm aus dem Wald ein Fuchs entgegen und blieb auf dem Weg stehen.

»Komm, machen wir einen Tausch«, sagte der Fuchs.

»Gut«, sagte der Mensch. »Nur weiß ich nicht, was du mit mir tauschen willst. Ich sehe, dass du nichts bei dir hast.«

»Das ist nicht wahr«, sagte der Fuchs. »Ich habe eine Suppenkelle, wie du sie noch nie gesehen hast. Nimm diese Suppenkelle, halte sie in einen Kessel mit Wasser und rühre um. Und im Nu hast du Brei mit Speck.«

Dem Menschen gefiel der Tausch. Er fragte den Fuchs:

»Was willst du denn im Tausch für deine wundersame Suppenkelle?«

»Nicht viel: Du gibst mir dein Rentier und ich gebe dir die Suppenkelle.«

Dieser Mensch hatte aber nur ein Rentier, und zwar das, auf dem er ritt. Er dachte lange nach und beschloss, die wundersame Suppenkelle beim Fuchs einzutauschen.

Sie tauschten und gingen auseinander.

Der Mensch ging zu Fuß zu seinem Zelt und prahlte vor der Frau:

»Sieh mal, Frau, was ich für dich beim Fuchs für eine Suppenkelle eingetauscht habe! Von nun an brauchen wir keine Grütze und keinen Speck mehr zu besorgen. Für die Suppenkelle habe ich dem Fuchs das letzte Rentier gegeben. Aber mit so einem Fund werden wir auch ohne Rentier nicht in Armut leben. Nimm die Suppenkelle und probiere sie aus. Koch einen Brei. Du wirst sehen, welch ein fetter und guter Brei daraus wird.«

Der Mensch gab die Suppenkelle seiner Frau, erzählte ihr, wie man damit umging, und legte sich selbst hin, um auszurasten, bis der Brei kochte. Er schlief und schlief – wachte auf und sagte zu seiner Frau:

»Lass uns einen köstlichen Brei essen.«

»Ich würde dir ja einen geben, aber ich habe keinen. Soviel ich auch koche, im Topf war und ist nur Wasser.«

»Na, du kannst ja nicht kochen. Gib die Suppenkelle her, ich rühre selbst im Kessel um, wie es mir der Fuchs gesagt hat.«

Die Frau gab ihm die Suppenkelle. Er setzte sich und begann, den Brei zu kochen.

Er kochte und kochte, rührte und rührte mit der Suppenkelle im Kessel … und wurde müde. Er blickte in den Kessel: Wasser. Er kostete: Wasser. Da zürnte er dem Fuchs und warf die wundersame Suppenkelle ins Feuer.

Der Vielfraß und der Fuchs

Das alte Vielfraßweibchen saß am Ufer eines Flusses. Sie erwartete ihren alten Mann, der in den Wald gegangen war, um ein Birkenboot zu bauen. Ohne Boot konnten sie ihr Zelt und ihr Hab und Gut nicht über den Fluss bringen.

Auf einmal erschien ein kleines Boot auf dem Fluss. Frau Vielfraß dachte, dass der Alte käme, baute, ohne sich lange zu besinnen, das Zelt ab, packte ihr Hab und Gut und bereitete sich darauf vor, ans andere Ufer überzusetzen. Das Boot legte am Ufer an. Es saß aber ein Fuchs darin.

»Was machst du da?«, fragte er Frau Vielfraß.

»Ich warte auf den alten Vielfraß. Du siehst, wir bereiten uns darauf vor, ans andere Ufer zu ziehen. Aber wie soll man denn ohne Boot über den großen Fluss kommen? Deshalb ist der Alte in den Wald gegangen, um ein Boot zu bauen.«

Der Fuchs blickte flussaufwärts und sagte:

»Solange dein Alterchen noch nicht da ist, lass mich deine Habseligkeiten und dich ans andere Ufer hinüberschaffen. So kann ich dem Alten wenigstens ein kleines Stück helfen.«

Frau Vielfraß freute sich und schleppte all ihr Hab und Gut ins Boot des Fuchses.

»Das Boot ist voll, Frau Vielfraß«, sagte der Fuchs. »Ich fahre jetzt über den Fluss. Raste du dich ein wenig aus. Wenn ich deine Sachen hinübergebracht habe, komme ich zurück und bringe dich hinüber.«

Der Fuchs stieß sich vom Ufer ab. Das Boot trieb mit der Strömung fort.

»Frau Vielfraß, da sieh dir an, wie mich die Strömung mit deiner Ladung forttreibt. Siehst du, wie schnell das Wasser strömt?«

»Das macht nichts, wenn es dich weit fortträgt«, antwortete Frau Vielfraß vom Ufer her. »Geh nur nicht unter.«

»Nein, ich gehe nicht unter. Ich fahre langsam. Sieh, wie ich fahre.«

Der Fuchs machte sich ans Ruder und fuhr den Fluss hinab.

Die betrogene Frau Vielfraß weinte laut. Das Weinen der Frau Vielfraß hörte ein Specht und er kam zu ihr.

»Frau Vielfraß, sag mir: Warum weinst du?«

Das Vielfraßweibchen erzählte dem Specht, wie sie der schlaue Fuchs betrogen hatte. Als der Specht das hörte, sagte er:

»Wein nicht. Ich werde dir alles zurückbringen, was dir der Fuchs genommen hat.«

Um den Fuchs zu überlisten und zu überholen, eilte der Specht über eine Landzunge durch die Taiga. Er lief hinaus ans Ufer, setzte sich und wartete, bis der Fuchs zu ihm gefahren kam. Er saß lange. Schließlich zeigte sich auf dem Fluss ein Boot. Der Specht stellte sich krank und rief:

»Guter Fuchs! Nimm mich mit auf deinem Boot.«

Der Fuchs hörte den Specht und drehte das Boot nach dem Ruf.

»Woher kommst du? Wohin fährst du?«

»Ich ging durch die Taiga und war bei einem Schamanen. Der Schamane behandelte mich eine Zeitlang. Jetzt gehe ich heim zu meinem Zelt. Ich habe noch weit zu gehen, aber ich habe kaum noch Kraft. Weis mir einen Platz in deinem Boot zu.«

»Ich würde dich ja mitnehmen. Ich habe aber keinen Platz«, sagte der Fuchs. »Das Boot ist etwas klein und stark beladen.«

»Ich bin klein. Ich brauche nur wenig Platz. Ich werde auch ganz ruhig sitzen. Nimm mich in dein Boot. Du bist doch ein Guter.«

Der Specht tat dem Fuchs leid. Der Specht saß ganz unten auf dem Boden des Birkenbootes und beugte sich so tief, dass er unter dem Gut von Frau Vielfraß nicht zu sehen war.

Sie fuhren. Der Fuchs ruderte vom Heck aus. Der Specht aber schmiegte sich ganz dicht an den Boden des Bootes und hackte unbemerkt ein Loch in die dünne Birkenrinde. Ins Boot drang Wasser. Der Fuchs spürte das Wasser und sagte zum Specht:

»Bei mir rinnt Wasser zusammen. Ist es bei dir auch nass?«

»Ich bin auch nass«, antwortete der Specht. »Wir müssen schnellstens zum Ufer fahren und das Boot reparieren. Vielleicht hat sich irgendwo das Pech von den Nähten gelöst und so ist das Boot leck geworden.«

Sie legten am Ufer an. Der Fuchs sprang aus dem Boot und sagte zum Specht:

»Schlepp du die Sachen aus dem Boot und zieh dann das Boot ans Ufer, dreh den Boden nach oben und such das Loch. Ich gehe in den Wald, stecke etwas Fichtenharz ein, komme zurück und klebe das Loch im Boot zu.«

Sobald der Fuchs im Wald verschwunden war, brach der Specht eine kleine Rute ab, stopfte damit das Loch, setzte sich ins Boot und fuhr mit allen Sachen zur betrogenen Frau Vielfraß. Als der Fuchs aus dem Wald kam, war der Specht bereits am anderen Ufer des Flusses.

»Komm zurück!«, rief der Fuchs. »Du wirst untergehen!«

»Nein, Fuchs, ich gehe nicht unter!«

»Komm zurück, du Dieb ...!«

Der Specht fuhr flussaufwärts.

Der alte Vielfraß kam ohne Boot aus dem Wald. Er setzte sich neben die alte Frau Vielfraß, schimpfte mit ihr und gemeinsam weinten sie. Sie hörten nicht, wie der Specht angefahren kam.

»Weint nicht«, sagte der Specht zu den Alten. »Hier ist eure Habe. Nehmt sie mitsamt dem Boot.«

Dafür nähte die alte Frau Vielfraß dem Specht eine Kaira[26] aus Wildleder, bemalte sie mit farbigem Ton und setzte ihm eine bunte Haube auf.

Der Alte war ein guter Schmied. Er schmiedete eine starke Nase aus Stahl, drechselte spitze Krallen und schenkte sie dem Specht.

Seit dieser Zeit geht der Specht in der Bekleidung der Alten umher und bedient sich bei der Jagd nach Futter der Geschenke des Alten: der stählernen Nase und der spitzen Krallen. Der Specht wohnt auf den Bäumen, deshalb gerät er auch nicht zwischen die Zähne des Fuchses.

26 Kaira: Oberbekleidung aus Fell mit einem Ausschnitt vorne.

Warum das Burunduk[27] auf dem Rücken dunkle Streifen hat

Es war Frühling. Der Bär kroch aus der Höhle. Er hatte Hunger, jedoch nichts zu fressen. Rundherum lag hoher Schnee. Der Bär fand einen Baumstumpf, in dem das Burunduk den ganzen Winter über geschlafen hatte. Er wollte den Baumstumpf umwerfen und das Burunduk fressen, aber der Baumstumpf war stark. Das ging über seine Kräfte.

»Gevatter Bär, warum bist du böse auf mich?«, fragte das Burunduk aus seinem Nest heraus.

»Ich bin auf das feuchte Wetter böse. Es hat mich geweckt und mich aus der Höhle getrieben. Ich ging hinaus, hatte aber nichts zu fressen«, antwortete der Bär. »Hast du nichts zu fressen übrig? Gib mir etwas. Ich habe seit dem Herbst nicht mehr gefressen.«

Das Burunduk gab dem Bären seine übriggebliebenen Vorräte. Der Bär fraß sie auf und streichelte dafür dem Burunduk mit seinen Tatzen über den Rücken ...

Der Rücken des Burunduks heilte, aber an den Schrammen wuchs das Fell in einer anderen Farbe nach. Seither ist das Burunduk gestreift.

Makedonma

Makedonma war ein großer Schamane. Er konnte Kranke heilen und das Schicksal vorhersagen. Das wusste die ganze Taiga, alle Tiere wussten es.

Makedonma war schon alt. Er lebte mit seiner alten Frau zusammen in einem großen Zelt aus Elchleder.

Einmal erfuhren die Tiere, dass Makedonma sich anschickte zu schamanisieren und alle kamen zu ihm. Um sich nicht zu verspäten, trieben sie ihre Rentiere kräftig an. Das sah das Eichhörnchen, da der Weg, den die Tiere nahmen, an seinem Nest vorbeiführte. Das Eichhörnchen wollte auch zu Makedonma reiten, hatte aber kein Reittier. Es saß da und rief in singendem, langgezogenem Ton allen zu, die an ihm vorbeifuhren:

---

27 Burunduk: Streifenhörnchen.

»Ich bin so allein, so allein!
Setzt mich auf den Schlitten
Und nehmt mich mit euch mit
Zu Makedonma ...!«

Alle Vorbeifahrenden hörten das Eichhörnchen. Sie hielten aber ihre Rentiere nicht an und antworteten vom Schlitten herunter:

»Wir eilen zu Makedonma
Und haben keine Zeit anzuhalten
Und keine Zeit, dich aufsitzen zu lassen.«

Alle fuhren an ihm vorbei und niemandem tat das einsame Eichhörnchen leid. So kam es auch nicht zum Schamanisieren in das Zelt Makedonmas.

Als sich die Tiere bei Makedonma versammelten, zog er sein Schamanengewand an, setzte sich auf seinen Schamanenplatz, nahm die Trommel und fing mit dem Spielen und Singen an:

> Alte, schließe fester
> Die Tür und den Rauchfang zu,
> Damit niemand
> In mein Zelt gelangen kann ...!

Die Alte wusste, warum Makedonma befahl, das zu tun. Sie verschloss den Rauchfang fest und versperrte die Tür. Makedonma schamanisierte weiter. Er schamanisierte und schamanisierte, dann hielt er inne.

»In meinem Zelt ist ein anderer Schamane«, sagte er. »Man muss zuerst seine Kräfte erproben und nach ihm werde ich weiterschamanisieren. Zu mir kamen die Hasen mit ihrem Schamanen. Das habe ich erkannt. Na dann, Hase, schamanisiere.«

Und richtig: Unter den Hasen war ein Schamane. Er fürchtete sich nicht vor Makedonma und begann zu schamanisieren. Er schamanisierte eine Zeit lang, strich über seine weißen Ohren und sagte schließlich:

»Makedonma, dein Zelt erwartet Unglück. Ich habe gesehen, dass dein Zelt sich mit Gräbern gefüllt hat.«

Die Tiere bekamen Angst. Makedonma erkannte, dass der Hasenschamane seine List durchschaut hatte. Er warf die Trommel fort, fasste den Kupferhaken vom Feuerbock und metzelte damit die Tiere in seinem Zelt nieder. Viele erschlug er, aber viele Tiere entkamen auch.

Makedonma hielt den Hasenschamanen mit seinem Haken an den weißen Ohren und beschmierte sie mit Ruß, das Hermelin bekam etwas auf sein Schwanzende, dem Moschustier schlug er in die Seiten und befleckte es ganz, ebenso den Luchs, aber am meisten beschmierte er den Vielfraß. Der Marder aber sprang aus Furcht selbst durch das Feuer und versengte sich dabei.

Alle Tiere, die im Zelt Makedonmas waren und vor ihm davongelaufen sind, tragen seither die Spuren seiner Schläge. Dafür ist das Eichhörnchen rein geblieben und blieb auch ohne Flecken.

Der Specht

Nach den Vögeln und den wilden Tieren schuf Amaka das Rentier. Es war das sanfteste und schönste unter den Tieren. Das Rentier hatten alle gern, nur der Wolf betrachtete es mit Neid.

Als die Tiere zu Erde und in der Luft weggegangen waren, stürzte sich der Wolf auf das Rentier und tötete es. Davon erfuhr Amaka und wurde zornig. Er packte den Wolf, band ihm die Pfoten zusammen und warf ihn neben das gerissene Rentier auf die Erde.

»Stirb jetzt den Hungertod«, sagte Amaka. »Jene, die dir helfen, werde ich nicht verschonen und bestrafen.«

Lange lag der Wolf da. Dann tat er dem Specht leid, der zu ihm kam und ihm seine Fesseln löste. Dafür bewirtete der Wolf den Specht mit Rentierfleisch. Der Specht aß, doch er befleckte seine weißen Federn mit dem Blut des Rentiers und wurde bunt.

Dafür, dass der Wolf dem Specht leidgetan hat und er ihm geholfen hat, bestrafte ihn Amaka. Er zwang den Specht dazu, mit seiner Nase Bäume auszuhöhlen, um seine Nahrung zu finden.

Wie der Jäger den Fuchs überlistete

Ein Jäger stellte eine Hasenfalle auf. Aus dem Wald kam ein Fuchs zu ihm gelaufen.

»Guten Tag, Boe!«, sagte der Fuchs. »Was machst du da?«

»Eine Falle. Ich möchte einen Hasen fangen.«

»Das ist gut. Wir werden Fleisch essen.«

»Ja, wir werden Fleisch essen«, sagte der Jäger. »Wir müssen nur einen kräftigen Frost abwarten. Wenn es warm ist, laufen die Hasen nicht, sondern liegen eher.«

Der Jäger spannte die Falle mit einem Birkenzweig und urinierte auf sie. Der Fuchs lachte.

»Wozu hast du das gemacht?«

»Hasen lieben Salziges«, antwortete der Jäger. »Ich weiß nur nicht, ob ich die Falle gut gebaut habe. Schade, dass ich keinen Hund habe, sonst könnte ich die Falle ausprobieren. Vielleicht kannst du mir helfen, Fuchs? Dann wüsste ich, ob auch listige Hasen in diese Falle gehen.«

»Fang du nur die Hasen, ich aber werde sie fressen«, dachte sich der Fuchs und ging zur gespannten Falle. Er wollte auch wissen, ob es eine gute Falle war.

»Ich würde dir helfen, die Falle zu prüfen. Aber ich weiß nicht, wie man das macht«, sagte der Fuchs zum Jäger.

»Das ist einfach. Kriech direkt unter den Holzstamm.«

Der Fuchs kroch vorsichtig in die Falle.

»Was muss ich jetzt tun?«

»Jetzt beiß den Birkenzweig durch, auf den ich uriniert habe.«

»Ich kann da herausspringen«, dachte der Fuchs und setzte sich ein klein wenig hin. Er war bereit zum Sprung und biss mit seinen Zähnen in den gespannten Zweig. Der Stamm stürzte herab und klemmte den Fuchs ein.

Der Auerhahn und der Birkhahn

Der Auerhahn ist unser Taigavogel. Er hat immer bei uns in der Taiga gelebt. Platz und Futter hat er genug. Die Kälte fürchtet er nicht. Er schläft im Schnee. Für ihn ist der Schnee beim Schlafen so warm wie für den Menschen ein gutes Zelt.

Im Frühling kommen aus warmen Gegenden viele verschiedene Vögel in die Taiga. Mit ihnen auch der Birkhahn. In der Taiga traf der Birkhahn den Auerhahn. Sie befreundeten sich und verlebten den Sommer miteinander. Im Herbst schickte sich der Birkhahn an, zurück in wärmere Gegenden zu fliegen. Der Auerhahn sagte zu ihm:

»Du lebst weit weg und musst lange fliegen. Plage dich nicht so und bleib hier. Wir werden in der Taiga leben.«

»Nein, ich werde nicht hierbleiben. Ich fürchte die Kälte. Im Winter werde ich hier erfrieren und verhungern. Im Winter habe ich hier nichts zu fressen.«

Der Auerhahn antwortete:

»Wenn die Kälte kommt, dann zeige ich dir, wie man sich im Schnee vergräbt. Es ist warm, wenn man im Schnee schläft. Ich schlafe da und erfriere nicht. Vor Hunger wirst du auch nicht sterben. Das Futter reicht für uns. Im Winter werden wir die Nadeln und Knospen von den Bäumen fressen. Im Frühling gibt es an den aufgetauten Stellen viele alte Preiselbeeren und Bärentrauben. Bleib hier.«

Der Birkhahn glaubte dem Auerhahn und war damit einverstanden, in der Taiga zu überwintern.

Es fiel Schnee. Starke Fröste kamen. Der Birkhahn begann zu frieren.

»Ich komme hier um vor Kälte«, sagte er zum Auerhahn. »Bleib du allein in der Taiga. Ich fliege fort.«

»Nein. Ich lasse dich nicht fort von hier ...!«

Der Auerhahn klammerte sich mit seinen Krallen an den Schwanz des Birkhahns und hielt ihn so fest, dass sich die Schwanzfedern auf einer Seite zu kringeln begannen.

Der Birkhahn konnte sich nicht losreißen. Er blieb in der Taiga, weinte aber so sehr nach seiner Heimat, dass sich von seinen Tränen sogar die Augenbrauen rot färbten.

Warum die Rotaugen rote Augen haben

Ein hungriger Polarfuchs lief auf einen Fluss hinaus. Dort sah er ein Eisloch, ging hin und blickte ins Wasser. Auf dem Grund des Wassers sah er einen großen Fischschwarm. Das waren Rotaugen.

»Die fresse ich.«

Der Polarfuchs tauchte ins Wasser.

»Was macht ihr hier?«, fragte er.

Die Rotaugen antworteten:

»Unsere Großmutter ist krank. Kannst du uns nicht helfen?«

Der Polarfuchs sagte:

»Gut. Ich werde eure Großmutter heilen. Deckt uns nur mit der Bettdecke zu und achtet nicht darauf, was ich tun werde.«

Sie deckten den Polarfuchs zu. Er begann, das kranke Rotauge zu fressen. Das piepte zwar, aber die Enkel glaubten, dass der Polarfuchs es heile und es deswegen wehtat.

Der Polarfuchs fraß das Rotauge, kroch unter der Decke hervor und sagte:

»Jetzt ist eure Großmutter nicht mehr krank.«

Der Polarfuchs sprang auf das Eis hinaus und lief davon.

Die Rotaugen warteten und warteten, bis die Großmutter unter der Bettdecke hervorkäme, konnten es aber schließlich nicht mehr erwarten. Sie sahen unter die Decke. Dort war aber nicht einmal mehr eine Schuppe übrig geblieben.

Die betrogenen Rotaugen begannen zu weinen. Sie weinten, bis ihre Augen ganz rot geworden waren. Deshalb sind ihre Augen rot.

Der Fuchs und die Aalquappe

Ein Fuchs sah in einem Bach eine Aalquappe. Die Aalquappe lag bei einem Stein und rührte sich nicht. Der Fuchs sagte:

»Aalquappe, man sagt, dass du nicht laufen kannst. Du wärst faul.«

»Nein, Fuchs, ich kann nicht schlechter laufen als du«, antwortete die Aalquappe.

»Du prahlst doch nicht etwa bloß? Lass uns den Bach hinauflaufen, dann wirst du sehen, dass ich dich übertreffe.«

Die Aalquappe war einverstanden. Der Fuchs sagte:

»Wenn wir loslaufen, so halte ich bei jeder Flussbiegung und rufe dich. Du aber antworte mir, damit ich weiß, wo du steckst.«

»Gut«, sagte die Aalquappe. »Laufen wir!«

Und sie liefen. Der Fuchs lief dem Ufer entlang und die Aalquappe im Bach.

Der Fuchs wollte die Aalquappe überlisten. Er wusste, dass der Bach sehr gewunden war. Was er aber nicht wusste, war, dass in ihm von der Mündung bis zur Quelle durchweg Aalquappen lebten. Um die Oberhand zu behalten, verließ der Fuchs das gewundene Ufer und lief gerade über die Landzunge.

Die Aalquappe ging nicht weit flussaufwärts. Sie lief zu ihrer Nachbarin und bat sie, schnell ihrer Nachbarin weiter oben über den Wettstreit zu berichten. Sie gebot allen Aalquappen, es einander auszurichten, damit sie, wenn der Fuchs fragen würde: »Aalquappe, wo bist du?«, mit »Ich bin hier« antworteten.

Der Fuchs lief noch irgendwo, als sich die Aalquappen schon verabredet hatten, an ihren Plätzen lagen und den Fuchs erwarteten.

Der Fuchs lief ans Ufer und rief:

»Aalquappe, wo bist du?«

»Hier!«, antwortete eine Aalquappe, die weiter flussaufwärts lag.

Der Fuchs lief wieder geradeaus durch die Taiga. Dann lief er zum Ufer.

»Aalquappe, wo bist du?«

»Ich bin hier!«

Es zeigte sich, dass die Aalquappe wieder vorne war. Der Fuchs lief noch schneller. Aber wo auch immer er ans Ufer kam, vor welcher Landzunge er auch immer »Aalquappe, wo bist du?« rief, immer hörte er die Stimme der Aalquappe etwas voraus. Der Fuchs aber wollte nicht verlieren. Er wählte einen noch kürzeren Weg und lief mit aller Kraft zur Quelle des Baches. Er lief heran und dachte: »Jetzt aber werde ich vorne sein.«

»Aalquappe, wo bist du?«, rief der Fuchs.

Eine Aalquappe aber antwortete ihm vom ganz oberen Ende des Baches:

»Ich bin hier, Fuchs! Was brauchst du aber auch lange.«

Seit dieser Zeit nannte man den Fuchs einen Angeber und diesen Bach »Aalquappenbach«.

Bojaty

Die Alten erzählten folgende Geschichte:

Vor langer Zeit lebte auf der Erde ein Mensch. Man nannte ihn Bojaty. Er hatte eine Frau und einen alten Vater. Bojaty aber raubte und mordete. Es wussten aber nur wenige darüber Bescheid. Es gab nur Gerüchte unter den Menschen, dass Bojaty kein guter Mensch wäre. Seine Frau und sein Vater wären auch nicht besser. Wenige hatten sein Gesicht gesehen. Alle sagten nur: »Bojaty, Bojaty.« Wer er aber war, das erfuhren sie erst hinterher.

Es geschah, dass ein Mann einmal mit seiner Familie durch die Taiga zog. Es war Winter, in der Taiga lag viel Schnee. Es war schwer zu gehen, sowohl für die Menschen als auch für die Rentiere. Da erblickte der Mann ein Zeltlager, kam hinzu und entschloss sich, dort sein Zelt aufzubauen. Er nahm seine Palma und begann, Stangen für seine Behausung zu schneiden. Seine Frau nahm die Wiege mit dem Kind vom Sattel, stellte sie unter einen Baum in den Schnee und machte sich daran, die Rentiere zu entladen. Da trat eine Frau auf sie zu.

»Das Kind ist sicher durchgefroren. Lass es sich etwas aufwärmen«, sagte sie zur Mutter, nahm die Wiege und trug das Kind in ihr Zelt.

Nachdem die Frau den Platz für das Zelt gerichtet hatte, ging sie ebenfalls in das Zelt, um sich auszurasten und ein wenig aufzuwärmen.

Im Zelt brannte ein Feuer. Auf dem Feuerbock hing ein Topf, in dem das Essen kochte. Es roch nach Fleisch.

»Bald gibt es etwas zu essen«, sagte die Besitzerin des Zeltes. »Das Essen kocht schon. Warten wir auf deinen Mann. Dein Kind hat sich aufgewärmt und schläft.«

Die Mutter sah auf die Wiege, dann auf den Topf. Das kochende Wasser sprudelte immer wieder Fleischstücke nach oben. Auf einmal tauchte eine Kinderhand an der Oberfläche auf. Die Mutter erschrak und blickte noch einmal unauffällig auf die Wiege. In der Wiege lag der tote Kopf ihres Kindes. Sie ließ sich nichts anmerken und sagte:

»Das Fleisch ist gar, aber mein Mann kommt schon lange nicht. Ich gehe zu ihm hinaus und sehe nach, was er macht.«

»Geh nur, geh nur«, sagte der Besitzer des Zeltes. »Dein Kind schläft gut. Während du weg bist, passt meine alte Frau darauf auf.«

Ihr Mann stellte das Gerüst des Zeltes auf. Seine Frau ging zu ihm und sagte leise:

»Wir sind in schlechte Gesellschaft geraten. Das ist das Zeltlager von Bojaty. Man hat unserem Kind den Kopf abgeschnitten. Er liegt in der Wiege und der Körper kocht im Topf. Wir müssen so schnell wie möglich und unbemerkt von hier fliehen.«

Die Frau war eine kleine Schamanin. Sie dachte nach und sagte zu ihrem Mann:

»Fürchte dich nicht. Stellen wir schnell unser Zelt mit der Türöffnung in Richtung Bojatys Zelt auf. Die vordere Seite bedecken wir mit Rinde, die hintere aber lassen wir offen. Dann gehen wir gemeinsam zu Bojaty. Du setzt dich und wirst aus dem Topf Fleisch essen. Nimm das Fleisch aber nicht in den Mund und schluck es nicht, sondern leg dir ein Schultertuch an und lass unbemerkt die Stücke dahinterfallen. Ich aber nehme die Wiege und trage sie in unser Zelt. Während du bei Bojaty zu Gast bist, trage ich alle unsere Sachen durch den offenen Teil des Zeltes, packe sie auf die Rentiere, sitze auf und reite davon. Dir lasse ich ein kleines Rentier an einem Baum gebunden zurück. Es wird hinter unserem Zelt stehen. Bleib länger bei Bojaty zu Gast. Wenn du kommst, binde das Rentier sofort los. Es wird den Rentierspuren folgen und mich einholen. Ich werde es sehen und wissen, dass du lebst. Dann werde ich schamanisieren, um dich zu retten und Bojaty ins Verderben zu stürzen.«

Sie machten alles so, wie sie es verabredet hatten. Der Tunguse blieb bei Bojaty zu Gast, nahm das Fleisch seines Kindes aus dem Topf und steckte es heimlich hinter sein Schultertuch. Er aß, blieb noch eine Weile sitzen und ging dann in sein Zelt schlafen.

Er legte sich aber nicht schlafen, sondern ging zu dem von seiner Frau zurückgelassenen kleinen Rentier, versteckte sich hinter einem Baum und wartete ab, was Bojaty machen würde. Das Rentier schnaubte, rief seine Mutter und zog am Riemen.

Es wurde Nacht. Auf einmal öffnete sich die Tür an Bojatys Zelt. Es kamen der Alte und Bojaty mit seiner Frau heraus. Bojaty nahm eine scharfe Palma, ging zum leeren Zelt und stieß mit der Palma durch die Abdeckung aus Birkenrinde.

»Der Mord wird dir nicht gelingen!«, rief der Tunguse, band das Rentier los und lief ihm nach, um seine Frau einzuholen.

Seine Frau war schon weit fort, als das kleine Rentier sie einholte.

»Mein Mann lebt«, sagte sie. »Ich muss sofort schamanisieren.«

Sie entzündete schnell ein Feuer, nahm aus ihrer Tasche eine dicke Rentiersehne, briet sie nach und nach, schamanisierte und warf die Sehne auf den Weg. Dann ging sie über einen Fluss und hielt dort an. Quer über ihre Spuren schlug sie ein breites Eisloch heraus, bedeckte es mit lockerem Schnee und wartete auf ihren Mann.

Bojaty wurde wütend, da man ihn betrogen hatte. Er lief, um den Tungusen einzuholen. Bojatys Frau und der alte Vater liefen hinterher. Als der Alte bis zu der auf den Weg geworfenen Sehne gelaufen war, überkam ihn so ein Hunger, dass er nicht mehr weitergehen konnte. Er nahm die Sehne und begann, sie zu essen. Er schluckte sie als Ganzes. Er schluckte und schluckte und erstickte. Bojaty lief bis zum Fluss, aber er fiel in das Eisloch und ertrank. Bojatys Frau aber erschlug der Tunguse mit der Palma.

So endete das Leben des bösen Geschlechts der Bojaty.

Ob es unsere Alten richtig erzählt haben? Wer weiß das schon ...

Woher der erste Bär kam

In der Taiga lebte einmal ein sehr großer Schamane. Dieser hatte einen Sohn. Als der Schamane alt geworden war, sagte er zu seinem Sohn:

»Ich bin alt und werde bald sterben. Nimm alle meine Geister und werde auch so ein großer Schamane, wie ich es gewesen bin. Meine Geister haben mir befohlen, dass ich es so mache.«

Der Sohn hörte dem Vater zu, sagte aber nichts dazu. Er wollte kein Schamane sein.

Schließlich wurde der Schamane so alt, dass er die Trommel nicht mehr heben konnte. Er war kurz davor zu sterben, aber die Geister ließen es nicht zu und hielten ihn zurück. Der Schamane sagte wieder zu seinem Sohn:

»Ich werde sterben. Ich bin so alt, dass es mir schwerfällt, meine Geister in mir zu halten. Nimm sie weg von mir. Die Geister befehlen mir, dass ich sie dir übergebe. Wenn sie in dich einziehen, dann kann ich beruhigt sterben. Du aber, mein Sohn, wirst ein echter, großer Schamane.«

Nachdem der Sohn dem Vater zugehört hatte, sagte er:

»Vater, ich will kein Schamane werden. Ich brauche deine Geister nicht. Gib sie irgendjemand anderem.«

Da wurde der Alte so böse, dass er mit dem Sohn nicht mehr sprach. Er lag da und schwieg. Es schien, als ob die Geister ihn quälten und ihm keine Ruhe ließen. Und erst kurz vor dem Tod sprach der Schamane wieder zum Sohn:

»Mein Sohn, du wolltest meine Geister nicht aufnehmen, so hüte dich jetzt. Ich sterbe. Lege meinen Leichnam auf ein Lager und bewache mein Grab vierzig Tage und Nächte. Wenn du nicht durchgewacht hast, dann werden mich die Geister vom Grab nehmen und ich werde ein noch nie dagewesenes Tier werden. Ich werde ein schreckliches Tier.«

Der Schamane starb. Der Sohn legte den Leichnam auf ein Lager und begann, das Grab zu bewachen. Viele Tage und viele Nächte saß er ununterbrochen neben dem toten Vater, dann wurde er müde und ging ins Zelt, um sich auszuruhen. Wohin sollte der Verstorbene verschwinden? Am vierzigsten Morgen kam der Sohn zum Lager und erschrak. Das Lager war geöffnet und der Schamane war fort. Wohin war er verschwunden? Er sah sich um: Auf der Erde waren gewaltige Spuren, ähnlich jenen eines barfüßigen Menschen. Die Spur führte vom Lager in die Taiga.

Der Sohn eilte zum Zeltlager und erzählte den Menschen alles.

»Man muss ihn aufspüren gehen«, sagten sie.

Die Männer bewaffneten sich mit Bogen und folgten der unbekannten Spur. Sie gingen lange. Auf einmal knackte es im Wald. Sie sahen sich um: Direkt vor ihnen ging ein großes, schwarzes und zottiges Tier. Als man ihm das Fell abzog, erkannte der Sohn an Zeichen auf dem Bauch des Tieres in diesem Tier seinen alten Vater.

Seither nennen die Menschen dieses Tier »Großvater Amaka«.

Christus und der Teufel Kingit

Man sagt, dass einst Jesus Christus gelebt hat. Er schuf zwei Menschen: einen Mann und eine Frau. Dann schuf er einen Hund. Alle drei setzte er auf ein hohes Lager. Er lehnte auch eine Leiter an das Lager.

»Bleibt auf dem Lager sitzen und steigt nicht hinunter auf die Erde«, sagte Christus. »Wenn in meiner Abwesenheit jemand kommt und um die Leiter fragt, lasst sie ihm nicht hinunter. Bleibt hier sitzen. Ich bringe euch Kleidung.«

Christus ging fort. Da kam auf einmal der Teufel Kingit aus dem Wald. Er trat ans Lager heran und sagte:

»Lasst mir die Leiter herunter, ich bringe euch gute Kleidung. Ihr seid ganz nackt. Ich werde euch kleiden.«

Die Menschen wollten die Leiter nicht auf die Erde hinunterlassen, aber der Hund tat es. Kingit kam die Leiter herauf, spuckte auf den Mann und auf die Frau, dem Hund aber gab er ein buntes Fellkleid und ging wieder fort. Als Christus mit der Kleidung zurückkam, erblickte er die angespuckten Menschen und den bunten Hund.

»Warum seid ihr so schmutzig? Woher hat der Hund ein so buntes Kleid?«, fragte er.

Die Menschen erzählten:

»Es kam ein Mensch zu uns. Er fragte, ob wir die Leiter hinunterlassen könnten, damit er zu uns auf das Lager heraufkommen und uns schöne Kleider anziehen könne. Wir hörten nicht auf ihn, aber der Hund ließ die Leiter auf die Erde hinab, der Mensch kam auf unser Lager herauf und zog dem Hund das bunte Kleid an. Uns aber spuckte er an und ging fort in den Wald.«

»Das war Kingit. Er hat euch betrogen«, sagte Christus und begann, die angespuckten Menschen zu säubern. Er wusch sie lange, aber er konnte den Speichel nicht abwaschen. Da wendete er die Menschen von innen nach außen, dem Hund aber sagte er:

»Dafür, dass du Kingit die Leiter hinabgelassen hast, werden dich die Menschen immer schlagen und hungrig halten.«

Christus verheiratete die Menschen miteinander. Sie bekamen Kinder. Die Kinder wurden erwachsen. Auch sie musste man verheiraten. Der alte Vater dachte lange nach, doch ihm fiel nichts ein, wie sie weiterleben sollten. Er ging zu Jesus Christus und sagte zu ihm:

»Unsere Kinder sind erwachsen geworden. Wir wissen nicht, wo wir Bräute und Bräutigame für sie hernehmen sollen.«

»Such nicht«, sagte Jesus Christus. »Außer euch gibt es auf der Erde keine Menschen.«

»Wie sollen wir leben?«, fragte der Alte.

»Die Brüder sollen die Schwestern heiraten.«

So machte es der Alte. Von den Kindern kamen neue Kinder.

Als sich die Menschen stark vermehrt hatten, gingen sie nach verschiedenen Seiten auseinander und begannen, unterschiedliche Sprachen zu sprechen – Tungusisch, Ostjakisch, Jakutisch.

Da Christus die ersten Menschen nicht vom Speichel des Teufels säubern konnte, sondern ihre Haut wendete, wurden alle Menschen krank und husteten, weil sie im Innern nicht rein sind.

Der Fuchs

Ein Fuchs kam in ein Zelt. Im Zelt waren nur Frauen.

»Ach, wie bin ich vom Fischefangen müde«, sagte der Fuchs. »Der Fluss ist voll von Fischen. Geht und legt die Netze aus, solange die Fische noch hier sind. Fangt sie. Ich aber werde mich kurz in eurem Zelt ausruhen.«

Die Frauen nahmen das Netz und gingen fort, um Fische zu fangen. Der Fuchs schickte sich an, Mehl zu fressen. Er fraß es auf und legte sich schlafen.

Im Fluss gab es keine Fische. Die Frauen kehrten zum Zelt zurück und weckten den Fuchs.

»Wo hast du die Fische gesehen? Du musst uns den Platz zeigen, wo du gefischt hast.«

»Wartet ein wenig. Ich gehe in den Wald. Mein Bauch tut weh. Ich habe mich mit Mehl überfressen.«

Der Fuchs sprang aus dem Zelt und lief davon. Die Frauen sahen in die Tasche. Die Tasche war leer.

»Der Fuchs hat uns betrogen. Er hat unser ganzes Mehl aufgefressen.«

Die Frauen liefen dem Fuchs hinterher. Sie fanden ihn und jagten ihn auf einen krummen Baum.

»Hier werden wir dich umbringen.«

Die Frauen zündeten den Baum an. Die Flammen erfassten den Fuchs und versengten ihn ganz. Der Fuchs fiel auf die Erde.

»Verrecke jetzt«, sagten die Frauen und gingen.

Der Fuchs hatte sich verbrannt, aber er verendete nicht. Das Feuer hatte ihn nur ausgetrocknet und auf die Hälfte zusammenschrumpfen lassen und sein schwarzes Fell war rot geworden.

Die Menschen mit den tropfenden Nasen

Ein junger Mann ging durch die Taiga und suchte Eichhörnchen. Er fand ein Zelt, das ganz zugeschneit war. Der Junge schaufelte den Schnee weg und kroch ins Zelt. Im Zelt war kein Feuer, an den Wänden saßen Leute. Aus ihren Nasenlöchern tropfte es langsam heraus. Die Tropfen fielen auf ihre Knie und gefroren. Vor jedem Menschen waren schon viele Tropfen gefroren. Der Junge fragte die Menschen, doch sie antworteten ihm nicht. Er berührte sie, doch sie bewegten sich nicht. Der Junge dachte, dass die Menschen gleich erfrieren würden, und machte sich daran, im Zelt ein Feuer zu machen. Die Tropfen tauten auf und die Menschen begannen, sich ein wenig zu bewegen. Dann öffneten sie die Augen, sahen das Feuer und schienen zu erschrecken.

»Mensch, wir kennen das Feuer nicht«, sagte ein Alter zu dem Jungen. »Wir tauen von der Sonne auf und beleben uns erst im Frühling. Solange es warm ist, leben wir. Im Herbst gehen wir in unser Zelt, setzen uns und frieren ein. Eingefroren sitzen wir so, bis es wieder warm wird. Weshalb bist du zu uns gekommen? Du hast uns damit umgebracht. Jetzt werden wir alle sterben.«

Der Junge kroch aus dem Zelt und lief davon. Nach ihm gingen noch viel Menschen durch die Taiga, aber niemand hat diese Menschen mit den tropfenden Nasen jemals wieder gefunden oder gesehen. Die Alten sagen, dass die Leute aufgetaut und zu Bächen geworden sind. Die Erde ist die Nase und das Eis die gefrorenen Tropfen.

Das Haselhuhn

Am Anfang war das Haselhuhn ein riesiger Vogel. Wenn es flog, dann gerieten alle Tiere auf der Erde und in der Luft vom Geräusch der Flügel ins Zittern und flüchteten, wohin sie konnten.

Einmal ritt Jesus Christus auf einem Rentier durch den Wald. Er ritt zum Haselhuhn. Das Haselhuhn flog auf und erschreckte mit seinem Lärm Jesus Christus und das Rentier. Das Rentier warf sich zur Seite. Jesus Christus fiel aus dem Sattel und verletzte sich. Er wurde böse.

»Du machst viel Lärm«, sagte Jesus zum Haselhuhn. »Dich fürchten die Tiere auf der Erde und in der Luft. Damit du niemanden erschreckst, werde ich dir die Flügel nehmen.«

Jesus Christus fing das Haselhuhn, brach ihm die Flügel ab und ging fort. Das Haselhuhn wollte fliegen, aber es konnte sich nicht erheben. Die Flügel waren klein. Da nahm Jesus Christus vom Haselhuhn alles Fleisch, das zu viel war, und teilte es unter den anderen Vögeln, den Fischen und den Tieren zu Land auf.

Deshalb haben viele Fische, Vögel und Tiere zu Land an ihren Körpern Teile weißen Fleisches. Der Barsch ist aber ganz aus dem Fleisch des Haselhuhns gemacht.

Sonne, Mond und Sterne

Vor langer Zeit lebte einmal ein Mann namens Deljatscha. Er hatte eine Frau namens Bega und einen kleinen Sohn.

Einmal beluden sie die Rentiere und zogen an einen neuen Ort. Deljatscha ritt ohne Gepäck voraus, Bega aber führte hinter ihm die Karawane. Auf dem zweiten Rentier hing an der Seite eine Wiege, in der der kleine Sohn mitzog.

Unterwegs traf Deljatscha Oschikta.

»Deljatscha, warum reitest du allein? Warte doch auf deine Frau«, sagte Oschikta.

»Bega wird meinen Weg finden. Sie kann mich sehr gut aufspüren. Weshalb sollte ich auf sie warten?«

»Es ist nicht schwer, dich zu finden. Aber Bega hat das Kind und viele Rentiere. Allein fällt es ihr schwer zu gehen.«

Deljatscha fragte Oschikta, ob sie zu Bega gehen und ihr ausrichten könnte, dass er bald anhalten und ein Zelt aufschlagen würde. Oschikta ging Bega entgegen. Als sie zu ihr kam, saß Bega über die Wiege gebeugt und weinte. Oschikta sagte:

»Bega, warum sitzt du da und gehst nicht zu deinem Mann? Er wartet auf dich. Worüber weinst du?«

Bega erzählte Oschikta, dass sie auf dem alten Zeltplatz ihre Tasche mit Messern und Schabeisen zur Lederherstellung vergessen hätte und zurückgegangen wäre, um sie zu holen. Auf dem Rückweg hätte sich die Wiege mit dem Kind gelöst und wäre heruntergefallen. Dort waren die Rentiere gegangen. Sie hatten die Wiege mitsamt dem Kind zertreten ...

»Wohin gehe ich jetzt mit dem toten Kind?«

Bega hatte großen Kummer. Sie bewegte sich nicht von der Stelle. Deljatscha, der ihre Rückkehr nicht abgewartet hatte, kam zu ihr zurück. Bega weinte noch lauter.

»Gehen wir zum guten Amaka«, sagte sie zu ihrem Mann. »Nehmen wir unseren Sohn zu ihm mit. Bitten wir ihn. Vielleicht heilt er unser Kind.«

Deljatscha führte die Rentiere und Bega trug in den Händen die Wiege mit dem Kind.

Bis zu Amaka war es weit. Bega hatte müde Beine und sagte zu ihrem Mann:

»Ich habe keine Kraft mehr. Ich kann die Wiege nicht bis zu Amaka tragen.«

Da bat Deljatscha Oschikta, seiner Frau zu helfen, die Wiege mit dem zertretenen Kind zu tragen. Oschikta war einverstanden.

»Ich führe die Rentiere und ihr tragt meinen Sohn«, sagte Deljatscha. »Wir gehen zu Amaka in den Himmel und von dort werden wir alle vier zurückkehren.«

Und sie gingen zu Amaka in den Himmel. So gehen sie seit vielen Jahren: Deljatscha geht voran und hinter ihm tragen Bega und Oschikta die Wiege mit dem zertretenen Kind in den Händen. Sie sind jeden Tag und jede Nacht auf dem Himmel zu sehen. Am Morgen erhebt sich Deljatscha über die Berge und geht den ganzen Tag über den Himmel; gegen Abend rollt er über die Gebirge und senkt sich hinab, sodass man ihn nicht sehen kann. Dafür erheben sich die von Kummer gequälte Bega und ihre Helferin Oschikta über den Bergen. Gegen Morgen, wenn sie gehen und sich hinter die Gebirge versenken, erhebt sich Deljatscha wieder über die Berge.

So ziehen sie ewig zum guten Amaka. Zu ihm gelangt man nicht schnell. Der Weg ist weit.

Tanina und der Bär

Tanina lebte am Ufer eines kleinen Flusses. Er fuhr jeden Tag mit einem Birkenboot, fing Fische und ernährte damit seine Familie. Davon erfuhr der Bär und beschloss, den Fischer zu fangen. Er begann nachzudenken und dachte sich eine Falle aus. Der Bär ging zu einem Zweig und berührte ihn einige Male – es war eine Linde.

»Diese Falle wird Tanina fangen«, sagte der Bär und legte sich in den Sträuchern in Deckung.

Tanina fuhr das Flüsschen entlang und hörte, dass jemand ihn zu sich rief:

»Tanina, komm her!«

Tanina fuhr zum Ufer, erblickte die Falle des Bären und ärgerte sich. Er schlug mit dem Ruder darauf und das Ruder klebte fest, er stieß mit einer Stange und die Stange blieb stecken, er schlug mit der Faust darauf und blieb selbst kleben. Er versuchte, sich loszureißen, doch der Bär war schon dort. Er packte Tanina, setzte ihn in einen Sack, lud diesen auf seine Schultern und trug ihn in sein Zelt. Er ging und ging und wurde müde. Er legte sich hin, um sich auszuruhen. Tanina kroch leise aus dem Sack, legte Steine in ihn hinein und flüchtete zum Flüsschen, setzte sich in das Boot und fuhr davon. Der Bär erwachte, stand auf, lud sich erneut den Sack mit der Beute auf die Schultern und ging heim. Im Zelt angekommen warf er den schweren Sack herunter und sagte zu den Bärenkindern:

»Seht, Kinderchen, welches kleine Geschenk ich mitgebracht habe!«

Der Bär legte sich hin, um sich auszuruhen. Die Bärenkinder banden den Sack auf und sagten:

»Du hast Steine mitgebracht.«

»Nein, ich habe Tanina im Sack geholt. Offensichtlich hat er mich betrogen. Aber ich werde ihn fangen.«

Der Bär rastete nicht. Er machte sich erneut zum Flüsschen auf, um Tanina aufzulauern. Der Bär stellte seine Falle auf, legte sich in die Büsche und wartete, bis der schlaue Fischer an ihm vorbeikam.

An diesem Tag fing Tanina ein Boot voll Fische und kehrte zu seiner Familie zurück. Er fuhr und hörte auf einmal:

»Tanina, komm her ...!«

Tanina fuhr ans Ufer, sah sich um und bemerkte, dass an dem Ufer die Falle des Bären lag. Tanina ärgerte sich: Er schlug mit dem Ruder und das Ruder blieb kleben; er stieß mit der Stange und die Stange blieb stecken; er schlug mit der Faust – die Hand blieb hängen; er gab der Falle einen Fußtritt und klebte als Ganzes daran.

»Jetzt gehörst du mir!«, sagte der Bär. »Jetzt fresse ich dich.«

Der Bär steckte Tanina in den Sack, lud ihn auf die Schulter und schleppte ihn ohne Pause zu seinem Zelt, hängte den Sack auf einen Ast und sagte zu seinen Kindern:

»Ihr bewacht Tanina und ich gehe noch zum Fluss und hole seine Fische.«

Der Bär ging. Tanina saß im Sack und wusste nicht, wie er fliehen sollte. Schließlich sagte er zu den Bärenkindern:

»Bald wird euer Vater die Fische bringen, mich erschlagen, mein Fleisch kochen und ihr werdet mich fressen. Solange ich noch lebe, gebt mir ein Messer, dann mache ich euch schöne Löffel. Mit den Löffeln wird es für euch leichter, das heiße Fleisch und den Fisch aus dem Kessel zu holen.«

Die Bärenkinder banden den Sack auf. Tanina kletterte heraus, nahm das Messer und erstach die Bärenkinder. Er schnitt ihnen die Köpfe ab und legte sie der Reihe nach so unter die Decke, als schliefen die Bärenkinder. Das Fleisch der Bärenkinder schnitt er in Stücke, kochte davon einen vollen Kessel und flüchtete aus dem Zelt.

Der Bär brachte die Fische. Er erblickte im Kessel das Fleisch und schickte sich an, es zu fressen.

»Ah, gut, dass meine Kinderchen Tanina schon getötet haben. Ich habe schon so großen Hunger. Sie selbst haben sich, wie man sieht, schon satt gefressen und schlafen.«

Der Bär aß sich an dem Fleisch satt und wollte sich zum Schlafen hinlegen. Er kroch ins Bett. Aber was war das? Die Bärenkinder atmeten nicht. Er berührte eines – der Kopf rollte davon, er berührte ein anderes – und auch sein Kopf rollte davon.

Der Bär stürzte hinaus, um Tanina zu fangen, doch er konnte nicht mehr laufen. Weil er das Fleisch seiner Kinder gefressen hatte, zogen sich ihm die Beine zusammen.

Seit dieser Zeit haben die Bären Klumpfüße.

Die Sterne und die Mäuse

Ein Stern sagte:

»Ich gehe auf die Erde, suche eine Maus, heirate sie und kehre mit ihr zurück in den Himmel.«

Die Mäuse hörten davon und erschraken. Tagsüber saßen sie in ihren Löchern, nachts aber krochen sie hervor und blickten auf den Himmel. Auf einmal stürzte ein Stern vom Himmel und fiel auf die Erde.

»Dieser Stern verfolgt mich«, dachte sich jede Maus. Und jede flüchtete, wohin sie konnte.

In jener Nacht erhängten sich aus Furcht viele Mäuse.

Seit dieser Zeit sterben zur Zeit der herbstlichen Sternschnuppen viele Mäuse. Seht nur, wie viele jeden Herbst in Astgabeln zwischen Stamm und Ast hängen.

MÄRCHEN DER DOLGANEN

Moskirys und Unkawil

Es war einmal ein einsames Zelt. In ihm lebte eine alte Frau mit ihren zwei Söhnen. Der ältere Sohn hieß Moskirys, der jüngere blieb lange ohne Namen.

Die Brüder beschäftigten sich mit der Jagd. Sie fingen viele wilde Rentiere, deren Fleisch sie als Nahrung und deren Fell sie als Kleidung und zum Bau ihrer Behausung nutzten. Die Brüder lebten weit weg von den anderen Menschen, aber sie hatten von ihrer Mutter gehört, dass es in der Nachbarfamilie einen starken Mann namens Sjamtyra gab. Wie er aber aussah und welche Kräfte er hatte, das wusste keiner von beiden. Sie wussten nur, dass Sjamtyra durch die Welt zog, raubte und mordete. Das erschreckte die Brüder nicht. Sie fürchteten sich nicht vor Sjamtyra und gingen weit fort auf die Jagd.

Moskirys war ein guter und mutiger Jäger. Er stand früh morgens auf, aß, nahm seinen Bogen und ging auf die Jagd nach wilden Rentieren. Nach Moskirys stand sein jüngerer Bruder auf, aß, bewaffnete sich mit seinem Bogen und machte sich auch zur Rentierjagd auf.

Die Brüder gingen in entgegengesetzter Richtung auseinander, jeder seines Weges. Ihre Mutter blieb zu Hause. Sie saß und arbeitete. Da hörte sie, dass jemand kam. Sie dachte, der jüngere Sohn käme von der Jagd. Sonst erwartete sie niemanden. Da zeigte sich ein Fremder. Die Alte wusste nicht, wer das war. Er hatte einen großen Bogen und viele Pfeile. Mutig betrat er das Zelt.

»Bist du allein?«, fragte er die Alte.

»Ja.«

»Ich suche deine Söhne. Sag mir: Wo stecken sie? Und lüg mich nicht an!«

»Sie sind beide auf der Jagd nach wilden Rentieren.«

»In welcher Richtung sind sie fort?«

»Ich weiß es nicht. Vielleicht in unterschiedliche, vielleicht in dieselbe Richtung. Ich habe es nicht gesehen.«

»Vor langer Zeit?«

»Mein älterer Sohn ist früh am Morgen weggegangen und der jüngere vor Kurzem.«

Die Alte war so erschrocken, dass sie die Wahrheit gesagt hatte. Der

Fremde sprang aus dem Zelt zu einem Baum und zeichnete mit einem Pfeil drei Furchen in den Sand.

»Sieh«, sagte er zur Alten. »Sobald der Sand getrocknet ist und die Furchen verschwunden sind, werden deine Söhne nicht mehr am Leben sein. Ich werde sie einholen und beide umbringen. Ich bin Sjamtyra!«

Die Alte konnte nichts sagen. Sjamtyra folgte schnell der Spur des jüngeren Sohnes der Alten.

* * *

Der jüngere Sohn hatte Glück. In der Nähe seines Zeltes fand er eine Herde wilder Rentiere. Er begann zu jagen. Er erlegte einen Lontschak[28], zog ihm das Fell ab, setzte sich darauf und begann, das rohe Knochenmark zu essen. Er hielt den Schienbeinknochen des erlegten Rentiers in der Hand und brach ihn mit dem Messerrücken auf seinem Knie auseinander. Er wurde jedoch gestört. Im Wald erschienen plötzlich von irgendwoher viele Menschen. Sie hatten Pfeile und Bogen. Die Menschen umzingelten ihn von allen Seiten. Er hielt den Rentierknochen fest in der Hand, sprang auf die Beine und warf sich auf die bewaffneten Leute. Er stürzte sich auf einen Mann und schlug mit dem Knochen auf ihn ein, erschlug ihn, sprang aus dem Kreis und rannte fort. Ihm hinterher jagte der Hüne Sjamtyra selbst, der ihm im Laufen Pfeile nachschoss. Er verfolgte ihn lange, konnte den jüngeren Sohn der Alten aber weder einholen noch töten, da dieser leicht, flink und wendig war. Alle Pfeile Sjamtyras schossen an ihm vorbei. Er lief bis zu einem Felsabgrund und sprang über die Kluft. Sjamtyra konnte nicht springen. Er blieb auf dem Felsen stehen und rief ihm hinterher:

»Du bist nicht Moskirys …! Du bist Unkawil …!«

So kam der jüngere Sohn der Alten zu seinem Namen.

* * *

Die Alte saß im Zelt und sah durch den Eingang auf den Sand, in den Sjamtyra gezeichnet hatte. Die Sonne trocknete den Sand. Der Sand bröckelte und die Spuren der Pfeile in ihm verschwanden nach und

28 Lontschak: junges Rentier.

nach. Die Alte hörte nicht, wie ihr jüngerer Sohn Unkawil zum Zelt gelaufen kam. Unkawil hielt den Rentierknochen in der Hand. Er war bleich und außer Atem.

»Sohn, weshalb bist du so erschrocken?«, fragte die Mutter Unkawil.

»Ich wurde lange von einem Mann gejagt. Mit Mühe konnte ich fliehen. War das etwa der Hüne Sjamtyra? Ich bin sehr erschöpft.«

Unkawil ging ins Zelt und setzte sich, um sich auszuruhen.

»Richtig, Sohn«, sagte die Mutter, »gerade, als du auf die Jagd gegangen warst, kam ein schwarzer Mann zu mir und fragte, wo ihr wärt. Ich erzählte es ihm. Er rührte mich nicht an. Er ging aus dem Zelt und zeichnete mit seinen Pfeilen drei Furchen in den Sand vor dem Baum. Dann sagte er zu mir: ›Sieh, Alte: Sobald der Sand getrocknet ist und meine Spuren verschwunden sind, werden deine Söhne gestorben sein. Sie werden getötet worden sein. Ich bin Sjamtyra.‹ Wahrscheinlich wird er herkommen und uns umbringen.«

Die Alte wurde traurig. Unkawil begann, den Rentierknochen aufzubrechen und das rohe Mark zu essen.

Zur Nacht kam Moskirys von der Jagd zurück. Er hörte die Erzählung der Mutter über Sjamtyra an und bereitete sich, ohne etwas zu sagen, auf ein Treffen mit dem schrecklichen Hünen vor.

Sjamtyra kam nicht zum Zelt. Am Morgen machten sich die Brüder starke Kampfbogen und sagten zur Mutter:

»Bleib du hier. Wir aber gehen und jagen Sjamtyra. Wir werden seine Spur finden, ihn fangen und töten. Nach sieben Tagen kommen wir zurück. Warte.«

Die Alte blieb allein. Sie saß da und fürchtete sich davor, dass der schreckliche Hüne wieder zu ihr kommen würde.

Die Brüder spürten die Spur Sjamtyras auf und folgten ihr. Voraus sahen sie einen Adler, der auf einem Baumwipfel saß. Moskirys nahm einen Pfeil und sagte zu Unkawil:

»Sieh, Bruder, an dem Adler werde ich meinen neuen Bogen erproben und gleichzeitig mich selbst: Wenn ich mit dem Pfeil den Hals des Vogels durchstoße, dann bin ich ein guter Schütze.«

Moskirys schoss den Pfeil ab. Der Pfeil schlug unter dem Adler einen Ast ab. Der Adler flog fort.

»Ich habe nicht schlecht geschossen«, lobte sich Moskirys. »Der

Vogel hat weit weg gesessen.«

Unkawil schwieg.

Die Brüder gingen weiter. Unterwegs kamen sie an einen Fluss.

»Ist das etwa der Fluss Sjamtyras?«

Die Brüder berieten sich und gingen vorsichtiger weiter. Es roch nach Rauch. Sie gingen ans Steilufer, schlichen sich lautlos an die Zelte und versteckten sich im Gras. Auf einmal hörten sie das Klappern eines Kessels. Ein Junge kam aus einem Zelt und ging zum Fluss, um Wasser zu holen. Er war schlecht gekleidet.

»Das muss ein Knecht sein. Wir müssen ihn fangen.«

Die Brüder lauschten gespannt. Als der Junge auf ihrer Höhe war, sprangen die Brüder vom Gras hoch und hielten ihn fest. Er erschrak, wollte schreien, doch die Brüder drohten ihm.

»Wer bist du?«

»Ein Knecht.«

»Wem bringst du Wasser?«

»Sjamtyra. Ich lebe bei ihm.«

»Wo ist Sjamtyra?«

»Er sitzt im Zelt. Volk ist auch dort. Bald werden sie schamanisieren.«

»Weißt du, worüber sie schamanisieren werden?«

»Ja«, antwortete der Knecht. »Sjamtyra sagte, dass er gestern einen gewissen Moskirys gesehen hat, den er umbringen wollte, jedoch nicht erwischt hat. Vom Schamanen will Sjamtyra wissen, ob er Moskirys bezwingen wird.«

»Nun gut«, sagte Moskirys zum Knecht. »Trag jetzt das Wasser zum Zelt, aber sieh zu, dass du niemandem erzählst, was du gesehen hast. Fürchte dich nicht vor uns. Wir sind friedliche Leute und rühren dich nicht an.«

Der Knecht schöpfte Wasser aus dem Fluss und ging zum Zelt. Neben dem Zelt brannte ein Lagerfeuer, um das die Frauen saßen. Die Frauen kochten Fleisch.

»Ubagar, warum hast du so lange zum Wasserholen gebraucht?«, fragten sie den Knecht. »Was ist mit dir? Weshalb bist du so blass? Hast du jemanden gesehen?«

Der Knecht stellte schweigend den Kessel auf die Erde und trat zur Seite.

Im Zelt Sjamtyras erschallte die Trommel. Der Schamane fing zu singen an.

»Gehen wir«, sagte Moskirys zu Unkawil.

Die Brüder schlichen leise zum Zelt. Moskirys stellte sich dem Eingang gegenüber auf und riss den Bogen hoch. Erst da erblickten die Frauen die Brüder und begannen zu schreien:

»Oh, Sjamtyra! Es sind Leute zu uns gekommen …!«

»Klettere heraus!«, rief Moskirys. »Ich will mit dir kämpfen. Sehen wir, wer wen besiegt. Komm heraus aus deinem Zelt …!«

Der Schamane hörte auf zu schamanisieren. Die Leute kamen aus dem Zelt und fielen vor Angst auf den Boden. Auf einmal kroch der Hüne Sjamtyra selbst aus dem Zelt. Moskirys schoss einen Pfeil auf ihn, verfehlte ihn aber.

Sjamtyra flüchtete in den Wald. Er lief und rief mit einem Wolfsruf seine Leute zu sich. Moskirys jagte Sjamtyra nach und bellte wie ein Hund.

Unkawil blieb beim Zelt und begann, einige widerspenstige Männer hinzumetzeln. Dann brachte er den Schamanen um und lief seinem Bruder zu Hilfe.

Unkawil hörte von Weitem das Heulen Sjamtyras und erkannte seinen Bruder am Bellen. Als er zu Moskirys lief, sah er, dass Moskirys nur mehr seinen Bogen und keinen einzigen Pfeil mehr hatte.

»Du bist ein schlechter Schütze«, sagte Unkawil zum Bruder und lief Sjamtyra nach.

Moskirys blieb zurück. Unkawil trieb Sjamtyra auf eine steile Klippe und war dabei, ihn einzufangen. Der Hüne konnte sich nirgendwohin mehr wenden. Er lief zu einem über einen Fluss hängenden Baum, sprang hinauf und sprang wie ein Eichhörnchen auf das andere Ufer. Unkawil schoss ihm einen Pfeil hinterher und verletzte Sjamtyra an der Ferse. Er durchtrennte ihm dabei die Sehne und hielt den schnellfüßigen Hünen damit auf.

Als Sjamtyra fiel, kletterte Unkawil auf den Wipfel desselben hängenden Baumes und sprang über den Fluss. Sjamtyra zog ein Messer hervor und schleuderte es auf Unkawil, verfehlte aber sein Ziel: Das Messer durchdrang nur halb das Ledergewand Unkawils. Sjamtyra hatte nun nichts mehr, um sich zu verteidigen. Er saß da und erwartete seinen Tod, aber Unkawil tötete ihn nicht. Er wartete auf seinen älteren Bruder.

Schließlich kam Moskirys, erblickte den verletzten Sjamtyra und sagte zu Unkawil:

»Weshalb bringst du ihn nicht um?«

»Ich habe auf dich gewartet«, antwortete Unkawil.

»Dann bring ich ihn eben um.«

»Ja.«

Moskirys schoss mit dem Bogen, traf aber nicht. Sjamtyra schaffte es, Moskirys' Pfeil auszuweichen. Unkawil lachte seinen Bruder aus.

»Was bist du nur für ein Schütze, Moskirys? Wie hast du nur daran denken können, mit Sjamtyra zu kämpfen, wenn du es nicht einmal schaffst, ihn zu töten, wenn er verletzt ist?«

Unkawil erhob den Bogen und erschoss Sjamtyra. Moskirys sagte darauf:

»Lass uns Sjamtyra den Kopf abschneiden und auf eine lange Stange aufspießen, die wir auf ein Floß stecken. Soll der Kopf des Räubers den Fluss hinunterfahren. Die friedlichen Menschen werden ihn sehen und aufhören, sich vor Sjamtyra zu fürchten. Den Körper nehmen wir mit zum Zeltlager seiner Frauen.«

Die Brüder bauten ein Floß, stießen eine lange Stange mit dem Kopf Sjamtyras hinein und stießen es vom Ufer ab. Das Floß fuhr den Fluss entlang. Als es beim Lager der Frauen Sjamtyras vorbeifuhr, erkannten sie den Kopf ihres Mannes. Sie begannen zu weinen und zu rufen:

»Wer hat unseren Helden umgebracht? Wer hat ihm den Kopf abgeschlagen?«

»Unkawil hat ihn umgebracht«, sagte der Knecht.

Das Floß trieb vorbei. Der auf die hohe Stange gesteckte schwarze Kopf Sjamtyras fuhr weiter. Von den Ufern sahen die Menschen den Kopf und freuten sich über den Tod des schrecklichen Verbrechers.

Im Zeltlager weinten die Witwen Sjamtyras. Bald nach dem ersten Floß kam ein zweites zum Zeltlager gefahren, auf dem Unkawil und Moskirys saßen. Neben ihnen lag der enthauptete Körper des Hünen. Die Brüder legten am Ufer an, trugen den Leichnam Sjamtyras an Land und sagten zu allen friedlichen Menschen:

»Lasst uns auf den toten Sjamtyra schwören, dass wir alle vom heutigen Tage an ein friedliches Leben führen werden. Als Zeichen unseres Schwurs werden wir sein Fleisch teilen und essen.«

Und die Leute schworen. Unkawil teilte den Körper des Hünen in drei Teile und teilte sie den Leuten aus. Die Leute, die Arme und Schultern Sjamtyras zu essen erhielten, nannte man ab nun »Donot«, was »Schulter« bedeutet; jene, die die Beine und den Widerrist erhielten, wurden ab jetzt »Etschschen« genannt, was »Oberschenkel« bedeutet; jene aber, denen Unkawil den restlichen Teil des Körpers zusammen mit den Innereien Sjamtyras gab, nannte das Volk »Karanto« (man sagt, dass die Tungusen der hinteren Tundra die Innereien bekommen haben).

Den Hünen Sjamtyra gibt es schon lange nicht mehr, aber die Namen, die sie bei der Aufteilung seines Fleisches erhalten haben, sind den Völkern geblieben.

Der Wolf

Es lebte einmal ein reicher Mann. Er hatte viele Rentiere. Er selbst hatte nie gearbeitet, sondern sich immer einen Knecht gehalten. Der Knecht hatte so viel Arbeit, dass er allein damit nicht fertig werden konnte. Der reiche Herr sah das alles, aber er stellte keine weitere Hilfe an. Er war dem Knecht oft böse, schlug ihn, schimpfte mit ihm und gab ihm noch mehr Arbeit auf.

Der Knecht mühte sich sehr ab. Er konnte nur wenig schlafen. Jeden Tag kehrte er spät nachts in das Zelt des Reichen zurück, richtete das Brennholz gegen Morgen, aß Rentierdärme und legte sich in ein enges Bett schlafen. Unter der alten Decke schlief er sogar als Todmüder schlecht. Er fror. Früh am Morgen weckte ihn der Herr und jagte ihn wieder zur Arbeit. Der Knecht stand auf, machte Feuer im Zelt, aß das Bauchfell von Rentieren – Fleisch bekam er nicht –, zog sich das löchrige, abgetragene Gewand des Herrn an und ging aus dem Zelt. Er lief durch die Tundra, suchte die Rentiere, sammelte sie an einem Ort und hütete sie hungrig bis spät in die Nacht hinein. Wenn sich ein Rentier im Schneesturm verirrte oder verloren ging oder ein Kalb erfror, dann erging es dem Knecht schlecht.

Der Knecht hatte bei seinem reichen Herrn ein schweres Leben. Er konnte nirgendwo hingehen, es gab niemanden, der sich für ihn einsetzte. So litt er und geduldete sich.

Es war Winter. In der Tundra lag Schnee. Es war kalt. Der Knecht ging aus dem Zelt seines Herrn, sah in die Tundra und wandte sich einer Kuppe zu. Die Kuppe war hoch. Auf ihr wuchs ein Baum.

Der Knecht kletterte auf die Spitze und betete zu Gott:

»Warum muss ich leiden? Es ist besser, wenn ich hier sterbe, als dass ich als Knecht bei einem bösen Menschen lebe. Gott, nimm meine Seele zu dir!«

Der von seinem Herrn gequälte Knecht begann, vor Kummer zu weinen.

In der Tundra tauchte ein Unbekannter auf. Er stieg auf die Kuppe und ging zum weinenden Knecht.

»Ich hörte, dass du bei dem Reichen ein schweres Leben hast«, sagte er. »Stimmt das?«

»Ja, das stimmt«, antwortete der Knecht. »Ich mühe mich viel und raste wenig. Der Herr gibt mir das schlechteste Essen und kleidet mich in alte, löchrige Kleidung. Ich trage seine abgetragenen Sachen, sommers wie winters gehe ich halb nackt und friere stark. Tag und Nacht arbeite ich und werde dafür beschimpft und geschlagen.«

Der Unbekannte hörte sich die Klagen an und sagte:

»Ich sehe, dass du unter dem reichen Herrn als Knecht nicht leicht lebst. Das willst du künftig nicht mehr?«

»Nein. Ich würde lieber was auch immer werden, aber ich weiß nicht, wie ich das machen soll. Ich bat Gott, dass er zu mir käme und meine Seele nähme. Lieber will ich hier auf der Kuppe erfrieren, als zurück zu meinem Herrn ins Zelt zu gehen.«

Der Knecht weinte noch heftiger.

»Weine nicht. Du wirst nicht sterben. Ich helfe dir, ein anderer zu werden.«

Der Knecht hörte auf zu weinen. Der Unbekannte zeigte auf den einsamen Baum, der auf der Kuppe wuchs, und befahl ihm, dreimal herumzugehen. Der Knecht freute sich. Er ging einmal um den Baum, ein zweites Mal. Nach dem dritten Mal flog die zerrissene Kleidung seines Herrn von ihm und blieb auf einem Ast hängen und er selbst war in ein zottiges Tier verwandelt worden.

»Jetzt bist du kein Knecht mehr, sondern ein Wolf«, sagte der Unbekannte zu ihm. »Geh, wohin du willst. Wenn du hungrig bist, dann heule. Heule lauter, damit ich dich hören kann. Jedes Mal, wenn du heulst, werde ich kommen und dir Futter zeigen. Vergiss das nicht.«

Der Wolf blinzelte und da war der Unbekannte von der Kuppe verschwunden. Der Wolf blieb allein zurück. Lange stand er da, dann lief er in die Tundra.

Der Knecht kehrte nicht ins Zelt zurück. Der Herr ärgerte sich. Lange rief er den Knecht zu sich, aber dieser antwortete nicht. Der Herr zog sich an und ging ihn suchen. Die Spur führte auf die Kuppe. Der Herr ging zum Baum, auf dem die vom Knecht zurückgelassene zerrissene Kleidung hing. Um den Baum herum waren menschliche Spuren, aber von ihm weg führten die Spuren von Tierpfoten. Was war das? Wo war der Knecht hingeraten?

Der Reiche stand da, dachte nach und sagte:

»Na, dann werde ich auch um den Baum gehen und sehen, was daraus wird. Vielleicht erfahre ich, was aus meinem Knecht geworden ist, und mache ihn dann ausfindig ...«

Der Reiche ging dreimal um den Baum, seine warme Kleidung flog fort und blieb auf dem Baum hängen. Er selbst verwandelte sich in ein Tier. Der Unbekannte trat zu ihm hin und sagte:

»Du warst ein reicher Mann. Da du dich aber deinem Knecht gegenüber schlecht verhalten hast, ihn geschlagen hast, ihn hungrig gelassen hast, ihm keine gute Kleidung gegeben hast, machte ich dich zum Hund. Aus deinem Knecht habe ich einen Wolf gemacht. Jetzt wird er deine Rentiere umbringen und immer gutes Fleisch fressen. Du wirst seinen Spuren folgen, wirst die von ihm gerissenen Rentiere finden und fressen, was der Wolf übrig gelassen hat. Du wirst den Wolf nicht fangen können und mit ihm nicht zurechtkommen. Er ist stark und schnellfüßig. Du warst reich und böse, deshalb wirst du jetzt ein demütiger Hund sein. Damit dich der Wolf nicht umbringt, geh zu den Menschen, lebe bei ihnen und friss, was sie dir geben.«

Der Unbekannte sprach dies und verschwand. Der Hund blieb allein auf der Kuppe zurück. Er stand da, sah auf die Spur des Wolfs und ging zum Zeltlager der Menschen.

Der Wolf läuft durch die Tundra. Wenn er hungrig ist, beginnt er zu heulen; jener Unbekannte kommt zu ihm. Er zeigt dem Wolf die Herden und sagt ihm, wie viele Rentiere er reißen darf. Der Wolf reißt sie und frisst fettes Fleisch. Der Hund lebt bei den Menschen und frisst deren Abfälle und das, was ihm der Wolf übrig lässt.

Der Bär und der Elch

Der Elch prahlte bei den Tieren:

»Auf der Welt gibt es kein Tier, das größer und stärker ist als ich. Es gab das Mammut, das stärker war als ich, aber das gibt es jetzt nicht mehr. Nun bin nur ich allein so groß und stark.«

Alle Tiere bis auf den Bären stimmten dem Elch zu. Der Bär sagte zum Elch:

»Hast du nicht zu früh zu prahlen begonnen? Warte nur, ich werde dich fressen.«

»Wie kannst du mich fressen?«, fragte der Elch den Bären. »Du hast kurze Beine. Im Winter versinkst du im tiefen Schnee und im Sommer fängst du mich nicht. Du bist schlecht zu Fuß.«

»Kann sein.«

Der Bär fing nicht zu streiten an. Die Tiere gingen alle ihrer Wege.

Einmal begab es sich, dass der Bär wieder den Elch traf. Er erinnerte sich an die Prahlerei und sagte:

»Du hast mit deinen Kräften geprahlt. Komm, messen wir sie.«

»Gut«, sagte der Elch. »Ich laufe und du fängst mich. Sehen wir, ob du mich fängst.«

Der Elch lief los, der Bär aber ging langsam und folgte der Spur. Er ging zur rechten Zeit einmal auf die eine, dann auf die andere Seite und lenkte den Elch dorthin, wo es notwendig war.

Der Bär jagte den Elch aus dem Wald auf die nackten Berge und jagte ihn entlang einer Gebirgskette. Je weiter der Elch lief, umso gebirgiger und steiler wurden der Kamm und seine Abgründe. Der Elch lief zu einem Abgrund und bemerkte erst da die Gefahr. Er kehrte um und lief zurück, um beim kurzbeinigen Bären vorbeizuschlüpfen. Aber den Bären täuscht man nicht so leicht. Er lief schnell quer über einen schmalen Gebirgskamm und versperrte den Ausgang.

Der Elch konnte sich nirgends mehr hinwenden. Er warf sich von einem Felsen und verletzte sich an einem Wipfel eines Baumes, der unter dem Felsen wuchs.

Der Bär begab sich, ohne zu eilen, nach unten, kletterte auf den Baum und begann, das Elchfleisch zu fressen. Er aß und sagte:

»Umsonst hast du mit deinen Kräften geprahlt und mit deinen langen Beinen. Du bist groß und deine Beine sind lang, aber dein Verstand ist kurz. Sieh, wie ich dich fresse.«

Der Teufelsfluss

Zuerst gab es keinen Teufelsfluss und auch keine Geschichten über ihn. Als der Fluss erschien, erblickten ihn die Menschen und dachten sich Geschichten über ihn aus.

Auf einer Laida[29] war ein großer See, der auch bei großer Kälte nur an seinem Ufer zufror, dessen Mitte aber immer frei blieb. Die Menschen fürchteten sich davor, auf diesen See zu gehen.

Es fand sich jedoch einmal ein mutiger Mensch, der wissen wollte, warum der See nicht gefror und warum sich alle vor ihm fürchteten. Er ging zum See. Ihm wurde heiß, er wollte trinken.

»Ich trinke etwas, komme, was da wolle!«, dachte er und kniete sich hin, um zu trinken. Er beugte sich tief hinunter. Auf einmal war es, als ob der See rauschte, spritzte …! Das Wasser hob sich nach oben, als ob es jemand vom Grund nach oben schieben würde.

Der Mensch erschrak, sprang auf und lief zu den Zelten. Als er im Zeltlager ankam, fiel er besinnungslos um. Lange lag er so. Nachdem er lange so gelegen hatte, erzählte er den Leuten alles, was mit ihm passiert war. Seither gab es den großen See in der Tundra nicht mehr. Er war in mehrere kleine Seen zerrissen, aus denen sich der Teufelsfluss speist. Der Teufel selbst ist von diesem Ort fortgegangen. Die Leute sagen, dass von seinen Händen die Finger im Fluss zurückgeblieben sind, die er sich abgebrochen hat, als er die gefrorene Erde aufgebrochen hat.

So ist der Teufelsfluss entstanden und so ging die Geschichte im Volk über ihn.

Der Fuchs und die Eule

Der Fuchs war reich. Er hatte eine Frau, Kinder, ein schönes Zelt und viele Rentiere. Er kannte keine Not, war satt und hatte es warm.

Der Fuchs zog durch die Tundra. Er fand das Lager der Eule. Der Fuchs befreundete sich mit der Mäusefängerin und so zogen sie gemeinsam herum. Die Mäusefängerin war auch nicht arm. Sie hatte eine Frau, Kinder, ein gutes, schönes Zelt und viele Rentiere.

29 Laida: sumpfiger Platz, der mit Moos bedeckt ist.

Es war Sommer. Der Fuchs und die Mäusefängerin nahmen ihre Bogen und Pfeile und gingen auf die Jagd nach wilden Rentieren. Sie gingen von den Zelten weit weg in die Tundra. Auf einmal kam dichter Nebel auf – die Erde war nicht zu sehen. Sie gingen und wussten nicht wohin.

Der Fuchs und die Mäusefängerin verirrten sich. Sie erlegten kein Tier und fanden nicht mehr zu ihren Zelten. Wie sollten sie sie bei so einem Nebel finden ...? Die Mäusefängerin wurde trübselig.

»Was werden wir jetzt machen?«, fragte die Mausfängereule den Fuchs.

»Gehen wir unser Zeltlager suchen«, antwortete der Fuchs. »Wenn wir das Zelt nicht finden, werden wir verhungern.«

Sie gingen durch die Tundra. Der Fuchs fand seine markierten Plätze, sagte aber der Mäusefängerin nichts davon. Er führte die Mäusefängerin hinter sich her und dachte darüber nach, wie er sie betrügen könnte. Da wusste er es und führte die Mäusefängerin direkt zu den Rentieren. Damit die Mäusefängerin nicht sogleich ihre Herde erkannte, führte der Fuchs sie zu einem Rentier heran und sagte laut:

»Wir sind lange gegangen, sind müde und haben nichts gefangen. Lass uns wenigstens dieses Rentier erlegen. Töte du es. Dort steht es.«

Die Mäusefängerin blickte durch den Nebel. Sie erkannte ihr Rentier und sagte zum Fuchs:

»Ist das nicht mein Rentier?«

»Was redest du da, Mäusefängerin? Es sieht deinem Rentier nur ähnlich. Schieß, solang es vor uns noch nicht weggelaufen ist. Wenn es wegläuft, wo werden wir es dann bei solchem Nebel finden?«

Die Mäusefängerin schoss mit ihrem Bogen. Das Rentier fiel um.

»Wir werden es dann essen«, sagte der Fuchs zur Mäusefängerin. »Jetzt gehen wir zum Lager. Hier in der Nähe wohnt jemand. Riechst du das? Es riecht nach Rauch.«

Der Fuchs sog die Luft ein und führte die Mäusefängerin hinter sich her. Durch den dichten Nebel hindurch erspähte der Fuchs sein Zelt und das der Mäusefängerin.

»Ich habe recht gehabt, als ich dir sagte, dass hier jemand wohnt«, sagte der Fuchs zur Mäusefängerin. »Wir werden mit ihm kämpfen. Geh du in das eine Zelt, ich gehe in das andere. Wir schleichen uns leise an, springen auf, bringen sofort alle Leute um, nehmen alles Hab und Gut und treiben alle Rentiere zu uns. Wir werden noch reicher. Hab nur keine Angst, sondern spring mutig ins Zelt und schlag zu!«

Der Kampf begann. Um die Mäusefängerin zu täuschen, lief der Fuchs schnell in sein Zelt hinein und sagte zu seiner Familie:

»Ich werde euch ein klein wenig beißen und ihr sollt alle weinen und laut schreien. Die Mäusefängerin wird die Schreie hören und glauben, dass ich euch umbringe.«

Die Mäusefängerin wusste nichts vom Betrug des Fuchses. Sie ging vorsichtig zu ihrem Zelt, betrachtete es und dachte:

»Wie dieses Zelt doch dem meinen ähnelt. Hab ich gar mein eigenes Rentier geschlachtet? Werde ich wohl nicht meine eigene Frau und meine eigenen Kinder umbringen ...?«

Plötzlich hörte die Mäusefängerin Weinen und Schreie.

»Der Fuchs bringt die fremden Leute um ...! Warum stehe ich da ...? Das Zelt sieht meinem vielleicht nur ähnlich ... Das geschlachtete Rentier war dem meinem vielleicht auch nur ähnlich ...«

Die Mäusefängerin erinnerte sich an die Abmachung für den Kampf, sprang mutig ins Zelt und brachte alle darin um. Sie betrachtete die Ermordeten und sagte sich:

»Wie doch all diese Kinder den meinen ähneln und ihre Mutter ähnelt meiner Frau. Ist das etwa meine Familie, die ich umgebracht habe? Hat der Fuchs etwa seine eigene Familie umgebracht?«

Die Mäusefängerin ging zum Fuchs und sah in sein Zelt: Der Fuchs saß bei Tisch und aß Fleisch und seine Frau und die Kinder lachten. Da erkannte die Mäusefängerin, dass der Fuchs sie betrogen hatte.

Die Mäusefängerin wurde böse auf den Fuchs. Sie dachte nach, wie sie sich an ihm rächen könnte. Den ganzen Sommer lang dachte sie nach. Dann fiel es ihr ein.

Es wurde Herbst. Das Wasser der Seen bedeckte sich mit einer dünnen Eisschicht.

Die Mäusefängerin ging zum Fuchs und lud ihn zu sich zur Jagd ein.

»Ich weiß, wo in der Tundra wilde Rentiere weiden«, sagte die Mäusefängerin. »Geh mit mir, ich zeige sie dir. Wir erlegen viele Rentiere und werden den ganzen Winter über Fleisch essen.«

»Gehen wir«, sagte der Fuchs. »Such du nur die Rentiere und erlege sie. Ich aber werde das Fleisch bewachen.«

»Gut.«

Die Mäusefängerin war mit allem einverstanden. Sie ging voraus und führte den Fuchs in die Tundra. Sie kamen an einen großen See, der sich gerade erst mit einer dünnen Eisschicht bedeckt hatte.

»Auf der anderen Seite des Sees gibt es eine große Laida«, sagte die Mäusefängerin. »Dort habe ich eine Herde wilder Rentiere gesehen. Gehen wir auf dem Eis über den See. Das ist der kürzeste Weg.«

»Aber wird uns das Eis tragen?«, fragte der Fuchs. »Werden wir nicht einbrechen?«

»Nein, Fuchs, wir werden nicht einbrechen. Das Herbsteis ist fest. Man muss nur schnell darübergehen. Ich bin schon darauf gegangen.«

»Wenn du schon darübergegangen bist, dann gehen wir.«

»Jetzt werde ich dich ertränken«, dachte die Mäusefängerin und lief flügelschlagend über das dünne Eis. Der Fuchs lief hinter ihr her. Auf einmal fing das Eis unter ihm zu knacken an.

»Mäusefängerin!«, rief er. »Das Eis ist doch dünn. Ich werde einbrechen.«

»Lauf schneller zu mir. Hier ist das Eis dicker.«

Der Fuchs warf sich zur Mäusefängerin und brach ein.

»Oh, Mäusefängerin! Ich bin eingebrochen. Komm, zieh mich heraus!«

»Ich komme, ich komme.« Die Mäusefängerin schlug mit den Flügeln und hüpfte auf der Stelle.

»Oh, Mäusefängerin. Ich ertrinke!«

»Fuchs, du ertrinkst nicht. Schwimm nur, schwimm ...«

»Oh, ich ertrinke ...!«, rief der Fuchs und er ertrank.

Die Mäusefängerin lief zum Zelt des Fuchses und nahm dessen gesamten Reichtum: seine Frau, die Kinder und die Rentiere ...

Die Morgenröte

Es waren einmal drei Brüder. Die Brüder lebten in guten, warmen Zelten. Sie hatten viele Rentiere. Wenn die Hirten alle Rentiere zu einer Herde zusammentrieben, dann war die Herde so riesig, dass sie auf einer großen Laida nicht genug Platz hatte, so viele Rentiere hatten sie und so reich waren sie.

Nahe bei den Zelten der reichen Brüder stand das schmale Zelt ihres Onkels. Ihr Onkel war ein alter Mann. Er konnte nur mehr wenig arbeiten. Er hatte keine Rentiere und nichts, woraus man eine gute Kleidung nähen konnte. Der Alte lebte in solcher Armut, dass er gerade nicht verhungerte. Mit ihm lebte seine alte Frau. Sie hatten einen Sohn, den sie ernährten und aufzogen.

Einmal hatten die Alten im Winter nichts mehr zu essen. Sie schickten ihren Sohn zu den reichen Neffen, um von ihnen Fleisch zu erbitten.

Der Junge ging hin. Die reichen Brüder gaben ihm statt Fleisch das Bauchfell eines Rentiers.

»Esst das Bauchfell«, sagten sie zum Jungen, »dann geben wir euch Rentierdärme. Wenn ihr die aufgegessen habt, geben wir euch die Lungen. Geh.«

Die Alte kochte das Bauchfell des Rentiers und gab es dem Alten und dem Sohn zu essen. Die Reste aß sie selbst.

Die Nacht verging. Am Morgen trat der Alte aus seinem Zelt und erschrak. Auf dem Zeltplatz waren weder die guten Zelte noch die Rentiere verblieben. Die Brüder waren des Nachts fortgezogen und die Hirten hatten ihnen alle Rentiere leise hinterhergetrieben. Der Alte kam traurig ins Zelt zurück.

»Nun, Frau«, sagte er, »werden wir sterben. Die reichen Neffen haben uns im Stich gelassen. Wir können sie nicht einholen. Wohin können wir bei so einer Kälte auch zu Fuß gehen? Wir werden auf den Tod warten.«

Der Alten tat ihr Sohn leid. Sie begann zu weinen. Auch der Alte begann zu weinen.

Sie grämten sich und grämten sich, dann krochen alle drei hungrig in den Schlafsack, hüllten sich ein und schliefen ein. Der Alte erwachte als Erster. Er kroch aus dem Schlafsack und wunderte sich. Woher kam im Winter in diesem dünnen Zelt so eine Wärme? Wie im Sommer. Der Alte wollte aus dem Zelt treten, hob den Njuk[30] etwas von der Tür hoch und ließ ihn vor Schreck wieder fallen. Er weckte die Alte und sagte leise zu ihr:

30 Njuk: Stück aus Rentierfell, mit dem das Zelt bedeckt wird.

»Eine große, vielbeinige Raupe hat sich um unser Zelt gelegt. Sie ist wegen eines Tributs zu uns gekommen. Was sollen wir ihr geben? Wir haben doch nichts. Jetzt wird sie uns nicht aus dem Zelt lassen und uns alle auffressen.«

Die Raupe lag da wie tot, doch sie hörte alles mit, worüber im Zelt geflüstert wurde.

Der Alte nahm einen Jagdspieß, gab ihn dem Sohn und warf den Njuk zurück. Die Raupe öffnete die Augen. Der Alte sprach zu ihr:

»Ich weiß, dass du wegen eines Tributs zu uns gekommen bist, aber wir haben nichts, was wir dir geben können. Meine Frau und ich haben einzig diesen kleinen Sohn und einen Jagdspieß. Wenn du willst, so nimm beides.«

Die Raupe packte den Jungen mit ihrem Maul und flog mit ihm zum Himmel. Die Alten blieben allein. Sie saßen im Zelt und trauerten um ihren Sohn.

Die Raupe flog lange. Schließlich gelangte sie an den Rand des Himmels, setzte sich und ließ den Jungen aus ihrem Maul heraus, der in seinen Händen fest den väterlichen Jagdspieß hielt. Der Junge erblickte vor sich ebensolche Wälder, Berge und Sümpfe wie auf der Erde.

Der Junge begann, bei der Riesenraupe zu leben. Die Raupe gab ihm zu essen und zu trinken. Sie selbst war in Gedanken versunken, war traurig und weinte. Der Junge verstand nichts. Er bemerkte nur, dass es ringsherum Nacht wurde, wenn sich die Raupe auf den Bauch legte, dass es dämmerte, wenn sie sich auf die Seite legte, und dass es hell wurde wie am Tag, wenn sie ihren Bauch zeigte. Ihr Bauch war rot und leuchtete wie Feuer.

Einmal kam zu der leuchtenden Raupe eine andere, ebenso riesige, nur ganz schwarze geflogen. Sie setzte sich und rundherum wurde es dunkel. Die dunkle Raupe klammerte sich an die helle und würgte sie. Sie begannen zu kämpfen. Sie griffen nach einem Baum und rissen ihn samt den Wurzeln aus, sie griffen nach einer kleinen Bergkuppe und machten sie dem Erdboden gleich, sie griffen nach einem Felsen und machten ihn zu Sand.

Die Raupen kämpften. Der Junge aber stand mit seinem Jagdspieß da und sah ihnen zu. Vor ihm flimmerte einmal Licht, einmal Finsternis. Schließlich begann die schwarze, die Oberhand über die feuerbauchige

Raupe zu gewinnen. Der Junge besann sich plötzlich.

»Was stehe ich da mit dem Jagdspieß und helfe im Kampf nicht meiner hellen Raupe? Ich versuche es. Ich muss so oder so sterben ...!«

Der Junge lief zur schwarzen Raupe und durchbohrte mit dem Jagdspieß ihr Herz. Sofort wurde es hell wie am Tag.

Die feuerbauchige Raupe packte den Jungen und flog mit ihm zurück auf die Erde. Sie flog zum Zelt, ließ den Jungen frei und sprach zu den Alten:

»Nehmt euren Sohn. Ich bringe ihn euch zurück. Er hat mir geholfen, die schwarze Raupe zu besiegen, die mich fressen wollte, weil ich euch jeden Morgen leuchte. Sie wollte, dass auf der Erde ewige Nacht herrsche. Das wird jetzt nicht geschehen. Ich kehre zum Himmel zurück, liege auf dem Rand und beginne, mich langsam zu drehen. Wenn ich euch den Rücken zeige, wird es bei euch Nacht sein; wenn ich euch die Seite zuwende, werdet ihr das helle Morgenrot sehen; wenn ich meinen Bauch sehen lasse, dann wird es auf der Erde Tag.«

Die feuerbauchige Raupe versorgte den Jungen mit Rentieren und flog zum Himmel.

Kunatschschi

Er konnte nicht gehen. Er hatte schlechte Beine, deshalb bekam er den Spitznamen Kunatschschi.

Kunatschschi konnte nichts. Seit seiner frühen Kindheit lag er bewegungslos beim Ofen und ging viele Jahre nicht aus der Hütte. Die ganze Zeit über sah er nichts. Er kannte nicht einmal seinen Vater und erinnerte sich nicht an ihn. Kunatschschi kannte nur seine Mutter und seine zwei älteren Brüder, mit denen er lange Jahre in der Hütte verlebte. Seine Brüder waren gesund und gingen auf die Jagd. Sie fingen viele Fische und erlegten viele wilde Tiere. Mit Fisch und Fleisch ernährten sie ihre alte Mutter und ihren dünnbeinigen Bruder.

Es wurde Spätherbst. Der Schnee bedeckte noch nicht die Erde. Die Tundra war kahl. Oft wehten kalte Winde.

Es war ein ruhiger Morgen. Die Brüder standen früh auf und gingen in die Tundra hinaus auf die Jagd nach wilden Rentieren. Die Mutter und Kunatschschi blieben in der Hütte zurück. Die Mutter gab ihrem mageren Sohn etwas zu essen und ging auch fort. Kunatschschi blieb allein zurück.

Es wehte ein kräftiger, kalter Wind. Kunatschschi lag beim Ofen, lauschte dem Rauschen und wartete auf die Rückkehr seiner Mutter. Plötzlich öffnete der Wind die Tür und blies die Wärme aus der Hütte hinaus. Der Ofen erlosch. Kunatschschi begann zu frieren. Er rief seine Mutter, doch sie antwortete ihm nicht und kam nicht in die Hütte. Kunatschschi versuchte, von der Ofenbank zu klettern, und fiel zu Boden. Er kroch zur Türschwelle und blickte durch die Türöffnung nach allen Seiten. Er sah nach rechts – niemand da. Nur der kalte Wind schlug ihm ins Gesicht. Er sah nach links und erblickte seine Mutter, die auf dem Boden lag und sich mit letzter Kraft mit den Händen an die Ecke der Hütte klammerte. Die Alte kämpfte gegen den Wind. Kunatschschi kroch zu seiner Mutter, um ihr zu helfen, kam aber zu spät. Der Wind war so heftig, dass er die Alte hochhob, sie von der Ecke der Hütte losriss und sie in die Tundra hinaus fortzog.

Kunatschschi kroch in die Hütte zurück, schloss die Tür, legte sich in eine Ecke und wartete auf seine Brüder.

Zur Nacht hin flaute der Wind ab. Die Brüder kamen von der Jagd zurück. Sie betraten die Hütte und konnten nicht begreifen, was vorgefallen war. Der Ofen war nicht geheizt. In der Hütte war es schmutzig und kalt. Die Mutter war nicht da. Der dünnbeinige Bruder lag auf dem Boden. Die Brüder fragten Kunatschschi:

»Kunatschschi, warum liegst du auf dem Boden?«

»Ich fiel von der Ofenbank und konnte nicht mehr hinaufklettern.«

»Warum ist es in der Hütte so kalt?«

»Der Wind hat die Tür aufgeweht und die Wärme hinausgeblasen. Es war niemand da, die Tür zu schließen. Mutter ist aus der Hütte gegangen und nicht zurückgekehrt.«

»Wohin ist sie gegangen?«

»Ich weiß es nicht«, antwortete Kunatschschi. »Ich sah nur von der Tür aus, dass sie der starke Wind gepackt und fortgetragen hat.«

Die Brüder traten aus der Hütte. Sie untersuchten den Boden, konnten aber keine Spuren finden und kehrten zurück. Die Brüder heizten den Ofen ein, gaben Kunatschschi zu essen, hoben ihn auf die Ofenbank, aßen selbst und legten sich schlafen. Am nächsten Morgen erwachten sie und sagten zu Kunatschschi:

»Wozu sollen wir in der Hütte sitzen? Wir müssen in die Tundra gehen und unsere Mutter suchen. Wie viele Tage wir gehen, wo wir sie finden werden, wissen wir nicht. Wir haben Angst, dich allein in der Hütte zurückzulassen. Was wirst du ohne uns machen?«

»Nehmt mich mit«, sagte Kunatschschi. »Bei den Nachtlagern, wenn ihr schlaft, werde ich euch bewachen.«

»Gehen kannst du nicht«, antworteten ihm die Brüder. »Es bleibt uns nichts anderes übrig, als dich zu ziehen. Es kann sein, dass unsere Mutter vom Wind weit fortgetragen wurde. Folgen wir dem Wind, vielleicht stoßen wir irgendwo auf ihre Spuren.«

»Geht nur. Ich aber werde auf den Boden sehen und euch sagen, wohin ihr gehen müsst. Ich habe gesehen, in welche Richtung der Wind unsere Mutter fortgetragen hat.«

Die Brüder nahmen einen Holztrog, banden einen starken Riemen daran, setzten den mageren Kunatschschi hinein und zogen ihn damit fort. Wohin sie zogen, wussten sie selbst nicht. Auf der Erde war keine Spur von der Mutter zu sehen. Einzig Kunatschschi sah etwas. Er saß im Trog, blickte in die Tundra und sagte den Brüdern, wohin sie zu gehen hatten.

Die Brüder gingen lange. Sie wurden müde, fielen auf die Erde, schliefen sich aus und zogen wieder den dünnbeinigen Kunatschschi im Trog. Während des ganzen Weges kroch Kunatschschi kein einziges Mal aus dem Trog. Tagsüber fuhr er in ihm, nachts aber schlief er sitzend darin.

Wie viele Tage die Brüder durch die Tundra gegangen waren, weiß niemand. Kunatschschi wusste es vielleicht …

Die Brüder kamen an einen Ort, der mit dichtem, hohem Gras bewachsen war. Hier war früher einmal ein großer See gewesen.

»Hier halten wir an«, sagte Kunatschschi zu seinen Brüdern. »Ich lege mich schlafen und ihr reißt das Gras aus. Reißt das ganze Gras auf dem See aus.«

Die Brüder machten sich an die Arbeit. Kunatschschi schlief so ein, wie er gerade in seinem Trog gesessen hatte. Er schlief und schlief. Dann wachte er auf. Er sah auf den See und begann zu lachen. Das Gras stand noch auf dem See, wie es zuvor gestanden hatte. Kunatschschi sagte zu seinen rastenden Brüdern:

»Mir scheint, ich sehe eure Arbeit nicht. Vielleicht habe ich nur kurz geschlafen.«

»Nein, Kunatschschi, du hast lange geschlafen. Während du geschlafen hast, haben wir pausenlos das Gras ausgerissen. Mehr können wir nicht ausreißen. Wir sind müde.«

Kunatschschi sah auf den kleinen Kreis ausgerissenen Grases und sagte:

»Ihr habt viel gearbeitet. Was sitzt ihr da? Legt euch sogleich schlafen. Während ihr euch ausruht, werde ich ein wenig das Gras ausreißen.«

Die Brüder legten sich hin und schliefen sofort ein. Kunatschschi kroch aus dem Trog und machte sich an die Arbeit. Als die Brüder erwacht und aufgestanden waren, erkannten sie den Ort nicht wieder. Es war kein stehender Halm mehr zu sehen. Alles Gras war ausgerissen, Kunatschschi aber saß in seinem Sitz und ruhte. Die Brüder waren erstaunt über die Arbeit des schwachbeinigen Kunatschschi; sie wechselten einen Blick miteinander und sagten nichts. Kunatschschi bewegte sich etwas im Trog.

»Brüder«, sagte er, »ich bin etwas müde. Ich werde jetzt schlafen. Ihr habt euch ausgeruht. Sammelt das ganze Gras auf einem Haufen. Wenn ihr fertig seid, weckt mich.«

Die Brüder machten sich an die Arbeit. Sobald Kunatschschi in seinem Trog saß, schlief er ein. Er schlief lange. Er erwachte. Er sah auf den See und auf dem See lag das Gras wie zuvor. Kunatschschi meinte lachend:

»Brüder, was sitzt ihr da und sammelt das Gras nicht ein?«

»Wir haben viel gearbeitet und sind müde. Wir haben uns gerade hingesetzt, um ein wenig zu rasten. Sieh, welch großen Haufen Gras wir zusammengetragen haben.«

Kunatschschi sah auf das Gras und gebot den Brüdern, sich hinzulegen.

»Während ihr schlaft, werde ich für euch ein wenig das Gras zusammensammeln.«

Seine Brüder schliefen ein. Kunatschschi kroch von seinem Sitz und machte sich an die Arbeit. Nachdem er das ganze Gras eingesammelt hatte, weckte er seine Brüder und sagte zu ihnen:

»Ich habe euch geholfen, das Gras auf einen Haufen zusammenzutragen. Ich bin müde, aber ihr habt ein wenig gerastet. Geht zum See, während ich schlafe, reißt diesen alleinstehenden Baum mitsamt den Wurzeln aus und schleppt ihn zu mir her.«

Die Brüder gingen zum See und Kunatschschi kroch auf seinen Sitz und schlief sitzend ein. Kunatschschi schlief nicht lange. Seine Brüder kamen vom See zurück und weckten ihn.

»Wie früh seid ihr zurückgekommen«, sagte Kunatschschi. »Wo ist denn das Bäumchen? Mir scheint, ich sehe es nicht. Habt ihr es mitgebracht?«

»Nein, Kunatschschi, den Baum haben wir nicht mitgebracht. Der Baum ist riesig. Wir konnten ihn weder ausreißen noch hochheben. Wir versuchten, ihn auszugraben, doch wir haben es aufgegeben. Wenn du selbst zum Baum gegangen wärst, hättest du gesehen, was für ein Baum das ist und welche Wurzeln er hat.«

»Ich muss ihn mir ansehen«, sagte Kunatschschi. »Legt euch schlafen. Ich krieche zum Baum und grabe um ihn herum ein wenig die Erde weg.«

Die Brüder legten sich ins Gras und schliefen ein. Sie schliefen die Nacht hindurch. Am Morgen blickten sie auf den See: Der Baum stand da wie zuvor, Kunatschschi aber schlummerte in seinem Trog.

»Kunatschschi, hast du den Baum gesehen?«, fragten seine Brüder.

»Ja, ich habe ihn gesehen. Ihr habt die Wahrheit gesagt: Der Baum ist riesig, die Wurzeln sind dick und kräftig. Ein Mensch kann ihn nicht ausreißen und nicht hochheben. Ich bin müde und kann nicht mehr die Erde um ihn herum weggraben. Ich lege mich schlafen. Nehmt alles von uns gesammelte Gras und dreht ein Seil daraus. Wenn ihr damit fertig seid, weckt mich auf.«

Kunatschschi schlief ein. Seine Brüder machten sich an die Arbeit. Sie weckten ihn lange nicht. Als Kunatschschi erwachte, saßen seine Brüder schon und ruhten sich aus. Neben ihnen lag ein kurzes Seil. Der Grashaufen war nicht kleiner geworden. Er stand da wie zuvor. Kunatschschi lächelte und sagte:

»Wie früh bin ich erwacht. Ist es an dem Seil zu sehen, dass ihr erst vor Kurzem mit der Arbeit begonnen habt?«

»Nein, Kunatschschi, du hast lange geschlafen. Während du geschlafen hast, haben wir pausenlos das Seil gedreht. Uns schmerzen die Hände. Wir sind müde und wollen schlafen.«

»Legt euch nieder. Ich aber werde erneut zum Baum kriechen und versuchen, ihn auszugraben.«

Die Brüder fielen auf die Erde und schliefen sofort ein. Kunatschschi kroch zum See hin, riss den Baum aus der Erde und kroch mit ihm zurück. Dann drehte er aus all dem Gras ein Seil. Ein Ende band er an den Baumwipfel, schleuderte den Baum nach oben und stieß seine Wurzeln in den Himmel. Vom Himmel bis direkt auf die Erde herab hing das Seil aus Gras. Kunatschschi kroch in den Trog und schlummerte ein. Die Brüder erwachten. Sie erblickten das vom Himmel hängende Seil und riefen:

»Kunatschschi, Kunatschschi! Sieh nur: Vom Himmel hat sich ein Seil auf die Erde herabgesenkt. Weißt du nicht, wer das gemacht hat?«

Kunatschschi sah hin.

»Ein Seil vom Himmel? Das ist gut«, sagte er. »Jetzt werden wir unsere Mutter finden. Der Wind hat sie dorthin getragen. Auf der Erde ist keine Spur von ihr. Lasst uns alle drei zum Himmel hinaufklettern und dort suchen. Ihr klettert voraus und ich klettere euch nach.«

Die Brüder stiegen an dem Seil aus Gras in den Himmel. Dort erblickten sie viele glitzernde Wege. Kunatschschi blickte in verschiedene Richtungen und sagte:

»Brüder, ihr wartet hier. Ich aber gehe unsere Mutter suchen. Ich sehe ihre Spuren. Wenn ich am Leben bleibe, dann werde ich nach drei Jahren zu euch zurückkehren; wenn ich mich auch nur um einen Tag verspäte, dann wartet nicht mehr länger auf mich und klettert an dem Seil zurück zur Erde hinab.«

Nachdem Kunatschschi das seinen Brüdern so aufgetragen hatte, stellte er sich auf die Füße und schritt wie ein Gesunder.

»Gar ist Kunatschschi kein einfacher Mensch«, dachten sich die Brüder. Sie entzündeten ein Lagerfeuer und blieben drei Jahre beim Seil sitzen.

Kunatschschi ging auf einem silbernen Weg. Wie lange er ging, das weiß außer ihm niemand. Unterwegs kam er zu einer kleinen Hütte. Die Hütte drehte sich im Kreis und neben ihr saß ein hübsches Mädchen.

»Junger Mann, wohin gehst du so schnell?«, fragte sie Kunatschschi.

»Ich suche meine Mutter.«

»Wo wirst du sie finden? Wann wirst du sie erreichen? Sie ist fern von hier.«

Das Mädchen sah Kunatschschi an, führte ihn in die Hütte, gab ihm zu essen und zeigte ihm den Weg.

»Geh in diese Richtung und weiche nirgends vom Weg ab. Unterwegs kommst du zu einer ebensolchen Hütte. In ihr wohnt meine Schwester. Halte dort an und frage sie, wohin du gehen musst. Meine Schwester weiß, wo deine Mutter lebt.«

Kunatschschi ging weiter. Er ging lange auf einem silbernen Weg. Unterwegs kam er zu einer kleinen Hütte. Die Hütte drehte sich im Kreis. Bei ihr aber saß ein schönes Mädchen.

»Junger Mann, wohin gehst du so schnell?«, fragte sie Kunatschschi. »Wohin eilst du so?«

»Ich suche meine Mutter.«

»Wo wirst du sie finden? Wann wirst du sie erreichen? Sie ist fern von hier.«

»Ich weiß, dass sie nicht nah ist. Aber irgendwann werde ich sie aufspüren.«

Das Mädchen führte Kunatschschi in die Hütte, gab ihm zu essen und zeigte ihm den Weg zur Mutter.

»Folge diesem Weg und weiche nirgends von ihm ab. Unterwegs kommst du zu einer ebensolchen Hütte. In ihr lebt meine Schwester. Halte dort an, raste und erfrage von meiner Schwester, wohin du gehen musst. Sie weiß, wo deine Mutter lebt.«

Kunatschschi sah das Mädchen an und ging auf einem silbernen Weg fort. Er ging lange. Er kam zu einer dritten Hütte. Die Hütte war klein, rund und drehte sich. Bei ihr fand Kunatschschi ein drittes schönes Mädchen.

»Junger Mann, wohin gehst du so schnell?«, fragte sie Kunatschschi.

»Ich suche meine Mutter. Der Wind hat sie aufgehoben und von der Erde fortgetragen.«

»Suche, suche«, antwortete das Mädchen. »Du bist viel gegangen, jetzt ist es bis zur Mutter nicht mehr weit. Du wirst sie bald finden.«

Das Mädchen führte Kunatschschi in die Hütte und gab ihm zu essen und zu trinken. Kunatschschi übernachtete dort, rastete sich aus und machte sich erneut auf den Weg. Das Mädchen zeigte ihm den Weg.

»Geh geradeaus und weiche nirgends von diesem Weg ab. Wenn du schöne silberne, blaue und bunte Wolken erblickst, dann wisse: Dort lebt der Donner selbst. Er war es, der zu euch auf die Erde kam, deine Mutter gepackt und dorthin mitgenommen hat. Ich schenke dir ein scharfes Schwert, das wird dir auf deinem Weg nützlich sein. Mit dem Schwert kannst du auf einen Schlag einen beliebigen Kopf abhauen. Nimm es. Unterwegs wirst du einem Reiter auf einem weißen, schnellfüßigen Pferd begegnen. Aus dem Maul des Pferdes glüht das Feuer, aus den Nüstern stieben die Funken. Dieser Reiter ist der Donner. Der Donner wird dich fragen: ›Wohin gehst du?‹ Antworte ihm: ›Ich suche meine Mutter.‹ Dann wird der Donner sagen: ›So, so!‹, und vom Pferd steigen. Dann wird er zu dir gehen und dich auffordern, von deiner Mutter zu erzählen. ›Na, na, erzähl, was du weißt!‹ Antworte ihm nichts darauf, sondern zieh das Schwert und schlag auf den Donner ein. Fürchte dich nicht.«

»Gut, ich werde ihn töten«, sagte Kunatschschi zum Mädchen und machte sich auf den Weg. Er ging und ging und erblickte auf einmal das, wovon ihm das dritte Mädchen erzählt hatte. Auf dem Himmel spielten bunte Wolken. Einmal waren sie silbern, dann rot, dann blau. So schillerte es vor seinen Augen. Und was das Auge in ihnen nicht alles erblickte: Wälder, Berge, Felsen, silberne Häuser ...

»Bald werde ich meine Mutter finden«, dachte Kunatschschi und erblickte auf einmal einen Reiter auf einem weißen Pferd. Der Reiter galoppierte zu ihm hin. Aus dem Maul des Pferdes stoben die Flammen, aus den Nüstern die Funken. Kunatschschi hielt auf dem silbernen Weg an und wartete, bis der Donner zu ihm hingeritten kam. Der Donner stürzte sich auf Kunatschschi. Vom Pferd flogen die Funken und Flammen, aber Kunatschschi rührte sich nicht von der Stelle. Der Donner fragte:

»Von wo kommst du?«

»Von fern.«

»Wozu?«

»Ich suche meine Mutter.«

»So, so! Erzähl, erzähl mir von ihr.«

Der Donner sprang vom Pferd. Kunatschschi zog sein scharfes Schwert und schlug auf ihn ein. Feuer flammte auf, es ertönte ein schreckliches Krachen. Was danach geschah, daran erinnerte sich Kunatschschi nicht mehr. Er erwachte an einem anderen Ort. Rundherum lag Schnee und es war sehr kalt. Kunatschschi dachte:

»Hier komme ich um!«

»Das geschieht dir recht«, sagte eine Stimme von oben. »Lebe nicht vom Mädchenverstand. Du hast ihnen geglaubt, aber sie haben dich getäuscht.«

Kunatschschi wurde traurig. Er stand auf, dachte kurz nach und machte sich auf, die Mädchen zu finden. Wie viele Tage Kunatschschi ging, weiß niemand außer ihm selbst. Schließlich traf er auf jene Stelle, an der die erste Mädchenhütte gestanden hatte. Aber die Hütte war nicht da. Das Mädchen war fortgezogen.

»Hier komme ich um«, dachte Kunatschschi.

»Das geschieht dir recht«, sagte dieselbe Stimme. »Du wirst nicht vom Mädchenverstand leben. Du hast ihnen geglaubt, aber sie haben dich getäuscht.«

»Meine Kräfte gehen zu Ende. Ich bin hungrig und kann nicht mehr gehen ...«

»Wenn du hungrig bist, dann grab ein wenig an der Stelle in der Erde, an der die rechte Ecke der Hütte gestanden hat.«

Kunatschschi freute sich, begann, in der Erde zu graben, und grub einen Laib Brot aus. Die Erde roch nach dem Brot. Es war wie ein Kopf ganz mit Grind bedeckt. Kunatschschi aß das Brot trotzdem, wurde satt und begab sich auf dem silbernen Weg zur zweiten Hütte. Er kam an, doch es zeigten sich weder eine Hütte noch das Mädchen an dieser Stelle. Das Mädchen war fortgezogen.

»Hier sterbe ich vor Hunger«, dachte Kunatschschi.

»Das geschieht dir recht«, sagte von oben dieselbe Stimme. »Du wirst nicht vom Mädchenverstand leben. Grab an der Stelle, wo die Ecke der Hütte gestanden hat.«

Kunatschschi grub eine Brotkruste aus und begann zu essen. Er aß und hörte eine Mädchenstimme:

»Geh zur Mutter. Von hier geht es nach Osten zu ihr. Der Donner verzeiht dir.«

Kunatschschi aß sich satt, stand auf und ging nach Osten. Er kam an bekannte Orte. Vor ihm spielten die gleichen bunten Wolken – silberne, rote, dunkel- und hellblaue. Hier wurden aus ihnen Seen, da Gebirge, dort Wälder …

Kunatschschi kam an jene Stelle, an der er den Reiter auf dem weißen Pferd getroffen und ihn mit dem scharfen Schwert geschlagen hatte und er erinnerte sich an die Schneeweiten.

Kunatschschi blieb dort lange stehen: Er hatte Angst und wusste nicht, wohin er von hier aus gehen sollte. Kunatschschi wartete auf den Reiter mit dem weißen Pferd, aber der Reiter kam nicht.

»Ich gehe weiter. Komme, was da wolle«, dachte Kunatschschi und erblickte vor sich auf einmal eine große silberne Stadt.

Kunatschschi ging in die Stadt. In der Stadt traf er auf Menschen, die ihn an die Hand nahmen und zu seiner Mutter führten.

»Mein Sohn! Weshalb bist du hierhergekommen?«

»Ich suche dich, Mutter.«

»Wie hast du mich gefunden? Wie bist du in den Himmel gekommen? Ich habe dich dünnbeinig in Erinnerung. Du konntest nicht gehen.«

Kunatschschi erzählte der Mutter, wie ihn die Brüder in seinem Trog gezogen hatten, was er getan hatte und wie er in den Himmel gekommen war, wie er sich auf die Beine gestellt hatte und losgegangen war und was er auf seinem Weg erlebt hatte. Die Mutter hörte Kunatschschi an und sagte:

»Dein Vater ist nicht zu Hause. Was wirst du ohne ihn tun? Wie er dich empfangen wird, weiß ich nicht.«

»Solange der Vater nicht da ist, werde ich dir Holz spalten und das Wasser tragen. Wenn der Vater zurückkommt, wird er mir Arbeit zuteilen.«

Kunatschschi arbeitete ein Jahr für seine Mutter. Das ganze Jahr lang spaltete er Holz, schleppte Wasser und erwartete jeden Tag den Vater. Der Vater kehrte nicht heim. Wo er war, hatte die Mutter nicht gesagt.

Kunatschschi erinnerte sich an seine Brüder. Um fristgerecht zu ihnen zurückzukehren, beschloss er, am Morgen aufzubrechen. Er legte sich schlafen und schlief ein. Auf einmal begann es zu klopfen, zu donnern, zu zittern und zu beben. Dann war mit einem Mal alles still. Kunatschschi erwachte, lag da und dachte: »Was war das?« Seine Mutter kam zu ihm.

»Steh auf, Sohn«, sagte sie. »Dein Vater ist gekommen. Er hat dich gerufen. Geh zu ihm.«

Als Kunatschschi seinen Vater sah, erschrak er. Es war derselbe Donnerreiter, den er beim ersten Zusammentreffen mit dem Schwert geschlagen hatte.

»Du hast viel gearbeitet«, sagte der Donner. »Jetzt will ich dir die Freiheit geben. Sag mir, was ich dir für die Arbeit geben soll.«

Kunatschschi schwieg. Er wusste nicht, was er erbitten sollte. Da führte ihn der Donner zu einem großen Lagerraum und öffnete die Tür. Im Lager waren viele verschiedene Waren.

»Wähl aus, was du brauchst«, sagte der Donner.

Kunatschschi stand da, betrachtete alles und antwortete:

»Diese Waren brauche ich nicht.«

Der Donner schloss ein zweites Lager auf. Dieses Lager war voll mit allem, was man sich nur wünschen konnte. Kunatschschi stand da, sah alles an, dachte nach und sagte:

»Ich brauche nichts für die Arbeit.«

Da führte ihn der Donner zu einem dritten Lager und öffnete die Tür. Das Lager war leer. In ihm lagen nur drei Ruten der Purpurweide. Kunatschschi sah auf die Ruten und sagte zu seinem Vater:

»Wenn es möglich ist, dann würde ich für die Arbeit eine solche Rute nehmen.«

»Nimm, welche du willst.«

Kunatschschi wählte eine Rute mit drei kleinen Ästen aus, nahm sie unter den Arm und machte sich auf zu seinen Brüdern. Der Donner hielt ihn zurück.

»Du hast bei mir gut gearbeitet. Dafür gebe ich dir noch die drei Mädchen, die du auf deinem Weg getroffen hast und wieder treffen wirst. Nimm sie alle zur Frau.«

Kunatschschi ging zu Fuß. Er ging lange. Er wurde hungrig und müde, doch er warf die Rute nicht fort. Er trug sie immer unter dem Arm. Kunatschschi setzte sich, um sich auszuruhen, legte die Rute auf seine Knie und begann, sie zu betrachten. Dann zog er von der Rute den unteren Zweig ab, blickte in die Öffnung und konnte sich daran nicht sattsehen. Kunatschschi sah eine große Tundra, die Zelte der Nenzen, deren Schlitten und Rentiere. Der Zelte und Rentiere waren viele. Das

Volk war schön gekleidet. Alle tranken Wein, aßen Fleisch und waren fröhlich. Kunatschschi wurde leicht und froh zumute. Er steckte den Ast an seine Stelle zurück und die Erscheinung verschwand.

Kunatschschi nahm die Rute unter den Arm und ging weiter. Er ging und ging und wurde müde. Er setzte sich, um sich auszuruhen. Ihm fiel die Rute ein, er legte sie sich auf die Knie, zog den zweiten Zweig heraus und erblickte in der Öffnung eine Tundra, Sümpfe, Berge und Wälder. In der Waldtundra erblickte Kunatschschi die Juraken, in der Taiga die Tungusen und Ostjaken. Zelte, Schlitten und Rentiere gab es unzählige. Das Volk war schön gekleidet. Alle tranken Wein, alle aßen fettes Fleisch, spielten, kämpften und freuten sich. Alle hatten viele Felle. Kunatschschi selbst wurde es fröhlich und leicht zumute. Er steckte den Zweig an seine Stelle und die Erscheinung verschwand.

Kunatschschi nahm die Rute unter den Arm und machte sich wieder auf den Weg. Er ging und ging und wurde müde. Er setzte sich, um sich auszuruhen. Ihm fiel die Rute ein, er legte sie sich auf die Knie und zog den dritten Zweig heraus, sah in die Öffnung und erblickte den Jenissei und alle russischen Menschen. Er konnte sie nicht zählen, so viele Russen sah er. Auf dem Jenissei spielte das Wasser. Boote und Schiffe fuhren auf dem Fluss. Von den Schiffen wurden Wein und zahlreiche andere Waren abgeladen; auf die Schiffe lud man Polarfuchs- und Rentierfelle, Mammutknochen, Füchse, Hermeline, Eichhörnchen, Vielfraße und Fischotter. Die Menschen tranken alle Wein ... Die Schornsteine rauchten ...

Kunatschschi steckte den Zweig an seine Stelle, nahm die Rute unter den Arm und ging weiter. Unterwegs traf er auf eine bekannte Hütte. Die Hütte drehte sich. Vor ihr aber saß ein schönes Mädchen auf der Erde.

»Junger Mann, wohin gehst du?«, fragte sie Kunatschschi.

»Ich gehe zu meinen Brüdern. Es sind bald drei Jahre, seit ich sie alleingelassen habe. Wenn ich mich nur um einen Tag verspäte, werden meine Brüder nicht auf mich warten. Sie werden am Seil auf die Erde klettern und ich bleibe hier allein zurück. Geh mit mir. Der Donner hat mir dich zur Frau gegeben.«

Kunatschschi ruhte sich aus, nahm das Mädchen mit sich, nahm die Rute unter den Arm und ging weiter. Er ging von Hütte zu Hütte. In den Hütten ruhte er sich aus. Unterwegs nahm er alle drei Mädchen mit und kam in der angekündigten Frist zu seinen Brüdern. Die Brüder freuten sich.

»Wir dachten, dass du gestorben wärst und nicht mehr zu uns zurückkehrst. Wir dachten daran, morgen auf die Erde zurückzuklettern. Du warst genau drei Jahre unterwegs.«

Kunatschschi erzählte seinen Brüdern, wo er gewesen war, was vorgefallen und was mit ihm während der drei Jahre geschehen war und hieß sie zu schlafen. Sie ruhten.

»Jetzt werden wir am Seil auf die Erde hinabklettern. Zuerst gehen die Frauen, dahinter klettert ihr und ich werde als Letzter hinabklettern.«

Sie machten es so, wie Kunatschschi es angeordnet hatte.

Seine Brüder waren bis zur Hälfte des Seiles geklettert. Kunatschschi hatte aber erst angefangen hinabzuklettern. Seine Brüder sahen ihn an und sagten zueinander:

»Lass uns das Seil abschneiden. Kunatschschi soll im Himmel bleiben. Wir aber werden auf die Erde fallen, uns die Mädchen nehmen, in unsere Hütte gehen und dort gut leben.«

Seine Brüder schnitten das Seil ab und fielen auf die Erde. Kunatschschi kletterte bis zum Ende des Seiles, blickte auf die Erde und kletterte zurück in den Himmel. Er stand eine Weile da, dachte nach, nahm seine Rute unter den Arm und ging wieder zum Donner.

»Weshalb bist du zu mir gekommen?«, fragte ihn der Donner.

»Meine Brüder haben das halbe Seil abgeschnitten. Sie haben meine Frauen geraubt und sind mit ihnen auf die Erde gegangen. Jetzt ist das Seil kurz geworden und ich weiß nicht, wie ich vom Himmel hinabgelangen kann.«

Als der Donner Kunatschschi angehört hatte, sagte er:

»Für die Arbeit habe ich dir die Rute gegeben. Du hast sie nicht verloren. Das ist gut. Geh nach Hause. Wenn du bis zum Ende des Seils geklettert bist, nimm die Rute und lass sie so lange hinab, bis sie fest in der Erde steckt. Dann lass das Seil los und lass dich an der Rute hinab.«

Kunatschschi ging. Er machte alles so, wie ihm der Donner geraten hatte.

Kunatschschi ließ sich auf die Erde hinab. Er sah auf die Rute und traute seinen Augen nicht. Die Rute war so klein, wie sie immer gewesen war. Kunatschschi nahm sie unter den Arm und ging zu seinem Heimatort.

Viele Jahre waren vergangen, seit die Brüder Kunatschschi betrogen hatten. Sie hatten die Frauen untereinander aufgeteilt und ihn vergessen. Sie hatten Kunatschschi nicht erwartet und plötzlich war er gekommen. Die Brüder erschraken, fielen vor ihm auf die Knie und begannen zu weinen.

»Wir sind schuldig. Richte uns, bestrafe uns, aber töte uns nicht.«

Kunatschschi tötete seine Brüder nicht. Dafür, dass sie ihn im Stich gelassen und ihn betrogen hatten, ließ er sie das ganze Leben lang Holz spalten und Wasser tragen.

Kunatschschi zog die Rute unter dem Arm hervor, zog den oberen Zweig heraus, schüttelte die Rute kurz und es floss der Jenissei heraus, es fielen die russischen Menschen heraus, Boote schwammen über den Fluss und Schiffe und Kaufleute kamen gefahren und brachten Wein und Waren ... Er zog den mittleren Zweig heraus, schüttelte die Rute und es fielen die Ostjaken und Tungusen heraus und die Zelte, Skier, Sättel und Rentiere ... Er zog den unteren Zweig heraus und schüttelte die Rute und da fielen die Juraken, die Nenzen und die Zelte, Schlitten und Rentiere auf die Tundra ...

Seither lebten auf der Erde unterschiedliche Menschen.

Kunatschschi wählte sich das schönste Mädchen aus und heiratete sie. Die Brüder aber spalteten ihm ein Leben lang Holz und schleppten für ihn Wasser.

Das Rebhuhn und der Hecht

Das Rebhuhn erklärte dem Hecht den Krieg. Der Hecht fürchtete sich nicht vor dem Rebhuhn und nahm die Herausforderung an.

Sie bewaffneten sich mit Pfeilen und Bogen und begannen zu kämpfen.

Das Rebhuhn hatte mehrspitzige Pfeile und der Hecht lanzenförmige.

Der Hecht und das Rebhuhn kämpften wie folgt: Der Hecht schoss und das Rebhuhn flog auf. Das Rebhuhn schoss und der Hecht tauchte ins Wasser.

Der Hecht wollte das Rebhuhn ins Herz treffen, doch er traf es ins Bein; das Rebhuhn zielte auf den Kopf des Hechts, doch es traf den Rücken. Sie kämpften und kämpften, doch sie konnten einander nicht töten.

Der Hecht schoss und das Rebhuhn sprang auf; das Rebhuhn schoss und der Hecht tauchte unter. Der Hecht schoss und das Rebhuhn: in die Höhe; das Rebhuhn schoss und der Hecht: ins Wasser ...

Sie hatten keine Pfeile mehr. Das Rebhuhn flog auf und flog in die Tundra. Der Hecht aber tauchte in die Tiefen des Sees hinab.

Der Krieg endete, aber eine Erinnerung daran ist geblieben. Seht nur, wie viele gabelförmige Gräten der Hecht auf seinem Rücken hat. Das sind alles die Pfeile des Rebhuhns. Der Hecht hat aber auch nicht daneben geschossen. Seine lanzenförmigen Pfeile trägt das Rebhuhn an seinen Schenkeln.

MÄRCHEN DER OSTJAKEN

Pjunekese

Auf der jakutischen Seite des Jenisseis lebte einmal ein Riese namens Pjunekese.

Pjunekese hatte gehört, dass es auf dem Jenissei den Ostjaken Palna gab, den niemand besiegen konnte.

Pjunekese kam auf den Gedanken, Palna zu töten. Er ging zum Nomadenzug Palnas, hielt auf der rechten Seite des Jenisseis, setzte sich ans Ufer und wartete, bis Palna erschien. Am Ufer waren noch zwei Frauen Pjunekeses. Seinen Sohn hatte er auf einem hohen Berg postiert, sodass er auf einem Hochlager sitzend seinen Vater beobachten konnte.

Zu dieser Zeit stand Palna mit seinen Zelten auf der linken Seite des Jenisseis. Als er sah, dass ein Riese in sein Land gekommen war, sagte er zu seinem schnellfüßigen Bruder:

»Tany-Letal-Nety, komm und lass uns Pjunekese jagen. Pjunekese ist zu uns gekommen, um mich umzubringen.«

Palna nahm den Bogen und die Kampfpfeile, setzte sich zusammen mit seinem Bruder in eine Wetka[31] und fuhr über den Jenissei. Mit ihnen in der Wetka saß ein Alter, der aus Neugierde mitkam, um den Riesen zu beobachten. Palnas Volk blieb geschlossen auf dem Lagerplatz zum Schamanisieren: Der Schamane wollte über den Jenissei hinweg Pjunekese vernichten.

Palna fuhr zu Pjunekese, Pjunekese nahm einen großen Bogen aus Mammutknochen und spannte die Sehne.

»Halt, schieß nicht!«, rief Palna dem Riesen zu. »Du siehst, dass wir noch nicht am Ufer angelegt haben. Lass uns aus der Wetka steigen.«

Palna sprang ans Ufer. Pjunekese zielte auf Palnas Stirn und schoss. Palna beugte sich ein wenig vor. Der Pfeil schnitt ihm den Zopf ab, durchschlug die Wetka in der Mitte und tötete den neugierigen Alten, der gekommen war, um den Riesen zu sehen.

Pjunekese schoss sehr oft. Die Pfeile flogen wie Funken aus dem Feuer, aber kein einziger traf Palna. Palna war wendig und schnell wie eine Schwalbe. Pjunekese schoss so lange, bis der Bogen schwächer wurde. Er legte den Bogen auf die Seite und sagte:

»Nun, jetzt schieß du auf mich, und ich werde sehen, was für ein

31 Wetka: kleines, ausgehöhltes Boot.

Schütze du bist. Du hast ja ein kleines Bögelchen.«

Palna begann zu schießen. Die Pfeile trafen Pjunekese, konnten ihn aber nicht verletzen. Pjunekese hatten einen eisernen Parka an. Von dem eisernen Parka und dem Schießen war ihm so heiß geworden, dass seine Frau Wasser über ihn gießen musste.

»Jetzt werde ich ruhen«, sagte Palna. »Du aber schieß auf mich. Ich kann dich doch nicht besiegen. Mein Bogen ist etwas schwach und meine Pfeile deiner Kleidung nicht gewachsen.«

Pjunekese erhob wieder seinen knöchernen Bogen und begann erneut zu schießen. Die Pfeile flogen wie Funken aus dem Feuer. Aber wo sollten sie Palna treffen? Er war wendig wie ein Hermelin. Pjunekese schoss so lange, bis die Sehne an seinem Bogen locker wurde.

»Frauen, leert Wasser auf mich. Ich muss rasten«, sagte Pjunekese zu seinen Frauen, nachdem er den Bogen auf die Erde gelegt hatte.

Palna bemerkte, dass am Hals Pjunekeses der Panzer durch das Wasser etwas heruntergerutscht war.

»Tany-Letal-Nety«, sagte Palna zu seinem Bruder. »Siehst du, dass Pjunekese an seinem Körper eine unbedeckte Stelle hat? Sieh! Ich werde auf sie schießen.«

Palna schoss einen Pfeil und durchschoss Pjunekese den Hals. Der Riese fiel tot um. Palna wollte auch die Frauen Pjunekeses töten, doch sie sagten zu ihm:

»Schämst du dich nicht, Frauen umzubringen! Du bist so ein ausgezeichneter Krieger.«

Palna rührte die Frauen nicht an. Er ging auf den Berg zum Hochlager, um dort den Sohn Pjunekeses zu töten; dieser aber war vom Lager gesprungen und in sein Land zurückgelaufen. Er lief so schnell, dass Palna ihm nicht hinterherkam.

... Die Alten sagen: Als Palna Pjunekese getötet hatte, seien die Trommeln in seinem Zeltlager auf der anderen Seite des Jenisseis verstummt. Der Schamane hatte aufgehört zu schamanisieren.

Itschekotschko und die Kinder des Teufels

Dem Teufel tat der Bauch weh. Er verrichtete sein Geschäft und sagte: »Das soll meine hinterlistige Falle sein!«

Zu dieser Zeit ging Itschekotschko – ein kleiner Weiser – durch den Wald. Im hohen Gras sah er die hinterlistige Falle nicht, trat auf sie und blieb an ihr kleben. Der Teufel sprang hervor, packte Itschekotschko und wollte ihn fressen.

»Teufelchen, friss mich nicht«, sagte Itschekotschko. »Ich bin klein. Bring mich lieber als Spielzeug zu deinen Kindern.«

Der Teufel fraß Itschekotschko nicht. Er fesselte ihn, brachte ihn ins Zelt und gab ihn seinen Töchtern zur Unterhaltung. Er selbst aber ging wieder in den Wald.

»Mädchen, bindet mich los«, sagte Itschekotschko. »Dafür mache ich euch gute und schöne Löffel. Wenn ihr mich kocht, dann wird es für euch angenehm sein, die Suppe mit Löffeln zu essen.«

Die Töchter des Teufels hörten auf den kleinen Itschekotschko und banden ihn los. Itschekotschko nahm ein Messer und begann, aus einem Stab einen Brotspieß zu machen. Dann brachte er die Mädchen um, schnitt ihnen die Beine ab und kochte und briet das Fleisch.

»Bald wird der Teufel vom Wald zurückkommen«, dachte Itschekotschko. »Ich muss mich beeilen.«

Itschekotschko stellte den Kessel mit dem gekochten Fleisch hinter die Tür. Die gebratenen Stücke aber steckte er auf Stäbe entlang des Weges zum Zelt. »Jetzt soll der alte Teufel fressen und mich wegen des leckeren Fleisches loben.«

Itschekotschko fing kleine Vögel, setzte sie unter den Bettvorhang und lief fort. Die Vögel piepten unter der Decke, als ob sich junge Mädchen vergnügten.

Der Teufel kam zum Zelt, erblickte auf dem Weg das gebratene Fleisch, lachte auf und sagte:

»Meine Töchter wissen, dass ich hungrig bin! Das haben sie mir vorbereitet, damit ich etwas essen kann. Gut, dass sie Itschekotschko getötet haben. Dafür gebe ich ihnen das leckere Fett.«

Der Teufel fraß sich satt und ging ins Zelt. Unter dem Bettvorhang piepten die Vögel.

»Mädchen, was scherzt ihr da? Worüber lacht ihr so?«, fragte der Teufel und öffnete den Bettvorhang. Die Vögel flatterten dahinter hervor.

»Was soll denn das, Mädchen ...?«

Der Teufel berührte hinter dem Bettvorhang die erste Tochter, die zweite, die dritte, aber von ihnen waren nur die Köpfe übrig geblieben.

Der Teufel ärgerte sich über den listigen Itschekotschko und überlegte sich, sich an ihm zu rächen. Aber wohin war Itschekotschko gegangen? Der Teufel legte sich auf den Rücken und zählte die Sterne am Himmel. Alle Sterne waren da. Dann begann er, den Sand zu zählen, aber die Sandkörner konnte er nicht fertig zählen, dafür erkannte er, dass Itschekotschko über die Erde geflüchtet war. Der Teufel jagte hinter ihm her. Itschekotschko hörte den Verfolger, kletterte auf einen Baum und saß da. Der alte Teufel entdeckte ihn und rief aus:

»Du hast meine Töchter umgebracht?! Klettere herab! Ich werde dich fressen!«

Itschekotschko kletterte nicht hinab. Da ergriff der Teufel ein Beil und begann, den Baum zu fällen. Als ein Hase das Schlagen des Beiles hörte, kam er aus dem Wald gelaufen, lief zum Teufel hin und fragte:

»Warum fällst du den Baum, Alter?«

»Ich möchte ihn zerstören, damit ich Itschekotschko fangen und fressen kann. Er hat meine Töchter umgebracht. Da sitzt er.«

»Ich weiß, ich kenne den schlauen Itschekotschko! Man muss ihn fressen«, sagte der Hase. »Gib mir das Beil, Alter. Ich fälle den Baum. Du aber ruh dich aus.«

Der Teufel gab dem Hasen das Beil und sagte zu ihm:

»Wenn ich nicht schlafe, dann schnarche ich, wenn ich schlafe, dann schnaufe ich nur mit der Nase.«

»Schnauf nur Alter, schnauf nur, ich aber werde hacken.«

Der Hase aber hackte nicht, sondern schlug mal mit dem Beilrücken, mal mit der Seite des Beils auf den Baum.

»Das ist dumm«, dachte der Teufel und schnarchte auf.

»Ah, er ist eingeschlafen«, lachte der Hase im Stillen. Er ging zum Teufel, schlug ihm mit dem Beil auf den Widerrist und rief:

»Alter, gib acht! Der Baumstamm fällt!«

Der Teufel sprang auf, der Hase aber flüchtete in den Wald und schleppte das Beil mit sich fort.

»Gut!«, sagte der Teufel. »Lauf nur, Beile habe ich. Ich habe einmal sieben Städte gefressen und habe ein gutes Beil verschluckt.«

Der Teufel würgte das Beil hervor und begann wieder, den Baum zu fällen. Als ein Vielfraß das Schlagen des Beiles hörte, ging er zum Teufel hin.

»Alter, was machst du da?«

»Ich fälle einen Baum. Ich will Itschekotschko fressen, weil er meine Töchter umgebracht hat.«

»Alter, du bist doch nicht etwa müde? Gib mir das Beil, ich werde den Baum fällen und du ruh dich aus.«

»Nein, Vielfraß, das Beil gebe ich dir nicht. Du wirst mich betrügen, wie mich der Hase betrogen hat.«

»Oh, Alter!«, sagte der Vielfraß. »Der Hase hat auch mich nicht nur einmal betrogen. Keine Angst! Ich betrüge dich nicht. Leg dich hin und ruh dich aus.«

Der Teufel vertraute dem Vielfraß, gab ihm das Beil, legte sich hin und sagte:

»Wenn ich nicht schlafe, dann schnarche ich, wenn ich schlafe, dann schnaufe ich nur durch die Nase.«

»Schnauf nur, Alter, schnauf nur!«, sagte der Vielfraß und machte sich an die Arbeit.

Der Vielfraß schlug mal mit der Seite des Beils, mal mit dem Beilrücken. Dem Teufel aber schien es, dass er hackte. Als der Teufel aufschnarchte, schlug der Vielfraß dem Teufel mit dem Beilrücken auf den Widerrist.

»Alter, gib acht! Der Baumstamm fällt!«, rief der Vielfraß und lief mit dem Beil in den Wald.

»He, Vielfraß! Gib mir mein Beil zurück!«

Lange schrie der Teufel dem Vielfraß nach, doch er konnte ihn nicht mehr herbeirufen. Der Vielfraß war verschwunden wie Rauch.

»Ich habe einmal sieben Städte gefressen. Ich sehe mal nach, ob in mir noch ein Beil ist.«

Der Teufel würgte ein Beil hervor und sagte:

»Wer auch immer nun zu mir kommt, dem gebe ich mein Beil nicht. Ich werde selbst hacken.«

Der Teufel hatte gerade zum Schlag ausgeholt, als ein Bär zu ihm kam. Er trat auf ihn zu und sagte:

»Was machst du da, Teufelchen?«

»Einen Baum werde ich fällen.«

»Wozu?«

»Itschekotschko will ich fangen. Da sitzt er. Itschekotschko hat mich betrogen. Er hat meine drei Töchter umgebracht und mir ihr Fleisch zu fressen gegeben. Jetzt werde ich ihn fressen.«

»Oh, dieser Itschekotschko!«, sagte der Bär. »Er hat auch mich nicht nur einmal betrogen. Teufelchen, gib mir das Beil. Ich helfe dir, damit du Itschekotschko schneller fängst.«

»Nein, Bär, das Beil gebe ich dir nicht. Ich habe dem Hasen vertraut, und der Hase hat mich betrogen; ich habe dem Vielfraß vertraut, und er hat mich betrogen. Zwei Beile haben sie mir gestohlen. Wenn ich dir das Beil gebe, wirst auch du es stehlen.«

»Aber ich bitte dich, Teufelchen! Ich bitte dich! Ich bin nicht so einer wie der Hase oder Itschekotschko. Itschekotschko hat mich betrogen, ich möchte ihn fangen. Wohin soll ich denn vor ihm davonlaufen ...?!«

Der Teufel glaubte dem Bären und gab ihm das Beil.

»Bär, während du den Baum fällst, werde ich ein wenig ruhen«, sagte der Teufel. »Wenn ich schlafe, dann schnaufe ich durch die Nase, wenn ich nicht schlafe, dann schnarche ich.«

»Raste nur, Alter, raste. Wenn der Baum fällt, dann wecke ich dich.«

Der Teufel kniff die Augen zusammen. Der Bär begann zu arbeiten. Doch der Bär hackte nicht, sondern schlug nur mal mit der Seite des Beils, mal mit dem Beilrücken an den Baum. Er schlug fest. Der Teufel schnarchte auf.

»Ah, eingeschlafen«, dachte der Bär. »Ich werde dich wecken.«

Der Bär ging zum Teufel und schlug ihm mit dem Beilrücken auf den Widerrist.

»Was ist? Ist der Baum auf mich gefallen?«, rief der Teufel.

»Ja! Fang Itschekotschko!«

Der Bär schleppte das Beil fort. Der Teufel war wegen des Beils betrübt. Er wollte Itschekotschko fressen, aber womit sollte er den

Baum fällen? Er dachte nach und dachte nach und sagte:

»Ich habe sieben Städte gefressen. Habe ich vielleicht noch ein Beil verschluckt?«

»Teufel«, sagte Itschekotschko vom Baum zu ihm, »wozu plagst du dich? Du tust mir leid. Leg dich besser auf den Rücken, sperr dein Maul und deine Augen weit auf und sieh, wie ich vom Baum in dein Maul fallen werde.«

Der Teufel freute sich.

»Das hast du dir gut ausgedacht, Kleiner, sehr gut!«

Der Teufel legte sich unter den Baum, öffnete sein Maul weit und wartete, bis Itschekotschko springen würde.

»Na, Teufelchen, blinzle nicht! Ich falle!«, rief Itschekotschko und blendete den Teufel mit Sand.

Itschekotschko sprang auf die Erde und wollte dem alten Teufel den Todesstoß versetzen. Der Teufel aber sagte zu ihm:

»Du bist schlau, aber du kannst mich nicht töten.«

Itschekotschko erschlug den Teufel, legte ihn auf einen Scheiterhaufen und zündete ihn an. Der Teufel fing an zu brennen und es krochen die Stechmücken, die Spinnen und Kriebelmücken aus ihm heraus ...

Nemol-Porkira

Nemol-Porkira war alt. Er hatte erwachsene Kinder: drei Söhne und zwei Töchter. Sie alle wohnten in einer Erdhütte. Nemol-Porkira ging aus der Erdhütte fast nicht mehr hinaus. Er hatte dazu keinen Grund. Seine Kinder gaben ihm zu essen und zu trinken und versorgten ihn mit Kleidung. So saß er immer zu Hause. Sie waren satt, aber nicht reich: Sie hatten keine Rentiere. Die Söhne Nemol-Porkiras waren so mutig wie er selbst, nur Nemol-Porkira war auch noch listig dazu.

Es geschah so: Seine Söhne waren auf die Jagd gegangen. Nemol-Porkira aber war mit seinen Töchtern daheimgeblieben. Einmal kamen Juraken zur Erdhütte geritten, um den Alten und alle seine Söhne umzubringen. Es waren viele Juraken, aber alle passten in die Erdhütte. Nemol-Porkira erschrak nicht.

»Mädchen«, sagte er zu den Töchtern, »es sind Gäste zu uns

gekommen. Sie sind von weit her gekommen und sind ausgehungert. Gebt ihnen gut zu essen.«

»Gib nur, gib«, dachten die Juraken. »Wenn wir gegessen haben, dann bringen wir euch alle um, nehmen euer Gut und reiten fort. Gut, dass die Burschen nicht zu Hause sind.«

Die Mädchen brachten getrockneten Fisch.

»Esst«, sagte Nemol-Porkira. »Wir gehen und bringen euch noch besseres Essen. Wir haben viel Fleisch und Tran.«

Die Juraken begannen zu essen. Nemol-Porkira trat mit seinen Töchtern aus der Hütte und sagte leise:

»Die Juraken sind gekommen, um uns zu töten, aber fürchtet euch nicht. Nehmt jede ein Beil und setzt euch über der Tür aufs Dach. Wenn ihr sitzt, nehme ich ein Bündel Birkenrinde, zünde es gut an und werfe es in die Hütte. Die Juraken werden durch die Tür kriechen. Ihr aber schlagt ihnen auf den Kopf.«

So taten sie es auch. Die Mädchen nahmen sich jede ein Beil und setzten sich über die Tür. Nemol-Porkira aber schleuderte das Bündel heiße Birkenrinde in die Hütte und rief:

»Oh ...! Wir brennen ...!«

In der Erdhütte brach ein Brand aus. Die Juraken stürmten zur Tür. Die Mädchen schlugen ihnen auf die Köpfe. Die Erschlagenen fielen und versperrten den Ausgang, alle anderen Juraken aber verbrannten in der Hütte.

Die Rentiere der umgekommenen Juraken fielen Nemol-Porkira zu. Die von der Jagd heimkehrenden Söhne wunderten sich: Woher hatte der rentierlose Vater auf einmal eine so große Herde ...?

Der Schamane

Es war einmal ein weiser Schamane. Er lebte und tat nichts anderes, als zu schamanisieren.

Eines Tages begab sich der Schamane in den letzten Himmel und brachte von dort in seiner Trommel einen goldflossigen Haselfisch mit und sagte zu den Menschen:

»Als ich durch den Himmel wanderte, sah ich dort eine ebensolche

Erde, Wälder, Flüsse und Seen mit goldflossigen Fischen. Weshalb sollen wir hier auf der Erde leben?«

Der Schamane dachte nicht lange nach. Er nahm seinen Sohn und zog mit ihm in den Himmel. Er ging seines Weges und freute sich, dass es im Himmel genau solche Erde, Berge, Wälder, Flüsse und Seen gab.

Der Schamane kam in den ersten Himmel, wollte dort übernachten, aber es wurde nichts daraus: Es zeigte sich, dass im ersten Himmel der Wald halb aus Eisen war. Sie mussten weiterziehen. Im zweiten Himmel übernachteten sie.

Am siebenten Tag kam der Schamane in den siebenten Himmel. Er freute sich, dass auch in diesem Himmel alles so wie auf der Erde war: Berge, Wälder, Gras, Flüsse und Seen. Alles war da. Der Schamane nahm ein Beil und begann, Brennholz für das Nachtlager zu hacken. Er schlug mit dem Beil gegen einen Baum und verbog es dabei. Wie sehr sich der Schamane auch mühte, er konnte doch kein Brennholz hacken. Der Wald war halb aus Eisen.

»Wir müssen hier im Himmel sterben«, sagte der Schamane zu seinem einzigen Sohn. »Mir tut es um dich leid, mein Sohn. Geh so schnell wie möglich weg von hier zu den Menschen auf die Erde. Vielleicht finden dich die Menschen und retten dich.«

Der Schamane starb. Sein Sohn aber fiel vom Himmel in einen See und verwandelte sich in eine Tauchente.

Auf dem See waren Jäger. Sie sahen die Tauchente und begannen, mit ihren Pfeilen nach ihr zu schießen. Die Jäger erlegten die Tauchente, brachten sie in ihr Zelt, kochten und aßen sie. Dann wurden sie schwanger und alle starben.

... Wo dieser See war – das wissen die Leute jetzt nicht mehr.

Palna

Palna ging in den Wald, um Zobel zu jagen, seine Brüder blieben mit den Kriegern in den Erdhütten.

Palna wurde in der Taiga von der Nacht überrascht. Er nahm die Skier ab, entfachte ein Feuer und legte sich schlafen. Der Morgen kam. Palna erwachte. Auf einmal hörte er, dass jemand zu ihm kam. Palna sah in den Wald und erblickte dreißig Juraken mit Kampfbogen.

»Sie suchen mich«, dachte Palna. Er nahm ein Scheit aus dem Feuer und beschmierte sich mit der Kohle das Gesicht. Die Juraken kamen zu Palna und fragten ihn:

»Wer bist du? Palna?«

»Nein, ich bin nicht Palna. Woher habt ihr gehört, dass Palna in den Wald jagen gegangen sei?«

»Du bist nicht Palna? Wer bist du dann?«, fragten die Juraken.

»Ich bin ein Knecht Palnas. Er hat mich auf die Zobeljagd geschickt.«

»Dann weißt du, wo Palna wohnt, und wirst uns den Weg zu ihm zeigen.«

»Gut«, sagte Palna zu den Juraken. »Den Weg zeige ich euch. Ich gehe voraus und ihr folgt meinen Spuren.«

Palna zog sich schnell an. Als er begann, sich die Skier anzulegen, sagten die Juraken zu ihm:

»Du bist nicht etwa doch Palna? Du hast zu große Skier.«

»Nein, ich bin nicht Palna. Ich habe nur seine alten Skier genommen.«

Palna legte sich die Skier nicht richtig an. Er steckte sie nur eilig auf die Strümpfe und ging los. Er ging nicht richtig und schritt nicht richtig und machte sich einen Spaß. Die Juraken schafften es dennoch kaum, ihm zu folgen, und riefen ihm nach:

»Du gehst schnell. Bist du doch Palna?«

»Nein, ich bin nicht Palna. Palna hat mir nur beigebracht, so die Skier bei Frost wieder weich zu machen.«

»Na, na! Mach sie weich, aber geh langsamer.«

Palna ging langsamer, er bewegte sich nur ein ganz wenig. Er kam zu einem sich tief auf die Erde herabneigenden Baum. Palna zog sich die Schuhe im Gehen richtig an. Das bemerkten die Juraken.

»Bist du doch Palna?«

»Nein, ich bin nicht Palna. Palna hat mich nur gelehrt, es so zu tun«, antwortete er, sprang über den Baum und lief. Hinter seinen Skiern wirbelte der Schnee wie in einem Sturm ...

»Das war doch Palna selbst«, sagte der älteste Jurake.

»Nein, das ist nicht Palna«, antwortete ein anderer. »Palna kenne ich. Palna hat ein weißes Gesicht. Und dieser da hat ein irgendwie schwarzes Gesicht ...«

»Nein, das war Palna. Er hat uns betrogen. Wir konnten ihn nicht ergreifen, jetzt müssen wir uns selbst schnell davonmachen, damit wir nicht sterben. Habt ihr gesehen, welchen Schneesturm er mit seinen Skiern gemacht hat? Wer, wenn nicht Palna, kann so auf Skiern laufen? Ein guter Knecht ...!«

Und die Juraken kehrten um.

Palna lief zu seinen Kriegern, sprang in die Erdfestung, zog sich seine Kriegsbekleidung an und erwartete die Juraken.

»Mir scheint, die Juraken kommen nicht zu uns«, sagte er zu seinen Kriegern. »Sind sie gar umgekehrt, um Hilfe zu holen? Das wäre schlecht. Jetzt wissen sie, wo wir uns befinden. Brüder, ihr bleibt hier, während ich versuche, die Juraken unterwegs abzufangen.«

Palna stellte sich auf die Skier und lief los. Er holte die Juraken ein und brachte sie nacheinander um. Von dreißig Leuten ließ er nur zwei am Leben und sagte zu ihnen:

»Wenn euch noch Krieger geblieben sind, dann geht und erzählt ihnen über mich. Sollen sie nur zum Kräftemessen kommen. Jetzt wisst ihr, dass ich kein Knecht Palnas bin, sondern Palna selbst. Geht. Ich werde hier auf euch warten.«

Die Juraken gingen davon. Palna wartete lange auf ihre Rückkehr mit den Kriegern. Schließlich stellte er sich auf die Skier und kehrte zu seinen Kriegern in die Erdhütte zurück.

Die Juraken kamen auf ihren Zügen nie mehr zu Palna.

Sonne und Mond

In einer Erdhütte lebten drei unverheiratete Brüder. Der Älteste und der Mittlere waren Schamanen, der Jüngste aber war ein einfacher Mensch. Sie hatten niemanden, der ihnen das Essen kochte und die Kleidung ausbesserte. Die Brüder mussten alles selbst machen.

Es war Abend. Die Brüder saßen in der Erdhütte. Plötzlich öffnete sich die Tür und ein Myrak[32] stürmte herein.

»Weshalb sitzt ihr hier, ohne etwas zu tun?«, sagte er. »In der Nacht wird es bei euch einen Toten geben. Baut einen Sarg.«

---

32 Myrak: ein böser Geist.

Der Myrak schlug die Tür zu und verschwand. Die Brüder erschraken und machten sich an die Arbeit. Nachdem sie den Sarg gebaut hatten, legten sie sich schlafen. Am Morgen erwachten die jüngeren Brüder und sahen auf den ältesten, der schon tot war. Sie standen auf, legten den Toten in den Sarg, trugen ihn in die Diele hinaus und stellten den Sarg zur Tür der Erdhütte.

Die Brüder saßen da, trauerten und erwarteten die Nacht. Es wurde dämmrig. Plötzlich ging die Tür auf. In die Hütte stürmte derselbe Myrak und sagte:

»Sitzt ihr wieder tatenlos da? Baut einen Sarg. Gegen Morgen gibt es bei euch einen Toten.«

Der Myrak verschwand. Die Brüder zimmerten einen Sarg und legten sich schlafen. Am Morgen erwachte der jüngste Bruder und sah, dass der mittlere Bruder tot war. Er stand auf, legte den Toten in den Sarg, trug ihn zur Tür hinaus in die Kälte, stellte ihn neben den Sarg des älteren Bruders und kehrte in die Erdhütte zurück. Er saß allein und dachte:

»Meine Brüder waren echte Schamanen und sie konnten nichts gegen den Myrak tun. Nun muss auch ich sterben. Vor einem Myrak kann man nicht davonlaufen oder sich verstecken.«

Der Tag verging. Es dämmerte. Plötzlich stürmte der Myrak in die Erdhütte und sagte:

»Was sitzt du da? Warum baust du keinen Sarg? Mach schon! Du wirst bald sterben.«

Der Myrak schlug die Tür zu und verschwand. Der jüngste Bruder nahm ein Beil, zimmerte sich einen Sarg, trug ihn in die Erdhütte, legte sich in den Sarg und erwartete seinen Tod. Er lag lange so da, bis es ihm zu langweilig wurde. Er kletterte heraus und dachte:

»Warum sterbe ich nicht? Wo bleibt mein Tod?«

Plötzlich kam der Myrak zur Hütte gelaufen und sagte durch die Tür:

»Was ist, lebst du noch?«

»Ja.«

»Na, du stirbst bald. Leg dich in den Sarg.«

Der Myrak verschwand. Er blieb lange fort. Auf einmal kam er wieder gelaufen und fragte durch die Tür:

»Bursche, bist du tot?«

»Nein, ich lebe.«
»Ah, du lebst …!«
Der Myrak sprang in die Erdhütte und warf sich auf den Burschen. Sie gerieten heftig aneinander und begannen, sich gegenseitig durch die Hütte zu zerren. Es zeigte sich, dass sie gleich stark waren: Keiner konnte siegen. Schließlich wurde der Myrak schwächer. Der Jüngling strengte sich an und stieß ihn in den Sarg. Der Deckel fiel von selbst auf den Sarg. Von irgendwoher tauchten zwei Schlangen auf und umschlangen kräftig die Enden des Sarges. Der Jüngling lief aus der Erdhütte hinaus.
»Wohin soll ich mich wenden?«, dachte er und erblickte den Weg in den Himmel. »Ich gehe dorthin.«
Der Jüngling wanderte lange. Unterwegs bemerkte er ein Zelt. Wessen Zelt war das? Er wusste es nicht. Beim Zelt traf er ein unbekanntes Mädchen an. Er wollte ins Zelt, doch es ging nicht: Das Mädchen versperrte ihm mit den Beinen den Eingang.
»Nimm die Beine weg«, sagte der Jüngling.
»Das tue ich nicht«, sagte sie. »Du bist gekommen, um über meine Beine zu steigen. Steig!«
Der Jüngling stieg über die Beine und wurde Herr des Zeltes und das Mädchen seine Frau. Sie lebten gut. Der Jüngling ging auf die Jagd. Fröhlich machte er sich in den Wald auf, ins Zelt kehrte er mit Tränen zurück. Seine Frau sah das und sagte:
»Sag, warum weinst du?«
»Dein Wald liebt mich nicht. Wenn ich durch den Wald gehe, peitschen mir die Zweige in die Augen. Ich habe Schmerzen, deshalb weine ich.«
Seine Frau ging aus dem Zelt, brach einen Zweig ab und fragte:
»Zweig, sag mir: Warum schlagt ihr meinen Mann in die Augen?«
»Nein, wir haben ihn nicht geschlagen«, antwortete der Zweig.
»Warum weint er?«
»Dein Mann weint nicht unseretwegen. Wenn er auf die Jagd geht, dann sieht er vom Himmel aus sein Land, erinnert sich an seine Brüder und weint um sie.«
Die Frau warf den Zweig weg und ging zu ihrem Mann zurück ins Zelt.
»Du hast mir nicht die Wahrheit gesagt. Die Zweige haben dich nicht geschlagen. Du weinst nicht ihretwegen.«

»Wie sollte ich nicht weinen, wenn auf der Erde meine Brüder gestorben sind? Jeden Tag gehe ich auf die Jagd und sehe sie unbeerdigt liegen. Ich sehe ihre Särge. Wie soll ich nicht weinen?«

Seine Frau nahm einen Kamm und einen Feuerstein und gab sie ihm.

»Nimm das und geh auf die Erde. Wenn es dir schlecht geht, kehre zurück. Wenn es notwendig sein sollte, wirf den Kamm hinter dich; wenn er nicht hilft, dann wirf den Feuerstein. Geh deines Weges.«

Genau nach sieben Jahren kam der Jüngling in seine Heimat. Vor der Erdhütte hatte sich in diesen sieben Jahren nichts verändert. In der Diele standen die Särge der älteren Brüder wie früher. Er betrat die Erdhütte und in ihr war alles so wie früher. Die Schlangen hielten den Sarg mit dem Myrak umschlungen. Der Jüngling wollte wissen, was aus dem Myrak geworden war. Er gab dem Sarg einen Tritt mit dem Fuß. Sogleich wanden sich die Schlangen vom Sarg, der Deckel sprang auf, der Myrak sprang aus dem Sarg und packte den Jüngling. Sie begannen zu kämpfen. Sie zerrten einander durch die Erdhütte. Lange kämpften sie. Da begann der Myrak, schwächer zu werden, der Jüngling nahm all seine Kräfte zusammen und warf den Myrak in den Sarg. Der Deckel fiel wieder von selbst auf den Sarg, dieselben Schlangen erschienen und wickelten sich wie Reifen um den Sarg.

Der Jüngling sprang aus der Erdhütte und lief in den Himmel zu seiner Frau. Plötzlich hörte er, dass ihn jemand verfolgte. Er blickte zurück: der Myrak ...!

Der Jüngling warf den Kamm hinter sich und es wuchs daraus ein undurchdringliches Dickicht. Er ging weiter und ging und ging ... Da hörte er wieder, dass ihn jemand verfolgte. Er blickte zurück und hinter ihm lief derselbe Myrak. Der Jüngling warf den Feuerstein hinter sich. Aus dem Feuerstein wuchs ein riesiger, steiler Felsen.

Lange lief der Jüngling auf dem Weg zum Himmel. Es war nicht mehr weit bis zu seinem Zelt. Er blickte sich um. Da war der Myrak schon fast da. Gleich würde er ihn einholen. Der Jüngling lief noch schneller und fing an zu rufen.

Seine Frau hörte den Schrei und sprang aus dem Zelt. Sie sah, dass der Myrak ihren Mann jagte, und lief ihm zu Hilfe. Sie lief zu ihrem Mann, fasste ihn an der rechten Hand, der Myrak jedoch fasste ihn an der linken und beide zogen ihn zu sich.

»Myrak, wozu brauchst du diesen Menschen?«

»Und wozu brauchst du diesen Menschen?«, antwortete der Myrak.

»Er ist mein Mann. Gib ihn mir!«

»Nein, ich gebe ihn nicht her. Ich will ihn fressen.«

Sie zogen und zerrissen den Menschen in zwei Teile.

Der Myrak packte die linke Hälfte und lief davon; die rechte Hälfte ohne Herz aber blieb in den Händen seiner Frau. Sie brachte ihre Hälfte ins Zelt und begann, sie zu pflegen. Gegen Abend hatte sie den ganzen Menschen großgezogen und gegen Morgen war er wieder nur mehr eine Hälfte.

»Schade, dass der Myrak dein Herz genommen hat«, sagte die Frau zu ihrem Mann. »Ohne Herz wirst du nur in der Nacht leben. Ich kann mit dir nicht mehr zusammen leben. Von nun an werden wir es so machen: Ich werde tagsüber den Menschen scheinen und dich pflegen; nachts aber, wenn ich schlafe, wirst du auf die Erde scheinen.«

So entstanden auf dem Himmel Sonne und Mond.

Die Maus

Eine Maus fuhr in einem Leimtopf aus Birkenrinde einen Fluss entlang. Am Ufer erblickte sie eine alte Feuerstelle von Menschen, fuhr zu ihr hin und stieg ans Ufer.

»Ich muss sehen, ob es hier nicht etwa etwas Gutes gibt.«

Sie begann, die Feuerstelle zu untersuchen. Sie fand eine zerbrochene Nadel.

»Die nehme ich«, sagte die Maus. »An seichten Stellen kann ich mich mit ihr abstoßen.«

Die Maus setzte sich in den Leimtopf und fuhr weiter. Sie fuhr und fuhr … Sie erblickte eine zweite Feuerstelle. Sie stieg ans Ufer und sah sich um. Sie fand eine ganze Nadel, nahm sie und sagte:

»Diese Nadel wird mir an tiefen Stellen dienen.«

Die Maus fuhr weiter. Sie erblickte eine dritte Feuerstelle. Sie lenkte ihren Leimtopf zum Ufer.

»Ich muss sie durchsuchen«, sagte die Maus. »Vielleicht treffe ich hier auf etwas Gutes.«

Die Maus fand einen in die Erde getretenen Fingerhut, grub ihn aus und sagte:

»Den nehme ich mit. Er wird mir ein guter Hut gegen den Regen sein.«

Die Maus setzte sich in den Leimtopf und fuhr weiter. Sie fuhr und fuhr ... und erblickte ein Zelt.

»Ich gehe hinein und sehe nach, wer dort wohnt. Hier war ich noch nie.«

Die Maus wandte sich ans Ufer und ging ins Zelt. Im Zelt traf sie einen alten Mann und eine blinde alte Frau. Der Alte freute sich und sagte:

»Maus, heile die Augen meiner alten Frau. Sie sieht schlecht.«

Die Maus willigte ein, die alte Frau zu heilen.

»Alter«, sagte sie. »Wenn du willst, dass ich deine Frau heile, dann setze uns beide in einen Sack und binde ihn fest zu. Sonst kann ich sie nicht heilen.«

Der Alte war damit einverstanden. Er setzte die Maus mit seiner Frau in einen Sack.

»Alte, wenn ich deine Augen heile, wird es dir wehtun. Schrei aber nicht. Wenn du schreist, höre ich auf, dich zu heilen.«

Die Maus machte sich ans Heilen. Sie fraß die Augen der alten Frau heraus, nagte den Sack durch und lief davon. Der Alte wartete und wartete, dass die Maus bat, den Sack zu öffnen, aber er konnte es nicht erwarten. Er war so ungeduldig, dass er selbst den Sack öffnete und fragte:

»Na, Frau, wie geht es deinen Augen?«

Die alte Frau aber lag ohne Augen da und war gerade noch am Leben.

»Oh«, rief der Alte aus. »Was hat sie mit dir gemacht?«

Der Alte wollte die Maus erschlagen, fand sie aber nicht im Sack. Er ging sie suchen. Er fand die Maus vor dem Zelt, fing sie, brach ihr die Beine, riss ihr die Augen aus und warf sie fort.

»Stirb jetzt selbst!«, sagte der Alte und ging ins Zelt zurück.

Die Maus lag lange da und rollte dann wie ein Klümpchen durch die Welt. Sie stieß an einen Baum.

»Wer bist du?«, fragte die Maus den Baum.

»Ich bin eine Birke.«

»Birke, heile mich.«

»Nein, Maus. Ich kann nicht heilen. Suche jemand anderen.«

Die Maus rollte weiter. Sie stieß an einen Baum und fragte:

»Wer bist du?«

»Ich bin eine Espe.«

»Heile mich.«

»Nein, Maus. Ich kann nicht heilen. Suche jemand anderen.«

Die Maus rollte weiter. Sie stieß an einen Baum.

»Wer bist du?«

»Ich bin eine Kiefer.«

»Heile mich.«

»Das kann ich nicht. Suche jemand anderen.«

Die Maus rollte wieder weiter. Sie stieß an einen Baum und fragte:

»Wer bist du?«

»Ich bin eine Eberesche.«

»Heile mich.«

Die Eberesche weigerte sich, die Maus zu heilen. Die Maus rollte weiter. Sie stieß an einen Baum ...

»Wer bist du?«

»Ich bin ein Faulbeerbaum.«

»Heile mich.«

»Gut«, antwortete der Faulbeerbaum und heilte die Maus. Die Maus wurde gesund, ging zu ihren Kindern und sagte:

»Damit euch die Menschen nicht verprügeln, geht nur nachts aus eurem Bau.«

Chasynget und die Biber

Chasynget lebte bei seiner Großmutter. Sie waren arm. Sie hatten nur schlechte Kleidung. Nahe dem Zelt von Chasynget gab es Biber. Sie hatten einen eigenen Schamanen. Chasynget dachte darüber nach, wie er alle Biber fangen könnte. Er dachte nach und sagte zur Großmutter:

»Großmutter, ich stelle mich krank, lege mich nieder und bleibe liegen. Du aber schließ das Zelt ganz fest zu, dass nirgends auch nur ein kleines Löchlein bleibt. Nachdem du das gemacht hast, geh zu den Bibern und erzähle ihnen, dass ich krank geworden bin, und bitte den Schamanen, dass er mich heilt. Rufe alle herbei.«

Die Großmutter verschloss fest das Zelt, ging zu den Bibern und überredete sie, zum kranken Chasynget zu kommen.

Die Biber kamen. Der Schamane begann zu schamanisieren. Lange schamanisierte er. Die ganze Nacht lang. Er wurde müde und sagte:

»Großmutter, jetzt ist dein Enkel gesund.«

Chasynget sprang vom Bett auf, packte einen Hammer und begann, die Biber zu schlagen. Nur ein Biber konnte aus dem Zelt fliehen. Chasynget zog den Bibern das Fell ab. Die Großmutter machte Pelze daraus und nähte ihm sieben Biberfellmäntel.

Chasynget zog einen neuen Biberfellmantel an und ging auf die Jagd. Im warmen Mantel wurde es ihm beim Gehen warm. Er hielt zur Rast an. Er musste austreten.

»Damit ich meinen Mantel nicht beschmutze, werde ich ihn besser ausziehen«, dachte Chasynget und zog sich aus. Er warf den Mantel auf einen kleinen Baumstumpf, ging etwas zur Seite und betrachtete vergnüglich seinen neuen Mantel. Auf einmal begann sich der Baumstumpf zu bewegen. Was war das? Der Baumstumpf drehte sich. Chasynget verfiel in solches Lachen, dass er sich nicht auf den Beinen halten konnte. Er fiel in den Schnee und lachte.

Chasynget hatte ausgelacht. Er blickte dorthin, wo der Biberfellmantel gehangen hatte. Aber dort waren weder Baumstumpf noch Mantel …!

Chasynget kehrte zum Zelt zurück, zog sich einen anderen Biberfellmantel an und ging auf derselben Spur wieder auf die Jagd. Er ging bis dorthin, wo er den Mantel verloren hatte. Da tat ihm wieder der Bauch weh, da war nichts zu machen. Chasynget nahm den Mantel ab und hängte ihn auf einen kleinen Baumstumpf. Kaum hatte er ihn aufgehängt, als sich auch schon der Baumstumpf noch lustiger als beim ersten Mal bewegte. Chasynget lachte, bis ihm die Tränen kamen. Er blickte wieder hin: Vor ihm waren weder Baumstumpf noch Mantel.

So verlor Chasynget sechs Bibermäntel im Wald. Er zog den letzten an und dachte:

»Den verliere ich nicht!«

Chasynget ging lange. Auf einmal tat ihm wieder der Bauch weh. Was sollte er tun? Er fürchtete sich, seinen letzten Mantel zu beschmutzen. Er hatte kaum den Mantel aufgehängt, als ihn ein noch stärkeres Lachen als die vorherigen Male überkam. Er fiel in den Schnee, wälzte sich und lachte. Als er sich ausgelacht hatte, kehrte er ohne Mantel in sein Zelt zurück.

»Großmutter«, sagte Chasynget, »ich hatte sieben Biberfellmäntel und jetzt habe ich keinen einzigen mehr. Was soll ich tun?«

»Du musst sie suchen«, sagte die Großmutter. »Du bist selbst schuld.«

»Ich gehe sie suchen.«

Chasynget ging fort. Er ging und ging und erblickte ein Zelt. Er trat ein. Ein schönes Mädchen saß darin.

»Weshalb bist du gekommen?«, fragte sie.
»Ich hatte sieben neue Biberfellmäntel, jetzt habe ich nicht einmal mehr einen«, antwortete Chasynget.
»Wo sind sie denn?«
»Verloren. Deshalb suche ich sie. Ich sah ein Zelt und trat ein, um auszuruhen. Ich werde hier ein wenig sitzen und dann wieder in den Wald gehen, um meine Mäntel zu suchen.«
»Ich weiß, wo deine Mäntel sind.«
»Sag mir doch, wo sind sie? Ich laufe ihnen nach.«
»Nimmst du mich aber zur Frau ...?«
»Mach ich, mach ich. Gib die Mäntel her.«
Das Mädchen ging hinaus und brachte alle sieben Biberfellmäntel ins Zelt.
»Sind es diese hier?«, fragte sie Chasynget.
»Ja! Aber wie sind sie zu dir gekommen?«
Das Mädchen sagte lachend:
»In den Biberfellmänteln hast du mich nicht bemerkt und sie auf mich gehängt wie auf einen Baumstumpf und ich habe sie weggetragen. Du hast das lustig gefunden.«
Chasynget lachte.
»Die Mäntel sind ganz. Jetzt gehen wir in mein Zelt, erzählen meiner Großmutter davon und werden zusammenleben.«
So hat Chasynget seine liebe Frau gefunden.

Die Stiefmutter

Ein alter Mann kam zu einer alten Frau und sagte zu ihr:
»Du lebst allein und ich lebe allein, du hast ein Waisenmädchen und ich habe eines. Lass uns zusammenleben. So werden wir fröhlich leben und unsere Waisen leichter aufziehen.«
»Das ist nicht schlecht«, sagte die Alte und zog zum Alten ins Zelt.
Sie begannen, gemeinsam zu leben. Sie lebten ein wenig zusammen, aber die Alte konnte sich mit dem Waisenmädchen des Alten nicht anfreunden. Wenn sich der Alte für seine Tochter einsetzte, würde es beiden schlecht ergehen. Die Alte wurde zornig, schimpfte den Alten

alles Mögliche und sagte zu ihm:

»Ich möchte mit deiner Tochter nicht zusammenleben. Bring sie von mir weit weg, fort in den Wald, und bau dort ein Zelt. Soll sie dort allein leben.«

Der Alte nahm die Tochter und ging mit ihr in die Taiga. Er baute ein Zelt, ließ der Tochter ein Stück Fleisch da und kehrte zur Alten zurück.

Es vergingen viele Tage. Die Alte dachte, dass die Tochter des Alten verhungert wäre.

»Alter, ich hatte einen schlechten Traum«, sagte die Alte. »Geh doch deine Tochter kurz besuchen.«

Der Alte ging fort. Er kam zur Tochter und diese hatte ein neues Zelt, schöne Kleider, Fleisch, Rentierspeck und Tran. Der Alte freute sich und fragte die Tochter, woher sie so viel Gutes hatte.

Sie erzählte:

»Als du von mir weggegangen warst, begann ich, das Fleisch zu braten, das du mitgebracht und mir dagelassen hattest. Ich briet es also und dachte: ›Ich werde das Fleisch essen und dann sterbe ich.‹ Da kam ein Mann vorbei. Er war hungrig, sah das Fleisch und bat um Essen. Ich gab ihm zu essen. Er aß sich satt und ging fort, kehrte aber am nächsten Tag zu mir zurück. Ich gab ihm das letzte Fleisch und legte mich selbst hungrig schlafen. Am Morgen erwachte ich und sah mich um. Der Mann aber saß lange im Zelt. Schließlich nahm er mich zur Frau. Jetzt ist er auf der Jagd.«

»Nun, meine Tochter, ich gehe nach Hause«, sagte der Alte. »Du lebst jetzt gut. Ich aber werde schon irgendwie überleben. Folge nur diesem guten Menschen.«

Die Tochter gab dem alten Vater Fleisch, Fett und Speck mit auf den Weg. Er war satt und wanderte fröhlich heimwärts. Da kam er zu seinem Zelt und sang ein Lied. Die Alte hörte die Stimme des Alten und sagte zu ihrer Tochter:

»Hörst du, wie der Alte weint?«

Der Alte ging in das Zelt und gab der Alten das Gastgeschenk.

»Das hat dir meine Tochter geschickt«, sagte er fröhlich. »Sie hat geheiratet und lebt gut.«

Die Alte wurde zornig und jagte den Alten in den Wald.

»Meine Tochter ist um nichts schlechter als deine. Bring sie in den

Wald, bau ein gutes Zelt und lass meine Tochter darin zurück.«

Der Alte machte alles so, wie die Alte es angeordnet hatte, und kam aus dem Wald zurück. Am dritten Morgen schickte die Alte ihn wieder in den Wald, um zu erfahren, ob ihre Tochter schon verheiratet war.

Der Alte ging in den Wald hinaus, kam beim Zelt der Tochter der Alten an, erblickte sie, erschrak, begann zu weinen und lief zur Alten. Die Alte hörte die Stimme des Alten und sagte sich:

»He, wie laut er singt! Offensichtlich ist auch meine Tochter verheiratet.«

Die Alte freute sich und ging dem Alten entgegen. Der Alte lief zum Zelt, sah die Alte und weinte noch stärker.

»Alte, jemand hat deine Tochter umgebracht …«

Das Vöglein und der Maulwurf

Ein Vöglein und ein Maulwurf ließen sich in einem Zelt nieder. Den ganzen Sommer lang sang das Vöglein, der Maulwurf aber sammelte für den Winter Nahrung. Er wühlte den ganzen Tag in der Erde, grub Sarana-Zwiebeln aus und brachte sie ins Zelt. Über den Sommer hatte der Maulwurf nicht wenig süße Zwiebeln herangeschleppt. Es wurde Winter. Sie ernährten sich von der Sarana. Über den Winter reichte ihnen die gesammelte Sarana nicht aus. Zum Frühling hin blieb ihnen nur eine einzige Sarana-Zwiebel. Da sagte das Vöglein zum Maulwurf:

»Was werden wir tun? Es ist uns nur eine Zwiebel geblieben. Wer darf sie essen?«

»Lass sie uns teilen und essen«, sagte der Maulwurf.

»Weshalb sollen wir sie teilen? Sie ist doch so klein. Wir machen es besser so«, rief das Vöglein, »wir werfen die Zwiebel in die Luft und versuchen, sie zu fangen, und der, der sie zuerst fängt, darf sie essen.«

Der Maulwurf dachte darüber nach und sagte:

»Nein, Vöglein, so werde ich mit dir nicht wetteifern. Du kannst fliegen und ich kann es nicht. Ich fürchte, dass dir die Zwiebel bleibt. Was werde ich dann so hungrig machen?«

»Du kannst nicht fliegen, aber du kannst ausgezeichnet springen und so kann die Zwiebel mir oder dir zufallen.«

Der Maulwurf dachte wieder nach und stimmte dem Vöglein zu.

»Das ist richtig. Springen kann ich nicht schlecht. Wir werden versuchen, sie zu fangen.«

Sie warfen die Zwiebel in die Höhe. Das Vöglein flog auf und kam dem Maulwurf zuvor. Es fing die Zwiebel zuerst im Flug und machte sich daran, sie zu fressen. Der Maulwurf wurde böse. Er sprang auf das Vöglein und begann mit ihm einen Kampf um die Zwiebel. Sie schlugen einander, bis sie halb tot waren und umfielen. Als sie sich erholt hatten, sprach das Vöglein zum Maulwurf:

»Geh du in den Wald und versammle alle wilden Tiere. Ruf die Wölfe, die Füchse, die Rentiere, Polarfüchse, Fischotter, Vielfraße und Bären. Du versammelst alle Tiere des Bodens, die es gibt, und ich versammle alle Vögel – die Uhus, die Spechte, die Tauchenten, die Haselhühner, die Rebhühner und die Adler. Wenn wir alle unsere Krieger versammelt haben, dann sehen wir, wer stärker ist. Wenn meine Krieger deine Tiere schlagen, dann gehört die Zwiebel mir, wenn deine Krieger über meine Vögel siegen, dann gehört die Zwiebel dir.«

»Gut«, sagte der Maulwurf und ging in den Wald, um die Tiere als seine Krieger zu versammeln. Das Vöglein flog fort, um die Vögel zum Kampf zu versammeln.

Zum Zelt, in dem die Zwiebel lag, kamen unzählige unterschiedliche Vögel und es versammelten sich dort noch viele, viele andere, auf dem Boden lebende Tiere.

Der Kampf begann. Der Adler stürzte sich auf den Bären. Der Bär schlug mit der Tatze auf einen Flügel des Adlers und brach ihn. Der Adler konnte nicht mehr weiterkämpfen. Er setzte sich auf einen Baumwipfel und begann, die Schlacht zu beobachten.

Ein alter Jäger ging durch den Wald. Er sah den auf dem Baum sitzenden Adler und wollte auf ihn schießen. Der Alte brauchte für seine Pfeile Adlerfedern.

»Schieß nicht auf mich«, sagte der Adler. »Nimm mich lieber mit in dein Zelt und füttere mich. Wenn mein Flügel wieder zusammengewachsen ist, dann werde ich dich ernähren.«

Der Alte nahm den Adler, brachte ihn zu seinem Zelt, setzte ihn auf den Speicher und begann, ihn mit Fleisch zu füttern. Er fütterte ihn lange, doch er konnte es nicht erwarten, bis dem Adler der Flügel zusammengewachsen war. Der Alte wurde zornig.

»Wozu füttere ich ihn?«, sagte er sich. »Es ist besser, wenn ich ihn töte und fortwerfe.«

Der Alte ging zum Adler. Der Adler hieb seine Fänge in die Augen des Alten, riss sie heraus und flog davon. Der Alte war erblindet. Er lag im Zelt. Was sollte er als Blinder noch tun? Einmal kam der Teufel zu ihm, der Herr der Erde selbst, und sagte:

»Alter, was liegst du da?«

»Wie sollte ich nicht da liegen? Ich bin blind«, antwortete der Alte. »Ich habe einen kranken Adler aufgefüttert. Er aber hat mir die Augen herausgerissen und ist davongeflogen. Ich habe schon oft Schamanen gebeten, mir das Augenlicht wiederzugeben. Sie schamanisierten, konnte mir aber nicht helfen. Vielleicht kannst du mir das Augenlicht zurückgeben. Dafür würde ich dir zwei Töchter geben.«

Der Teufel war damit einverstanden, den Alten zu heilen. Er schamanisierte und schamanisierte, konnte aber nichts ausrichten. Er ging vom Alten fort und verschwand in der Erde.

Nach dem Teufel kam Itschekotschko zum Alten und fragte:

»Alter, was liegst du da?«

»Wie sollte ich nicht da liegen? Ich bin blind«, antwortete der Alte. »Ich habe einen kranken Adler gefüttert. Er aber hat mir mit seinen Krallen die Augen ausgerissen und ist mit ihnen davongeflogen. Da sitze ich also hier im Zelt. Oft schon habe ich Schamanen gebeten, mich zu heilen. Sie konnten mir aber nicht helfen. Sogar der Teufel selbst konnte mir das Augenlicht nicht wiedergeben. Vielleicht kannst du, Itschekotschko, mir das Augenlicht zurückgeben. Dafür gebe ich dir zwei meiner Töchter.«

»Gut«, sagte Itschekotschko und machte sich daran, den Adler ausfindig zu machen. Ein Tag verging, ein Monat ... Er ging ans Meeresufer und fand den Adlerhorst. Er kletterte zum Horst, wo der Adler wachte, und sagte:

»Adler, du hast einem Alten die Augen herausgerissen. Gib sie mir.«

»Nein, umsonst gebe ich dir die Augen nicht«, sagte der Adler. »Geh zum See, in dem das Mammut lebt. Über diesen See bin ich viele Jahre lang geflogen und jedes Jahr habe ich eine Feder aus meinen Flügeln verloren. Die Federn sind ins Wasser gefallen. Das Mammut aber hat sie eingesammelt und zu sich in den See genommen. Wenn du diese Federn dem Mammut wegnimmst und sie mir bringst, dann gebe ich dir die Augen des Alten.«

Itschekotschko hatte den Adler angehört und machte sich daran, den Mammutsee zu suchen. Als er zum See gekommen war, erhob sich auf dem See eine hohe Welle und aus dem Wasser erhob sich das Mammut.

»Mammut«, sagte Itschekotschko, »ich bin wegen der Federn des Adlers zu dir gekommen, die er aus seinen Schwingen über dem See verloren hat und die du eingesammelt und ins Wasser gebracht hast. Gib mir diese Federn.«

»Nein, Itschekotschko, die Federn gebe ich dir nicht«, sagte das Mammut. »Jedes Jahr wachsen mir neue Stoßzähne und jedes Jahr fallen sie aus. Meine Stoßzähne haben die Verstorbenen aufgesammelt, sie haben Tassen und Löffel aus ihnen gemacht und sie dem Händler Kolse verkauft. Wenn du also den Menschenfriedhof findest, den Verstorbenen das Elfenbeingeschirr wegnimmst und sie herbringst, dann gebe ich dir die Adlerfedern.«

Das Mammut versank im Wasser. Über den See bewegten sich wieder die Wellen. Itschekotschko ging fort, um den Friedhof zu suchen. Er fand ihn. Er legte sich zwischen den Gräbern auf die Erde und stellte sich tot. Er lag da, ohne sich zu bewegen. Auf einmal sprangen die Toten aus der Erde und fingen an zu laufen und zu schreien.

»Ein neuer Mensch ist zu uns gekommen. Er ist hungrig. Was sollen wir ihm zu essen geben? Bringt Tassen und Löffel herbei.«

Als die Toten das Geschirr aus Mammutstoßzähnen gebracht hatten, packte Itschekotschko es und lief davon. Er kam zum See und rief:

»Komm heraus, Mammut! Ich habe dir deine Stoßzähne gebracht!«

Eine Woge rollte über den See und das Mammut kam aus dem Wasser. Es erkannte sein Elfenbein und gab Itschekotschko dafür die Adlerfedern.

Vom Mammut begab sich Itschekotschko zum Meer. Am Ufer fand er den Adler und sagte zu ihm:

»Ich war beim Mammut und habe ihm alle deine Federn abgenommen. Nimm sie und gib mir die Augen des Alten.«

Der Adler freute sich.

»Jetzt werden meine Kräfte zunehmen«, sagte er. »Ich werde höher, schneller und leichter fliegen und kann den Bären besiegen. Nimm die Augen des Alten.«

Itschekotschko nahm die Augen und ging zum Alten. Als er zurückkam, begann er zu schamanisieren. Die ganze Nacht schamanisierte er. Dann setzte er dem Alten die Augen ein und der Alte erblickte das Licht.

»Hier sind meine Töchter, nimm sie«, sagte der Alte fröhlich und ging sofort auf die Jagd.

Funa und Fyrgynja

Funa war verwitwet. Sie war mit ihrem kleinen Sohn zurückgeblieben und lebte mit ihm in einer Erdhütte. Ihren Kleinen liebte Funa sehr und beschützte ihn auf jede Art.

Nicht weit von der Erdhütte Funas stand das Zelt Fyrgynjas, einer anderen Witwe. Sie hatte eine kleine Tochter. Beide hatten nur vier Finger an jeder Hand.

An einem heißen Tag nahm Funa ihren Sohn, verschloss die Erdhütte und ging an einen See, um zu baden. Fyrgynja sah von ihrem Zelt aus, wie Funa auf dem Weg zum See vorbeiging. Sie nahm ihre Tochter an die Hand und folgte Funa. Die Witwen trafen sich am Ufer des Sees. Sie setzten sich neben ihre Kinder, zogen sich aus und begannen zu baden. Als sie ins Wasser gingen, sagte Fyrgynja:

»Funa, lass uns messen, wer weiter tauchen kann.«

»Ja, versuchen wir es«, antwortete Funa.

Beide tauchten gleichzeitig. Funa wollte nicht verlieren. Sie schwamm lange unter Wasser. Dann fiel ihr ihr Sohn ein, sie tauchte auf, kehrte zum Ufer zurück, doch fand sie ihn nicht. Am Ufer saß einzig Fyrgynjas Tochter und weinte. Funa blickte sie an und rief:

»Fyrgynja hat mich betrogen! Sie hat meinen Sohn verschleppt und mir ihre Tochter gelassen ...! Weshalb hat sie mir das angetan ...?«

Das Kind begann, noch stärker zu weinen. Funa hatte Mitleid mit ihm, nahm es an der Hand, brachte es in ihre Erdhütte und begann, es wie ihre eigene Tochter aufzuziehen.

Fyrgynja schleppte den entführten Knaben ans andere Ende des großen Sees und ließ sich dort nieder.

Viele Jahre vergingen. Der Junge war herangewachsen. Er ging auf die Jagd, fing Vögel und andere Tiere und ernährte damit Fyrgynja.

Als er einmal ihre Hände betrachtete, fragte er:

»Mama, warum hast du an den Händen jeweils nur vier Finger und ich habe fünf?«

»Das weiß ich nicht, Sohn«, sagte Fyrgynja. »Du bist so geboren.«

Fyrgynja fürchtete, dass der Sohn die Wahrheit erfahren könnte. Jedes Mal, wenn er sich zur Jagd aufmachte, warnte Fyrgynja ihn davor, ans obere Ende des Sees zu gehen. Sie sagte:

»Sohn, hör auf mich und geh niemals auf die andere Seite des Sees. Dort wohnen schlechte Menschen. Du könntest sterben. Mir täte es um dich leid.«

Der junge Mann dachte über die Worte der Mutter nach. Doch je länger er darüber nachdachte, umso stärker wollte er auf die andere Seite des Sees und nachsehen, was es dort Schreckliches gäbe. Wer lebte dort? Warum fürchtete sich die Mutter immer so sehr?

Am nächsten Tag stand der Jüngling auf, nahm die Bogen und ging, ohne Fyrgynja etwas zu sagen, auf die andere Seite des Sees. Er ging und ging und sah: Über den Wald zog eine Rauchwolke. Er ging in die Richtung des Rauchs. Bald erblickte er eine Erdhütte. Leise schlich er sich heran, kletterte auf die Erdhütte und sah durch das Rauchloch: Beim Feuer saß eine alte Frau und neben ihr ein Mädchen. Vor ihnen stand auf den Holzkohlen ein Topf mit Wasser.

»Mama, sag mir, warum du an den Händen jeweils fünf Finger hast und ich vier«, sagte das Mädchen zur alten Frau.

»Das weiß ich nicht«, antwortete die Frau. »Da muss man deine leibliche Mutter fragen. Sie hat wie du vier Finger an den Händen. Ich hatte einen Sohn mit ebensolchen Händen wie meine. Aber mein Sohn ist von deiner Mutter Fyrgynja entführt worden und sie hat mir dich zum Tausch gelassen. Wohin Fyrgynja meinen Sohn verschleppt hat, weiß ich nicht.«

Der Jüngling hatte oben auf der Erdhütte sitzend alles gehört. Er nahm ein Stück Speck und ließ es in den Topf fallen.

»Mama«, rief das Mädchen. »Ein Stück Speck ist vom Himmel zu uns herabgefallen.«

Der Jüngling warf ein zweites Stück Speck hinunter.

»Mama. Gott gibt uns zu essen.«

Funa blickte nach oben, sprang aus der Erdhütte und rief aus:

»Mein Sohn ist gekommen! Woher kommst du ...?«

Funa erzählte ihrem Sohn, wo, wann und wie sie ihn verloren hatte. Das Mädchen saß in der Hütte und wartete, bis Funa zu ihr zurückkam. Aber Funa kehrte nicht zurück. Sie sprach leise zu ihrem Sohn:

»Geh schnell zum Zelt Fyrgynjas, zerbrich absichtlich deine Skier und lass sie dir von ihr kleben. Wenn sie über dem Feuer den Leim aufwärmt, dann stoße sie ins Feuer und verbrenne sie. Anders wirst du mit ihr nicht fertig werden.«

Funas Sohn machte es so, wie ihm die Mutter geraten hatte. Unterwegs zerbrach er seine Skier und bat Fyrgynja, sie zu kleben. Diese begann, den Leim zu erwärmen. Der Sohn Funas stieß sie ins Feuer. Fyrgynja begann zu brennen und es krochen Eidechsen und Schlangen nach allen Seiten heraus ... Funas Sohn schaffte es kaum, alle ins Feuer zu werfen. Als die Eidechsen und Schlangen verbrannt waren, kehrte Funas Sohn in die Erdhütte zurück und begann, bei seiner leiblichen Mutter zu leben.

Funa hatte Angst vor Fyrgynjas Tochter. Sie zeigte ihrem Sohn, wie er das vierfingrige Mädchen töten sollte.

Es gab starken Frost. Der Sohn Funas machte sich zur Jagd bereit und rief das Mädchen zu sich, damit sie mitkäme. Sie war einverstanden. Sie schnallten die Skier an und gingen. Im Wald erlegte der Sohn Funas wilde Tiere und zog ihnen das Fell ab.

»Hier werden wir übernachten«, sagte er zum Mädchen. »Koch das Fleisch.«

Sie kochten einen großen Topf Suppe und aßen sich satt. Im Topf blieben noch viel Fleisch und Suppe. Der Sohn Funas sagte zum Mädchen:

»Die Nacht ist kalt. Wenn wir einschlafen, wird das Feuer ausgehen, die Suppe wird gefrieren und das Eis den Topf sprengen. Zieh dir besser die Fellstiefel aus und schütte die Suppe vom Topf dort hinein. So bleibt der Topf ganz und die Suppe friert nicht. Am Morgen stehen wir auf, wärmen die Suppe und essen sie.«

Das Mädchen zog sich die Stiefel aus, leerte die ganze Suppe in die Stiefel, stellte sie in den Schnee und legte sich schlafen. Nachts brannte das Feuer eine Zeit lang und ging dann aus. Die Suppe in den Fellstiefeln gefror. Funas Sohn erwachte, stand auf und sagte zur Tochter Fyrgynjas:

»Was war das für eine kalte Nacht. Sogar die Suppe ist in den warmen Stiefeln gefroren. Was wäre geworden, wenn sie über Nacht im Topf geblieben wäre? Leg dich nieder. Ich gehe Brennholz machen. Dann mache ich ein Feuer, erwärme die Suppe und leere sie von den Fellstiefeln in den Topf. Du ziehst die Schuhe wieder an, wir essen und gehen zurück zur Mutter in die Erdhütte.«

Funas Sohn nahm ein Beil, schnallte die Skier an und begab sich in den Wald, um Brennholz zu holen. Er ging und klopfte unterwegs mit dem Beilrücken gegen die gefrorenen Bäume, als ob er Brennholz machte. Er ging und ging und klopfte. Er entfernte sich immer mehr vom Nachtlager und lief davon.

Fyrgynjas Tochter durchschaute den Betrug. Sie sprang auf und lief barfüßig hinter Funas Sohn her. Sie lief und lief, stürzte in den Schnee und erfror.

Funa begann, mit ihrem leiblichen Sohn zu leben, der durch den Wald zog, über den See schwamm und über Flüsse. Er erlegte viele Tiere zu Lande, in der Luft und im Wasser und ernährte seine Mutter bis zum Tod. Funa litt niemals mehr Mangel.

Der Auerhahn und der Hase

Ein Auerhahn und ein Hase lebten freundschaftlich zusammen. Sie stritten und schimpften nicht miteinander. Einmal sagte der Auerhahn zum Hasen:

»Ich werde schamanisieren. Ich will sehen, was dich in Zukunft erwartet.«

»Na, dann schamanisiere«, sagte der Hase.

Und der Auerhahn begann zu schamanisieren. Er schamanisierte lange und gut. Als er fertig war, sagte er dem Hasen Folgendes voraus:

»Du gehst auf die Jagd und gehst den Menschen in die Falle.«

Der Hase hörte den Auerhahn an und machte sich an seine Trommel.

»Jetzt sitz du und hör zu und ich werde schamanisieren«, sagte er. »Ich will auch in die Zukunft sehen und dein Leben vorhersagen.«

Der Hase schamanisierte und schamanisierte und begann, dem Auerhahn alles zu erzählen, was er erfahren hatte.

»Du wirst auch auf die Jagd gehen und in eine ausgelegte Schlinge geraten.«

Am nächsten Morgen gingen beide auf die Jagd und kehrten nicht mehr in ihr Zelt zurück. Der Auerhahn klemmte in einer Balkenfalle und der Hase erstickte in einer Schlinge.

Die Hündin Tenyn

Sie lebten zu dritt: die Großmutter, der Enkel und die Hündin mit dem Rufnamen Tenyn. Die Großmutter war böse. Sie liebte den Hund, nicht aber den Enkel.

Der Enkel fing im See viele Fische mit dem Netz, war aber hungrig. Den Kaviar der besten Fische aß die Großmutter selbst und gab ihn dem Hund, dem Enkel aber ließ sie die schlechtesten kleinen Fische. Schwer lebte der Enkel. Er begann, darüber nachzudenken, wie er weiterleben sollte, und hatte sich etwas ausgedacht.

»Großmutter«, sagte der Enkel, »du ernährst mich schlecht. Ich werde bald sterben. Wenn ich sterbe, dann begrabe mich am Ufer des Sees. Auf das Grab lege meine Ruten und Netze. Meinen Körper aber grabe bis zur halben Hüfte ein.«

Als der Enkel mit der Großmutter gesprochen hatte, wurde er krank, legte sich nieder und starb innerhalb eines Tages. Die Großmutter bestattete ihn so, wie er sie vor seinem Tode darum gebeten hatte.

Die Großmutter hatte es nun schwer. Im Zelt gab es weder Kaviar noch Fisch. Sie war hungrig. Die Großmutter erinnerte sich an den Enkel und ging zu ihm ans Grab. Sie kam hin und sah: Der Enkel hatte auf den Lippen angetrockneten Kaviar. Die Großmutter sagte nichts und ging zum Zelt. Am nächsten Tag kam sie wieder zum Grab. Sie sah, dass auf den Lippen des Enkels frischer Kaviar war. Sie ging noch ein drittes Mal und sah wieder dasselbe.

»Fängt mein Enkel gar Fische?«, dachte die Großmutter und kehrte zum Zelt zurück. Sie saß eine Weile da und sagte zur Hündin:

»Tenyn, ich verkleide dich mit verschiedenen Lumpen. Geh du auf die andere Seite des Sees und ich gehe zum Enkel. Wenn du siehst, dass ich beim Grab angekommen bin, steig ins Wasser und schwimm über den See zu mir her. Ich aber werde rufen: ›Der Teufel kommt geschwommen!‹«

Der Hund lief auf die andere Seite des Sees. Die Großmutter kam zum Enkel, setzte sich neben das Grab und wartete, bis die Hündin Tenyn zu ihr hergeschwommen kam. Plötzlich sprang die Großmutter auf und begann zu weinen und zu rufen:

»Oh, der Teufel kommt geschwommen ...! Oh, er wird mich fressen ...! Wenn doch nur mein Enkelchen noch am Leben wäre, er würde den Teufel umbringen ... Er würde mich nicht sterben lassen.«

Der Enkel hörte das Weinen und sprang aus dem Grab.

»Großmutter, wo ist der Teufel? Ich bringe ihn um ...! Großmutter ...!«

»Oh, lieber Enkel! Du lebst!«, rief sie erfreut. »Schlag nur den Teufel nicht. Das ist kein Teufel, das ist unsere Hündin Tenyn. Ich habe sie nicht erkannt und bin erschrocken.«

Da begann die Großmutter, sich besser um den Enkel zu kümmern.

Die Maus und der Bär

Die Maus sagte:

»Bär, lass uns Verstecken spielen.«

»Einverstanden«, sagte der Bär.

»Versteck dich! Wenn ich dich gefunden habe, dann wirst du mich suchen.«

Der Bär konnte sich nicht gut verstecken. Er war groß: Wohin er auch kroch, da sah man ihn. Die Maus hatte den Bären schnell gefunden und sagte:

»Jetzt verstecke ich mich und du suchst.«

Die Maus lief ins Gras, fand eine Schilfrohr und kroch hinein. Der Bär suchte und suchte, konnte die Maus aber nicht finden.

»Maus, wo bist du?«, fragte er.

»Hier!«, rief die Maus.

Der Bär ging zur Schilfrohr. Die Maus war nicht da.

»Wo bist du?«

»Hier!«

Der Bär riss das Schilfrohr an der Wurzel aus und verschlang sie zusammen mit der Maus.

Die Maus biss dem Bären in die Därme. Er hatte Schmerzen.

»Oh! Was machst du da?«

Die Maus biss kräftiger.

»Oh, oh! Au weh!«

Die Maus nagte dem Bären den Bauch durch. Er verendete. Die Maus war lange mit Nahrung versorgt.

Der Fischer und die Teufelin

Ein Fischer sperrte mit einem Pfahlzaun einen kleinen Fluss ab. In die Mitte des Zaunes stellte er eine ausgeklügelte Korbfalle.

»Sollen die Fische hier hineingeraten«, sagte er und kehrte ins Zelt zurück.

Eine Nacht verging. Der Fischer begab sich zum Fluss, um die Falle zu untersuchen. Er kam und sah: In dem großen Korb hatten sich so viele Fische angesammelt, dass der Grund nicht zu sehen war. Der Fischer baute aus Ruten einen Schöpfeimer und schöpfte aus der Falle alle Fische heraus. In der Falle waren lauter Aalquappen.

Der Fischer sammelte seine Beute ein und brachte sie ins Zelt. Er begann mit dem Ausnehmen. Die Fische waren sehr fett: Welche Aalquappe er auch öffnete, sie war voll Fett. Aus Dankbarkeit über den guten Fang brachte der Fischer Gott ein Opfer dar und hängte seinen Bogen an eine Fichte.

Am nächsten Morgen war die Falle wieder voll Aalquappen. Diese Aalquappen waren noch größer und fetter als die ersten.

»Dieser Fluss ist der Aalquappenfluss«, dachte der Fischer. »Umsonst habe ich meinen Bogen Gott geopfert. Die Aalquappen wären mir auch so in die Falle gegangen.«

Dem Fischer begann es, um den Bogen leidzutun. Er ging zur Fichte und sagte:

»Gott, gib mir den Bogen. Wofür brauchst du ihn denn auch ...?«

Der Fischer nahm den Bogen vom Baum und begab sich zum

Aalquappenfluss. Am Ufer traf er auf einen kleinen Teufel.

»Wohin gehst du?«, fragte der Teufel.

Der Fischer riss den Bogen hoch, tötete den kleinen Teufel und warf ihn ins Wasser. Als die Teufelin davon erfuhr, beschloss sie, den Fischer zu fressen, und begann, ihn zu verfolgen. Der Fischer erschrak und floh vor der alten Teufelin. Er lief und schrie aus vollem Halse:

»Gott, nimm mich zu dir in den Himmel!«

»Ich brauche dich nicht«, antwortete Gott. »Du hast mir deinen Bogen gegeben. Dann tat es dir leid um ihn und du hast ihn zurückgenommen. Soll dich jetzt die alte Teufelin fressen.«

Der Fischer konnte sich nirgends mehr hinwenden, um vor der alten Teufelin zu fliehen. Er lief zu einem Baum und kletterte selbst zu Gott in den Himmel. Er kletterte und kletterte und rutschte ab. Er fiel auf die Erde, verwandelte sich in einen Fuchs, sprang auf die Beine und lief wieder. Die Teufelin begann wieder, den Fischer zu verfolgen. Da wandte er den Kopf und aus dem Fuchs wurde ein Fischotter. Er lief bis zum Fluss, warf sich ins Wasser und wurde ein Hecht.

»Schwimm«, rief die alte Teufelin dem Fischer nach. »Du wirst so oder so in unsere Falle gehen. Mein alter Mann hat in diesem Fluss eine Falle aus Holz aufgestellt.«

Am nächsten Morgen rief die Teufelin ihren Mann, den alten Teufel, zu sich, damit er die Falle untersuchte. Sie gingen hin und sahen, dass darin ein großer Hecht gefangen war.

»Ah, gefangen!«, sagte die Teufelin zum Hecht. »Jetzt werden wir dich umbringen.«

Der Hecht schlug mit dem Schwanz und schlug damit auf die Falle, zerschlug das Holzgeflecht und schwamm in den Fluss hinaus.

»Soll er schwimmen«, sagte der alte Teufel zu seiner Teufelin. »Weiter unten im Fluss steht eine andere Falle. Diese ist aus Eisen, die kann der Hecht nicht zerschlagen. Dort werden wir ihn töten.«

Der Teufel und die Teufelin gingen den Fluss hinab zur eisernen Falle. Die Teufelin sah darin den bunten Rücken eines Hechts.

»Ah, gefangen! Jetzt werden wir dich töten. Hör zu, Alter«, sagte sie zum Teufel, »ich fange jetzt den Hecht und werfe ihn auf die Erde und du schlägst ihm mit einem Stock auf den Kopf.«

Die Teufelin warf den Hecht an Land. Der Hecht schlug mit dem

Schwanz über die Erde und platschte ins Wasser.

»Du entkommst mir nicht!«, rief der alte Teufel dem Hecht hinterher. »An der Flussmündung steht noch eine eiserne Falle. Aus ihr entkommst du nicht und wirst uns nicht mehr betrügen.«

Der Teufel und die Teufelin gingen zur Flussmündung, wo die letzte eiserne Falle stand. In der Falle saß derselbe große und bunte Hecht. Die Teufel erblickten den Hecht und sagten gleichzeitig:

»Gefangen! Jetzt erschlagen wir dich.«

Der Hecht schlug mit dem Schwanz, schlug übers Wasser, sprang aus der Falle und schwamm durch die Mündung in den anderen Fluss.

»Laufen wir dem Hecht nach«, sagte der alte Teufel zu seiner alten Teufelin. »Wir jagen ihn flussaufwärts. Wir holen ihn ganz oben ein und dort töten wir ihn.«

Der Hecht schwamm und schwamm flussaufwärts und erblickte am Ufer einen Pfad.

»Hier leben offenbar Menschen in der Nähe«, dachte er. »Ich gehe zu ihnen.«

Der Hecht kroch aus dem Wasser und ging den Pfad entlang in den Wald. Er fand dort ein verlassenes Zelt.

»Hier werde ich sitzen. Vielleicht bemerken die Teufel den Pfad im Gras nicht und gehen vorbei. Dann laufe ich vor ihnen zurück zu meinem alten Platz.«

Kaum hatte der Hecht das gedacht, als am Fluss auch schon die Stimme des alten Teufels ertönte:

»Ah, wohin bist du abgebogen? Nein, du wirst uns nicht täuschen. Komm, Alte, lass uns in den Wald gehen und den Hecht aufspüren.«

Die Teufel begaben sich auf den Pfad. Was sollte der Hecht tun? Wohin sollte er sich wenden? Der Hecht sprang ins Zelt, erblickte einen Stein und versteckte sich in ihm.

Die Teufel gingen ins Zelt, gingen rundherum, suchten das Innere ab, konnten aber den Hecht nicht finden.

Der Teufel sah einen Löffel, der auf dem Boden herumlag, und sagte:

»Du warst hier. Sag uns, wo sich der Hecht versteckt hat.«

Der Löffel sagte:

»Nein, Teufel, dir sage ich das nicht. Die Menschen essen mit mir verschiedene Speisen, mir bleibt immer viel Fett und ich bin immer satt.

Weshalb sollte ich dir sagen, wo der Hecht ist?«

Der Teufel wurde böse und zertrat den Löffel. Dann sagte er zum Brottrog:

»Sag mir, wohin der Hecht gegangen ist.«

Der Trog antwortete:

»Die Menschen rühren in mir den Teig an. Sie bereiten jeden Tag Fladen zu und ich esse immer köstliches Mehl. Wozu soll ich dir erzählen, wohin der Hecht gegangen ist?«

Der Teufel packte den Trog und zerschlug ihn zu Spänen. Darauf erblickte er einen von den Menschen weggeworfenen Leimtopf und sagte zu ihm:

»Der Löffel und der Brottrog haben mir nicht gesagt, wo sich der Hecht versteckt hat. Sie sagten, dass die Menschen sie gut ernährt hätten.«

»Das ist wahr«, antwortete der Leimtopf.

»Richtig, dafür lebst du schlecht. Die Menschen bewahren in dir nur den dreckigen Leim auf. Sie speien in dich, wenn sie dich brauchen, und werfen dich dann irgendwohin.«

»Das ist auch wahr.«

»Dann sag uns doch, wohin sich der Hecht versteckt hat.«

»Er ist in diesen Stein gekrochen«, antwortete der Leimtopf.

Die Teufelin nahm den Stein und begann, ihn zu zerschlagen. Sie schlug und der alte Teufel fing und fraß die Steinsplitter. Er schluckte und schluckte und ging zugrunde. Da geriet die Teufelin über den Hecht in eine solche Wut, dass sie ihn zusammen mit dem Stein verschluckte.

»Hier wirst du umkommen!«, sagte die Teufelin und legte sich schlafen.

Am Morgen tat ihr der Bauch weh. Sie musste austreten. Der Stein fiel aus ihr heraus. Im Stein kicherte der Hecht.

»Ach, du lebst immer noch!«, rief die Teufelin und verschluckte den Stein mit dem Hecht erneut.

»Jetzt wirst du aber umkommen. Wie sehr mein Bauch auch schmerzen mag, ich werde es ertragen, bis du in meinem Bauch verwest.«

Die Teufelin ertrug den Schmerz lange, doch sie platzte.

Der Hecht kam aus dem Stein heraus, schlug mit dem Schwanz und wurde wieder ein Mensch.

Itschekotschko

Itschekotschkos Zelt stand am Ufer eines großen, breiten Flusses. Er fing Fische und ernährte seine Großmutter Imiljamilja.

Itschekotschko kannte sein Ufer gut, was aber jenseits des Flusses war, wusste er nicht. Nur einmal sagte Imiljamilja zu ihm:

»Itschekotschko, geh nicht zum anderen Ufer. Da darf man nicht hingehen.«

Warum es aber verboten war, auf die andere Seite zu gehen, das hatte ihm die Großmutter nicht gesagt.

Es wurde Herbst. Der Fluss fror zu. Beim ersten Eis ging Itschekotschko hin, um die Netze unter dem Eis zu befestigen. Vom Fluss aus sah er das gegenüberliegende Ufer und erinnerte sich der Mahnung der Großmutter, dass »man da nicht hingehen darf«. Itschekotschko dachte nach und begab sich ans andere Ufer. Im Näherkommen sah er dort sechs russische Häuser. Itschekotschko sah die Häuser vom Fluss aus gut. Ihn sah man aber von den Häusern aus nicht, da er klein war.

»Hingehen oder nicht? Die Großmutter hat gesagt, dass ich nicht hingehen soll. Aber wer lebt dort? Ich gehe hin und finde es selbst heraus.«

Itschekotschko kletterte vorsichtig das Ufer hinauf, ging zu einer Hütte und begann, durch ein Fenster zu blicken. Er sah, dass in der Hütte ein ergrauter Mann an einem Tisch saß und schrieb. Vor ihm lagen viele Blätter. Auf dem Boden lagen verschiedene Waren ausgebreitet und alle möglichen Pelze: Polarfuchs, Zobel, Hermelin.

Das alles erspähte Itschekotschko und ging zu seinen Netzen zurück.

In den Netzen hatten sich eine Karausche und ein Rotauge gefangen. Itschekotschko brachte der Großmutter den Fang. Er ging und dachte:

»Nein, ich erzähle der Großmutter nicht, dass ich auf der anderen Seite war.«

Itschekotschko kam ins Zelt und gab der Großmutter schweigend die Fische.

»Itschekotschko, wo bist du so lange gewesen?«, fragte Imiljamilja.

»Nirgends, Großmutter, außer bei den Netzen«, log er. »Die Schwimmer der Netze sind am Eis angefroren, ich konnte sie kaum abmeißeln, und ein Netz ist zerrissen.«

»Was sagst du da, Itschekotschko? Ich war am Fluss und habe die Netze gesehen. Die Netze waren ganz. Dich habe ich nicht gesehen. Wo warst du?«

Itschekotschko bekannte:

»Großmutter, ich war auf der anderen Seite und habe dort ein großes Haus gesehen und in ihm habe ich durch das Fenster einen großen, grauhaarigen Mann gesehen.«

»Geh nicht mehr dorthin«, sagte Imiljamilja. »Ich kenne die Leute. Sie werden dich fangen und umbringen.«

»Gut, Großmutter, ich werde nicht mehr hingehen.«

Imiljamilja steckte die Fische auf einen Spieß und begann, sie am Feuer zu braten. Itschekotschko legte sich schlafen.

»Großmutter«, sagte er, »ich bin weit gegangen und bin müde. Weck mich nicht. Wenn die Fische fertig gebraten sind, iss du das Rotauge und lass mir die Karausche.«

Die Fische waren fertig. Imiljamilja aß die Karausche und ließ das Rotauge für Itschekotschko übrig. Itschekotschko schlief lange, dann erwachte er und sagte:

»Großmutter, hast du die Fische gebraten?«

»Ja.«

»Gib mir die Karausche. Ich werde sie jetzt essen.«

»Ach, Itschekotschko!«, sagte die Großmutter. »Du hast lange geschlafen. Sie nur, wie vertrocknet die Karausche ist.«

Imiljamilja nahm das Rotauge vom Spieß und gab es ihrem Enkel.

»Großmutter, das ist doch gar nicht die Karausche. Die Karausche war groß. Du hast sie gegessen.«

»Nein, Itschekotschko, ich habe das Rotauge gegessen. Das ist die Karausche. Du hast lange geschlafen, deshalb ist die Karausche so ausgetrocknet.«

Itschekotschko wurde auf die Großmutter böse. Er sagte zu ihr:

»Ich werde nicht mehr fischen! Du hast mir die Karausche nicht übrig gelassen. Das Rotauge mag ich nicht essen. Ich gehe fort von dir und werde allein leben.«

»Itschekotschko, geh nicht fort von mir. Allein wirst du nicht lange leben. Du bist klein. Ohne mich wird dich jemand umbringen. Sei nicht böse ...!«

Itschekotschko hörte nicht auf die Großmutter. Er ging aus dem Zelt und dachte nach, wohin er gehen könnte.

»Ich gehe auf die andere Seite. Da gibt es viele Waren.«

Itschekotschko ging über den Fluss. Der Großmutter tat es leid um ihn. Sie lief aus dem Zelt und rief:

»Itschekotschko! Komm zurück! Ohne mich wirst du nicht lange überleben. Man wird dich umbringen …! Auf der anderen Flussseite wohnt der böse Kaufmann Kolse …! Komm zurück!«

Aber Itschekotschko war auf die Großmutter so böse, dass er nicht einmal zurückblickte.

Itschekotschko ging zu dem Haus, in dem der große, grauhaarige Mann wohnte. Der Alte sah Itschekotschko durch das Fenster und sagte zu ihm:

»Komm her.«

Itschekotschko fürchtete sich nicht und ging ins Haus.

»Wer bist du? Woher kommst du? Wie bist du hergekommen?«

Itschekotschko griff zu einer List und sagte: »Ich bin eine Waise und komme von weit her. Ich habe niemanden mehr.«

Der Alte sah Itschekotschko an.

»Mir sind viele Töchter geboren, aber alle sind sie gestorben. Daran bist du schuld. Gut, dass du zu mir gekommen bist. Jetzt lasse ich dich nicht mehr lebendig aus dem Haus.«

Itschekotschko erinnerte sich an seine Großmutter Imiljamilja.

»Warum sagst du das, Kolse? Ich war hier noch niemals.«

»Nein. Du hast Schuld am Tod meiner Töchter! Man muss dich umbringen.«

»Wozu tötest du mich?«, sagte Itschekotschko. »Bring mich nicht um. Gib mir lieber Arbeit. Ich kann Fische fangen und Pelzwerk beschaffen. Ich werde dir gehorchen wie den Meinen.«

Kolse rief die Russen aus allen fünf Häusern zu sich und sagte:

»Sagt mir, welche Arbeit wir haben.«

Sie antworteten:

»Wir haben eine einzige Arbeit: Wir brauchen einen Wächter, der den Weg bewacht, damit jemand, der auf ihm reitet, nicht ins Eisloch fällt. Nur, den Weg muss man liegend bewachen, und zwar beschützt in einem Sack.«

»So oder so muss ich sterben!«

Itschekotschko war damit einverstanden, den Weg zu bewachen. Sie nähten ihn in einen Ledersack ein, brachten ihn zum Eisloch und warfen ihn auf den Weg. Der hungrige Itschekotschko lag im Sack und erwartete seinen Tod. Auf einmal hörte er, dass jemand den Weg entlanggeritten kam. Er ritt näher heran und rief auf Russisch:

»Wer liegt da? Geh aus dem Weg! Du siehst doch, dass das Pferd scheut. Geh weg oder ich bringe dich um …!«

»Ich kann nicht weggehen!«, antwortete Itschekotschko aus dem Sack.

»Was machst du da?«

»Ich bewache Pelzwerk. Hier gibt es so viele Tiere, dass ich hier liege und mit der Hand Zobel fange. Ah, hätte ich doch ein Gewehr …! So aber muss ich hier durch den Sack getarnt liegen und auf die Tiere warten.«

»Lass mich an deine Stelle«, sagte der Russe zu Itschekotschko. »Dafür gebe ich dir ein Gewehr.«

»Gut«, antwortete Itschekotschko, »trenne nur den Sack auf, dann zeig ich dir die Zobel und wie man sie fangen muss.«

Der Russe trennte den Sack auf. Itschekotschko kroch heraus und zeigte ihm die Zobel, die er vom Kaufmann Kolse gestohlen hatte.

»Hier habe ich sie erlegt«, sagte Itschekotschko.

Der Russe glaubte ihm.

»Nimm mein Gewehr und steck mich in den Sack.«

Itschekotschko war einverstanden. Der Russe kroch in den Sack, Itschekotschko nähte ihn zu, führte das Pferd auf die Seite, setzte sich auf die Ladung mit den Waren und ritt zur Großmutter auf die andere Seite des Flusses.

Es war Nacht, als Itschekotschko zum Zelt geritten kam und ausrief:

»Imiljamilja, öffne die Tür!«

»Öffne sie selbst«, antwortete Imiljamilja.

»Großmutter, ich kann die Tür nicht öffnen. Ich habe die Hände voll Waren!«

»Woher hast du sie?«

»Von dort … vom Fluss«, antwortete Itschekotschko.

Imiljamilja öffnete die Tür. Itschekotschko brachte einen Armvoll Waren herein. Die restlichen Waren aber verstreute er vor dem Zelt, als ob sie nass geworden waren. Er tötete das Pferd, zog ihm die Haut ab und hängte sie neben die Waren.

In der Nacht fiel Kolse ein, dass er Itschekotschko umbringen wollte. Er nahm seine Arbeiter und ging mit ihnen zum Eisloch. Kolse berührte den Sack.

»Lebst du noch? Bist du noch nicht erfroren?«

»Ich lebe, ich lebe!«, antwortete der Russe aus dem Sack, den Itschekotschko an seiner Stelle eingenäht hatte.

»Oh, dieser Itschekotschko!«, sagte Kolse. »Itschekotschko ist ein Teufel. Er kennt alle Sprachen. Man muss ihn töten.«

Kolse befahl seinen Arbeitern, den Sack zu zerhacken und ins Eisloch zu werfen. Als die Arbeiter den Sack versenkt hatten, sagten sie zu Kolse:

»Wir haben zwar Itschekotschko getötet, doch auf der anderen Flussseite lebt seine Großmutter Imiljamilja. Wir kennen sie. Sie ist eine Schamanin. Sie hat Itschekotschko gelehrt, deine Töchter zu stehlen. Man muss sie töten.«

»Tötet sie, tötet sie«, sagte Kolse.

Die Arbeiter Kolses überquerten den Fluss. Am Ufer sahen sie ein Zelt, vor dem viele verschiedene Waren und eine Pferdehaut aufgehängt waren.

»Woher hat die Alte so viele Waren?«

Die Arbeiter besprachen sich untereinander und gingen zum Zelt.

Itschekotschko erkannte die Russen. Er lehrte die Großmutter, wie man ihnen antwortet. Er selbst kratzte sich mit den Fingernägeln sein Gesicht blutig und setzte sich mitten im Zelt auf eine Kaufmannskiste.

Die Russen kamen.

»Guten Tag, Imiljamilja!«, sagten sie.

»Guten Tag«, antwortete Imiljamilja. »Habt ihr meinen Itschekotschko gut zerhackt?«

»Seht ihr das Blut?«, sagte Itschekotschko. »Als ihr mich in das Eisloch warft, fiel ich auf den Grund und sah sooo viele Waren dort ...! Ich begann, die Waren auf das Eis zu ziehen, ich zog und zog ... Wenn ich eure Kräfte gehabt hätte, hätte ich mehr als bloß diese hergeschleppt.«

Als die Arbeiter von den Waren hörten, vergaßen sie die Alte und dass sie umgebracht werden sollte.

»Das ist es, was wir machen«, sagten sie. »Wir müssen schnell nach Hause zurück und Kolse darüber berichten und aus dem Eisloch alle

Waren herausholen, bevor das Wasser sie fortspült.«

Die Arbeiter liefen zum Kaufmann und sagten:

»Kolse, Itschekotschko haben wir zerhackt und ins Eisloch geworfen. Er ist im Wasser wieder lebendig geworden und hat dort so viele Waren gefunden, dass ... Er selbst hat nur wenig mitgenommen, den Rest hat er auf dem Grund zurückgelassen.«

Kolse freute sich.

»Ruft Itschekotschko her«, sagte er. »Wir töten alle Pferde, machen aus den Häuten einen großen Sack und kriechen alle hinein. Itschekotschko aber wird ihn zusammennähen. Dann zerhackt er uns und wirft uns ins Eisloch.«

Alles wurde so gemacht, wie Kolse es gesagt hatte.

Die Arbeiter töteten die Pferde, aus den Häuten machten sie einen riesigen Sack und riefen Itschekotschko. Itschekotschko kam mit der Großmutter. Die Russen kletterten in den Sack, die Großmutter nähte ihn zu und Itschekotschko zerhackte alle und warf sie ins Eisloch.

»Sollen die Russen jetzt nur die Waren fischen!«, sagte Itschekotschko – und begann, mit der Großmutter im Kaufmannshaus zu leben.

Chasynget und der Teufel

Der Teufel hatte auf dem Auerhahnberg Auerhahnfallen aufgestellt. Dort waren die Balzplätze der Auerhähne, deshalb fing der Teufel dort viele Vögel. Davon erfuhr Chasynget. Er ging auf den Auerhahnberg und stahl aus den Fallen den fremden Fang.

Der Teufel bemerkte, dass ihm die Auerhähne abhandenkamen, und ging zu Chasynget ins Zelt.

»Weshalb raubst du meine Auerhähne?«

»Deine Auerhähne brauche ich nicht«, sagte Chasynget. »Ich nehme die meinen.«

»Wie, die deinen?«

»So. Der Auerhahnberg gehört mir, der Balzplatz gehört mir. Du hast Fallen aufgestellt und in ihnen haben sich meine Auerhähne gefangen.«

Der Teufel ärgerte sich, stritt und schrie.

»Schrei nicht und streite nicht«, sagte Chasynget zum Teufel. »Wenn du willst, komm morgen zum Fluss. Wenn du kommst, stellen wir uns zu einer hohen Fichte und fragen Gott, wem der Balzplatz gehört. Du fragst und ich frage. Wem Gott antwortet, dem soll der Balzplatz gehören.«

Der Teufel war einverstanden und ging in sein Zelt. Chasynget erzählte seiner Großmutter alles und riet ihr, es so zu machen:

»Morgen nehmen wir einen großen Birkenkorb und gehen früher zum Fluss. Ich setze dich in den Korb, verschließe ihn und hänge ihn in den Wipfel der Fichte. Du wirst Gott spielen. Sitz da und schweig. Der Teufel wird zu mir kommen und wir werden fragen: ›Gott, sag uns: Wem gehört der Balzplatz auf dem Auerhahnberg?‹ Wenn du meine Stimme hörst, dann antworte: ›Auf dem Auerhahnberg gehören der Balzplatz und die Auerhähne Chasynget.‹ Dem Teufel aber antworte nicht.«

So vereinbarten sie es. Chasynget setzte seine Großmutter in den Korb, verschloss den Deckel und hängte ihn in den Wipfel der höchsten Fichte. Der Teufel kam.

»Fang an, rufe«, sagte Chasynget zu ihm. »Hören wir, was uns Gott vom Himmel aus antwortet.«

Der Teufel rief:

»Gott, sag: Gehört der Balzplatz auf dem Auerhahnberg mir?«

Gott schwieg.

»Jetzt frage ich«, sagte Chasynget und rief aus: »Gott, sag mir: Wem gehört der Balzplatz auf dem Auerhahnberg?«

Und Gott antwortete von der Fichte herunter:

»Auf dem Auerhahnberg gehört der Balzplatz Chasynget …! Und die Auerhähne gehören ihm auch …!«

Chasynget hatte den Teufel betrogen. Der Teufel überließ ihm den Auerhahnberg und seine Fallen und begab sich woandershin. Chasynget kletterte auf die Fichte, band den Korb los und warf ihn zusammen mit der Großmutter in den Fluss.

Die Großmutter trieb im Korb den Fluss hinab. Kleine Fische schwammen zu ihr heran und sagten:

»Großmutter, komm, wir stoßen dich ans Ufer.«

»Nein, Fischchen, das braucht ihr nicht«, antwortete sie. »Da mich nun mal mein Enkel verstoßen hat, scheint es, dass er mich nicht mehr braucht. Soll mich nur der Fluss weitertragen.«

Unterwegs kamen viele verschiedene Fische zur Großmutter geschwommen und alle boten ihr an, sie ans Ufer zu ziehen, aber sie wollte nicht. Schließlich kamen große Störe zu ihr und sagten:

»Großmutter, wenn du willst, dann schleudern wir dich mit unseren Schwänzen vom Fluss ans Ufer.«

»Stoßt nur«, sagte die Alte.

Die Störe schlugen mit ihren Schwänzen auf den Korb, rollten ihn ans Ufer auf eine Sandbank und wollten in den Fluss zurückkehren. Die Alte hielt sie zurück.

»Ich werde von hier fortgetragen«, sagte sie. »Stoßt meinen Korb weiter ans Ufer und geht dann.«

Die Störe rollten die Alte mit ihren Schwänzen weiter und rollten sie bis auf das Steilufer hinaus.

»Jetzt, Großmutter, bist du weit weg vom Wasser«, sagten sie. »Bleib da, wir aber gehen fort.«

Die Alte kletterte aus dem Korb, nahm einen Stab und erschlug fast alle Störe nacheinander (man sagt, dass nur ein Stör es geschafft hat, ins Wasser zu kommen; sonst gäbe es heute in den Flüssen überhaupt keine Störe mehr). Die Alte sammelte die Störe ein, baute ein Zelt und begann, allein zu leben. Sie vergaß den Enkel.

Chasynget hatte den Teufel betrogen. Er nahm den Auerhahnberg mit allen seinen Fallen in Besitz, aber sein Leben verbesserte sich nicht. Der Teufel war vom Berg fortgegangen und hatte die Auerhähne mitgenommen.

Chasynget hatte nichts mehr, was er hätte fangen können. Er litt Hunger und magerte ab. Schließlich verließ er den Auerhahnberg und begab sich flussabwärts. Er konnte kaum noch gehen.

Chasynget erblickte das Zelt, die Störe und die Großmutter. Er ging hin und bat um Essen.

»Großmutter, gib mir zu essen«, sagte er.

»Warum bist du hungrig, Enkel?«, fragte die Großmutter. »Warum hast du keine Auerhähne gegessen? Du hast doch den Teufel betrogen, hast ihm den guten Balzplatz und die Fallen auf dem Auerhahnberg abgenommen und mich ins Wasser geworfen. Dir allein ist alles geblieben und du bist hungrig ...«

Chasynget begann zu weinen.

»Großmutter, verzeih mir. Ich sterbe vor Hunger. Ich werde so etwas nie wieder tun.«

Die Großmutter verzieh Chasynget und ließ ihn ins Zelt. Chasynget nahm nie mehr Auerhähne aus fremden Fallen. Er erlegte sie selbst und lebte gut.

Die gezeichnete Aalquappe

Es lebte einmal ein reicher Mann. Er hatte eine Frau, einen Sohn und zwei Töchter. Bei seinem Zelt standen viele andere Zelte.

Der Reiche fing in einem See Fische. Einmal fing er in seiner Falle eine ungewöhnliche Aalquappe, die mit unterschiedlichen Farben gezeichnet war. Der Reiche brachte sie ins Zelt, gab sie seiner älteren Tochter und gebot ihr, sie zu essen. Sie aß sie. Schnell schwoll ihr der Bauch an und sie gebar eine Tochter.

Nachts, als alle im Zelt eingeschlafen waren, wuchs das Mädchen schnell zu einer riesigen Frau und ging fort. Gegen Morgen kam sie zur Mutter zurück und wurde wieder so klein, wie sie geboren worden war. So ging es mit ihr jede Nacht.

Aus dem Zeltlager begannen Menschen zu verschwinden. Jede Nacht ein Mensch. Wohin sie gegangen waren, das wusste niemand.

Das Zeltlager wurde immer leerer und leerer …

»Eine schlechte Aalquappe hast du gefangen«, sagte die Frau des Reichen leise. »Unsere Enkelin ist Chees-Chema. Sie ist eine Zauberin und eine Menschenfresserin. Bald wird sie uns alle aufgefressen haben. Solange wir am Leben sind, müssen wir unseren Sohn und unsere Tochter retten. Nimm sie mit dir und geh in den Wald. Such dort eine dicke, hohle Zeder und versteck darin unsere Kinder. Wenn du sie versteckst, nimm einen Bogen und schieß einen Pfeil ab. Dann sag den Kindern, dass sie gehen sollen, um den Pfeil zu suchen. Dort, wo der Pfeil zum Liegen gekommen ist, sollen sie ein Zelt errichten und darin leben. Chees-Chema wird uns fressen, aber sie wird sie nicht finden.«

Der Reiche führte den Sohn und die Tochter in den Wald, versteckte sie in einer hohlen Zeder, schoss mit dem Bogen einen Pfeil ab, schärfte den Kindern alles ein, was sie tun mussten, und kehrte zu seiner Frau zurück.

Der Bruder und die Schwester krochen aus der Baumhöhle und machten sich daran, den Pfeil zu suchen. Sie hatten nicht gesehen, in welche Richtung der Vater den Pfeil abgeschossen hatte. Lange gingen sie durch den Wald, bis sie den Platz gefunden hatten, auf den der Pfeil gefallen war. Dann bauten sie ein Zelt und ließen sich in ihm nieder. Sie lebten darin einige Zeit ... Da sagte der Bruder zu seiner Schwester:

»Ich lebe hier mit dir und wir wissen nicht, ob Vater und Mutter noch am Leben sind. Ich werde zu ihnen reiten und nach ihnen sehen.«

Der Bruder schmiedete ein eisernes Pferd, setzte sich auf dessen Rücken und ritt los. Unterwegs begegnete ihm eine uralte Frau.

»Junger Mann«, sagte sie, »ich weiß, dass du zu deinem Vater reitest. Reite nicht hin. Dort wohnt Chees-Chema. Sie wird dich fressen.«

»Nein, ich reite doch hin. Ich habe ein eisernes Pferd. Ich habe vor Chees-Chema keine Angst. Ich will wissen, was sie mit meinem Vater und mit meiner Mutter gemacht hat.«

»Na, dann finde es heraus«, sagte die Alte. »Falls dir etwas zustoßen sollte, werde ich dir helfen. Ich habe treue Wölfe. Reite los.«

Der Jüngling ritt zur Zeltsiedlung, ließ das eiserne Pferd im Wald zurück, kroch leise heran und kletterte auf ein Zelt. Durch das Rauchloch erblickte er Chees-Chema, die in ihren Händen einen Schädel hielt und fragte:

»Schädel, sag mir, wohin deine Kinder gegangen sind.«

Der Jüngling betrat unvermutet das Zelt. Chees-Chema versteckte den Schädel seines Vaters.

»Bruder ...! Woher bist du gekommen?«, fragte sie erfreut. »Was soll ich dir zu essen geben?«

Chees-Chema nahm einen Stein und begann, ihre Zähne zu schärfen. Der Jüngling ging aus dem Zelt und flüchtete in den Wald.

»Halt! Wohin willst du, Bruder? Wir werden zusammen essen ...!«, rief Chees-Chema und folgte ihm.

Er sprang auf das eiserne Pferd und galoppierte zurück.

Als Chees-Chema das Pferd einzuholen begann, rief er aus:

»Großmutter, hilf mir! Chees-Chema holt mich gleich ein!«

Die Alte ließ zur Hilfe ihre treuen Wölfe los. Chees-Chema fing den

Jüngling, doch die Wölfe kamen rechtzeitig hinzu und es entbrannte ein Kampf. Die Wölfe zogen den Jüngling zu sich, Chees-Chema aber ließ ihn nicht los. Schließlich riss sie so stark an ihm, dass ihr Fang in der Mitte auseinanderriss. Sie machte sich daran, die eine Hälfte zu fressen. Die entrissene Hälfte brachten die Wölfe zur Alten. Die Alte hatte vor ihrem Zelt das größte Fangeisen aufgespannt. Die Wölfe aber schickte sie zur Schwester, damit sie ihr die Hälfte des Jünglingskörpers brächten.

Die Wölfe waren gerade fortgelaufen, als Chees-Chema hinter ihnen zur Alten gelaufen kam. Sie stürzte sich ins Zelt, fiel aber in das gespannte Fangeisen und starb darin.

Die Schwester nahm von den Wölfen den halben Körper des Bruders in Empfang, legte ihn in eine Wiege und begann, ihn darin zu schaukeln. Sie schaukelte und schaukelte ihn und zog ihn auf. Er wurde wieder wie früher. Die Schwester freute sich und hörte auf, sich um ihn zu kümmern. Da wurde der Bruder wieder nur eine Hälfte. Die Schwester sagte:

»Bruder, ich habe jetzt nichts mehr zu tun mit dir. Gehen wir zum Himmel und leben dort. Du wirst in der Nacht scheinen und ich bei Tage.«

Und Bruder und Schwester gingen von der Erde fort auf den Himmel.

Der Auerhahn, die Ente und die Gans

Die Ente und die Gans trafen einen Auerhahn.

»Auerhahn, flieg mit uns in den Süden«, sagten sie, »sonst kommst du hier im Winter vor Hunger um.«

»Nein, ich fliege nicht mit euch«, antwortete der Auerhahn. »Wenn ich von hier fortfliege, was werden dann die Menschen im Winter essen?«

»Wir fliegen aber. Wir überwintern hier nicht. Hier ist es kalt. Der Mensch stirbt schon nicht ohne uns. Im Winter kann er Fische fangen und sie essen. Die Fische gehen nirgendwohin. Sie leben sommers wie winters hier in den Seen.«

Der Auerhahn sagte darauf zur Ente und zur Gans:

»Wenn starke Fröste kommen, dann bedecken sich die Flüsse und Seen mit dickem Eis und den Menschen fällt es schwer, Fische zu fangen. Ohne mich werden sie verhungern.«

»Was wirst du selbst im Winter fressen? Sag es uns.«

Der Auerhahn antwortete:

»Ich habe viel Nahrung. Im Winter werde ich Zedernnadeln fressen.«

»Von dieser Nahrung wirst du noch vor den Menschen umkommen. Wenn du nicht mit uns fliegen willst, dann müssen wir dich mit Gewalt fortschleppen.«

Die Gans und die Ente packten den Auerhahn unter dem Kropf und schleppten ihn in wärmere Gegenden. Der Auerhahn weinte so, dass ihm von seinen Tränen die Bögen unter den Augen rot wurden.

Die Ente und die Gans ließen den Auerhahn zurück und flogen in den Süden.

Alba

Diese Geschichte habe ich vor langer Zeit gehört. Ich weiß nicht, ob ich sie vollständig erzählen kann. Egal, ich werde einfach sprechen. Wenn ich etwas vergesse, werden andere zu Ende erzählen ...

Es lebten einmal drei leibliche Brüder: Alba, Suutsch und Alba, der Kleine. Die Brüder waren allein und lebten an unterschiedlichen Orten. Suutsch war ein guter Sänger und Musikant. Wenn er sang oder spielte, lauschten die Leute so hingegeben, dass sie nicht fortgehen konnten, bis er aufhörte. Alba, der Kleine, war ein junger, aber weiser Schamane. Der ältere Alba war weise und gut. Er liebte die Menschen und nomadisierte mit ihnen. Er sah, wie die Menschen geboren wurden, heranwuchsen, krank und alt wurden und starben. Alba wollte ihnen helfen. Er versammelte sein Volk und sprach:

»Ich ziehe jetzt durch die Welt und suche den bösen Chotschedam, der unsere Seelen entführt, sie in seine Wohnung bringt und sie frisst, weshalb die Menschen sterben. Wenn ich ihn gefunden und getötet haben werde, werden die Menschen nicht mehr sterben und auf der Welt wird es das ewige Leben geben. Bleibt hier und wartet auf mich.«

Alba nahm seinen Bogen, seine Kampfpfeile, den dreizackigen Fischspeer und ein scharfes Beil und ging vom Ufer des Kuk[33] in die Taiga. Er ging durch dichte Wälder, begab sich in Niederungen und stieg auf Berge. Schließlich erblickte Alba ein riesiges blaues Gebirge und ging zu ihm hin. Das war der Felsen Tschagan-bat. Hinter ihm lag das Meer. Als Alba auf den hohen Gipfel des steinigen Gebirges kletterte und das grenzenlose Wasser erblickte, sagte er:

»Wie viel für die Menschen notwendiges Land überschwemmt das Meer? Weshalb verdirbt das Meer es ohne jeden Grund? Wem nützt das Meer? Wozu ist es da? Ich werde das Wasser ablassen, einen neuen Fluss schaffen und den Menschen das Land trockenlegen. Soll mein Fluss in den Kuk fließen.«

Alba betrachtete das Felsengebirge Tschagan-bat, das das Wasser eindämmte, nahm das Beil und begann, den Stein durchzuschlagen. Er spaltete ganze Klumpen ab, zerspaltete Felsen und änderte das Flussbett. Aber auf einmal schlug das Beil ins Leere, wie in das Loch eines hohlen Baumes. Alba blickte in die Öffnung. Es zeigte sich eine riesige unterirdische Höhle.

»Lebst du etwa hier?«, dachte Alba über den bösen Chotschedam. »Habe ich etwa deine Wohnung gefunden? Führst du etwa unsere Seelen hierher und verschlingst sie?«

Alba schlug einen größeren Eingang und stieg zum Grund der Höhle hinab. Hier erblickte er sieben Chotschedams.

»Oh, ihr seid hier ja eine ganze Familie!«, rief er und begann, mit seinem Beil die bösen Chotschedams hinzumetzeln. Sechs hatte er schon erschlagen. Es blieb nur ein sehr kleiner Chotschedam übrig. Alba holte zum Schlag auf ihn aus, tötete ihn jedoch nicht.

»Wozu soll ich dich töten?«, sagte Alba. »Du bist doch so klein. Ich nehme dich lieber lebendig mit und bring dich meinen Kindern als Spielzeug mit. Für sie wirst du ein gutes und lustiges Spielzeug sein.«

Alba fesselte den winzigen Chotschedam, kletterte mit ihm aus der unterirdischen Behausung, zerschlug den Felsen endgültig und räumte für das Wasser den Ausgang aus dem Meer frei. Das Wasser ergoss sich in die leere Wohnung des Chotschedams, drehte sich in ihm in einem riesigen Strudel und floss als ruhiger Fluss weiter in Richtung Kuk. Alba blickte von den felsigen Höhen auf die Wasserstrudel und

33 Kuk: So bezeichnen die Ostjaken den Jenissei.

nannte sie »Yschl« und den neuen Fluss nannte er »Chol«[34].

Alba fällte eine große Zeder, zimmerte daraus ein schnelles Boot, ließ es zu Wasser und fuhr damit mit der Strömung den neuen Fluss hinab. Er fuhr zum Kuk, um den Menschen vom ewigen Leben zu erzählen und um den Kindern den kleinen Chotschedam, den noch nie jemand gesehen hatte, als Spielzeug zu schenken.

Der Chotschedam lag, ohne sich zu rühren, im Boot. Als aber Alba auf den wasserreichen Kuk hinausfuhr, sprang der spielzeuggleiche Chotschedam aus dem Boot. Alba ergriff seinen dreizinkigen Spieß, um den Chotschedam zu erstechen. Doch dieser tauchte ab und trübte das Wasser. Dann tauchte er weit weg von Alba wieder auf und sagte:

»Umsonst hast du mich deinen Kindern als Spielzeug mitgenommen. Ich bin doch der Hauptchotschedam. Du hast nur meine Familie, meine Kinder, umgebracht.«

Alba ergriff den Bogen, doch der Chotschedam tauchte wieder im Wasser unter. Er tauchte besser als die Tauchente und schwamm flussaufwärts davon. Alba verfolgte ihn mit seinem schnellen Boot.

Auf einmal kamen auf der linken Seite des Kuk vier Elche ans Ufer – zwei junge Elche, ein Weibchen und ein Männchen. Der Chotschedam rief sie zu sich und sagte:

»Langsam! Stellt euch quer – sperrt den Fluss ab!«

Die Tiere warfen sich nacheinander ins Wasser. Aber Alba ließ sich den Weg nicht versperren. Er beschwor die Tiere und sie wurden im Fluss zu Stein. An dem Platz, wo die Elche das starke Wort Albas gehört hatten, stehen nach wie vor vier Steininseln – die vier Elche.

Der Chotschedam tauchte weiter. Alba verfolgte ihn pausenlos. Da rief der Chotschedam aus dem Wald seine riesige Herde weißer Rentiere und befahl ihnen, den Fluss zu versperren.

»Springt ins Wasser und staut den Fluss auf!«, gebot ihnen der Chotschedam und tauchte unter.

Die Rentiere stürzten sich alle auf einmal in den Kuk. Aber Alba hielt sie mit seinem Wort auf. Die Rentiere versteinerten. Im Fluss bildete sich eine Stromschnelle.

Alba überquerte in seinem Boot die Stromschnelle, vorbei an den versteinerten Rentieren, und folgte wieder dem Chotschedam,

34 Chol: Steinige Tunguska.

der tauchte und das Wasser trübte. Alba ließ ihm keine Rast. Der Chotschedam wurde müde und tauchte aus dem Wasser auf. Ganz nahe war er aufgetaucht. Alba erhob seinen Bogen, spannte die feste Sehne, konnte aber keinen Pfeil abschießen. Sein Bruder Suutsch, der von ferne den herannahenden Alba gesehen hatte und sich auf die Begegnung mit ihm vorbereitete, störte ihn. Als Alba auf den Chotschedam zielte, spielte Suutsch laut ein lustiges Lied. Alba zuckte zusammen und ließ den Chotschedam entkommen. Dieser versteckte sich im Fluss und trübte das Wasser. Alba schoss verärgert den Pfeil ab und durchbohrte mit ihm den Kopf des Bruders. Suutsch stürzte. Aus seinen Ohren strömte das Blut in Bächen und floss über das gesamte Steilufer. Die Erde tränkte sich mit dem Blut und wurde rot. Zum Steilufer von Suutsch kommen die Schamanen, nehmen die Erde und färben damit ihre Trommeln.

Alba verließ seinen ermordeten Bruder. Er wollte den Chotschedam nicht entkommen lassen. Plötzlich zeigte sich auf dem Fluss ein entgegenkommendes Birkenboot, in dem eine Frau saß und mit ihr zwei Wölfe. Vor dem Boot schwamm eine Tauchente. Alba erblickte die Tauchente und dachte sich, dass das der Chotschedam wäre, der sich in einen Vogel verwandelt hätte und ihn täuschen wollte. Er nahm den Bogen und schoss einen Pfeil ab. Der Pfeil riss der Tauchente die Wange ab.

»Bruder, du hast mich ermordet!«, rief die Tauchente. »Ich sterbe …«

Da erst erkannte Alba seinen jüngeren Bruder, der zum Fluss Sym gefahren war, ein tungusisches Mädchen geheiratet hatte und mit ihr in seine Heimat zurückkehrte. Um unterwegs nicht umzukommen, hatte er sich in einen Vogel verwandelt und war vor der jungen Frau hergeschwommen.

Alba hatte keine Zeit, um dem verletzten Bruder zu helfen. Er kehrte sein Boot um und jagte es den Kuk hinunter, dem flüchtenden Chotschedam hinterher.

Der verletzte Bruder schwamm ans rechte Ufer, schüttelte sich und wurde wieder ein Mensch. Von der abgerissenen Wange floss ein Blutstrom.

Die Tungusin begann zu weinen und sagte:

»Wie werde ich jetzt mit so einer Missgestalt leben? Ich kehre besser zum Vater zurück und werde dort allein leben.«

Die Tungusin fuhr zum linken Ufer des Kuk, spannte die Wölfe vor und zog Richtung Sym. Vom anderen Ufer aus sah das ihr missgestalteter Mann, verwandelte die Wölfe und das Boot in Erdhügel und ging zum sandigen Ufer, wälzte sich auf den Rücken und versteinerte.

Die betrübte Tungusin begab sich zu Fuß Richtung Sym. Sie ging auf eine Landzunge hinaus und hielt an. Als sie so dastand und von der Seite über den Fluss auf ihren versteinerten Mann sah, wollte sie nicht mehr allein zum Nomadenlager des Vaters zurückkehren. Sie band ein Säckchen auf, aus dem ihr Glasperlen auf die Handfläche fielen, und warf sie über den Fluss in Richtung ihres Mannes. Die Glasperlen fielen als schräger Regen ins Wasser und versteinerten.

»Sollen sich jetzt die Menschen lange an uns erinnern«, sagte sie und ging fort in den Sand.

Dort, wo die Glasperlen ins Wasser gefallen sind, hat sich unter dem Wasser eine Steinkette gebildet.

Der Chotschedam flüchtete ins kalte Meer. Hinter ihm her jagte Alba ungestüm sein Boot. Er ruderte mit solcher Kraft, dass hinter dem Ruder ganze Wasserberge aufwärtsflogen und sich brausende Wellen ans Ufer wälzten. Dort, wo sie ans Ufer schlugen, entstanden Sandbänke, Landzungen und steinerne Klippen.

Alba verfolgte den bösen Chotschedam bis mitten ins kalte Meer, doch er konnte ihn nicht einholen. Der Chotschedam schwamm in eine große Flussbiegung und rief Alba zu:

»Du hast mich gefangen, doch du konntest mich nicht halten. Jetzt wirst du mich nicht mehr töten. So, wie ich zuvor die Seelen der Menschen gefressen habe, werde ich es auch weiterhin tun. Meine Wohnung wirst du nicht mehr finden.«

Der Chotschedam tauchte unter und verschwand.

Der gute Alba kehrte nicht zu den Menschen zurück, doch er ist am Leben – und sucht noch immer den bösen Chotschedam. Wenn er ihn umgebracht haben wird, wird er zu den Menschen zurückkehren und ihnen ein fröhliches ewiges Leben bringen.

Dort, wo Alba mit seinem Beil das Gebirge Tschagan-bat durchschlagen hat, blieb eine hohe Steinsäule stehen, die die Menschen zur Erinnerung an ihn Alba nannten.

Das Zwergenvöglein

Ein alter Mann zerbrach einmal im Wald vermoderte Baumstümpfe, um Brennholz zu gewinnen. Einmal schlug er mit dem Fuß gegen einen Baumstumpf, als daraus ein Zwergenvöglein herausflog, sich auf den Baumstumpf setzte und sagte:

»Großvater, was brauchst du? Weshalb hast du an meinen Baumstumpf geklopft?«

Der Alte antwortete:

»Ich wollte ihn zerbrechen und ihn als Brennholz zu mir bringen. Meine Alte und ich haben in unserem Zelt kein Brennholz.«

»Großvater, zerbrich meinen Baumstumpf nicht. Geh lieber zu deiner Alten und leg dich schlafen. Gegen Morgen werdet ihr in eurem Zelt Brennholz haben«, sprach das Zwergenvöglein und flog fort.

Der Alte kehrte ohne Brennholz in sein Zelt zurück.

»Alte«, sagte er, »ich habe kein Brennholz gefunden. Lass uns schlafen gehen. Wenn wir erwachen, werden wir Brennholz haben.«

Der alte Mann und die alte Frau legten sich schlafen. Am Morgen erwachte die Alte und sah: Im Zelt lagen viele Holzscheite.

»Wach auf, Alter! Unser Zelt ist voll Brennholz. In der Nacht hast du kein Holz gespalten. Woher kommt es?«

Der Alte sah auf das Brennholz und erzählte der Alten, dass ihnen das Holz vom Zwergenvöglein geschenkt worden war. Die Alte heizte das Zelt und sagte zum Alten:

»Brennholz haben wir viel, aber nichts zu essen. Geh in den Wald und such den Baumstumpf, klopf mit deinem Fuß daran und sag dem Vögelchen, dass wir hungrig sind, und bitte es um Fleisch.«

Der Alte ging in den Wald, fand den Baumstumpf und klopfte mit seinem Fuß dagegen. Das Zwergenvöglein flog aus dem Baumstumpf, setzte sich darauf und sagte:

»Großvater, weshalb hast du an meinen Baumstumpf geklopft? Was brauchst du von mir?«

Der Alte sagte:

»Brennholz haben wir nun viel, aber nichts zu essen. Wir sind hungrig. Die Alte hat mich hergeschickt, um von dir Fleisch zu erbitten.«

»Essen werde ich euch geben. Geh zu deiner Alten und leg dich schlafen. Am Morgen wird das Zelt ganz voll sein«, sprach das Zwergenvöglein und flog fort.

Die Alten legten sich schlafen. Am Morgen standen sie auf und trauten ihren Augen nicht. In ihrem Zelt gab es fettes Fleisch, Fisch und Wein. Die Alten aßen, tranken den Wein, wurden betrunken und schliefen ein. Als die Alte erwachte, trieb sie den Alten wieder fort.

»Geh in den Wald, finde den Baumstumpf, schlag gut mit dem Fuß dagegen und sag dem Zwergenvöglein, dass wir zwei Kaufleute sein wollen.«

Der Alte ging fort. Er ging lange durch den Wald ... und fand den Baumstumpf, klopfte mit seinem Fuß dagegen, das Zwergenvöglein flog aus dem Baumstumpf heraus, setzte sich darauf und sagte:

»Großvater, weshalb hast du an meinen Baumstumpf geklopft? Was brauchst du von mir?«

Der Alte sagte:

»Meine Alte hat mich zu dir geschickt, dir zu sagen, dass es nicht schlecht wäre, wenn wir Kaufleute werden.«

»Geh in dein Zelt und leg dich schlafen. Am Morgen werdet ihr als Kaufleute erwachen«, sprach das Zwergenvöglein und flog fort.

Die Alten erwachten am nächsten Morgen, sahen sich um und trauten ihren Augen nicht. Das Zelt war voll von Waren aller Art: Tüchern, Knöpfen, Teekesseln aus Kupfer, Ringen, Wein ... Die Alte besah sich die Waren und sagte zum Alten:

»Geh schnell in den Wald, finde den Baumstumpf, klopf fest mit dem Fuß daran und sag dem Vöglein, dass ich Kaiserin sein will und du sollst Kaiser sein.«

Der Alte ging fort. Er ging und ging durch den Wald. Mühsam fand er den Baumstumpf. Er klopfte zweimal mit dem Fuß daran, das Zwergenvöglein flog heraus, setzte sich auf den Baumstumpf und sagte:

»Großvater, wozu hast du so fest an meinen Baumstumpf geklopft? Was brauchst du von mir?«

»Meine Alte hat mich zu dir geschickt, Vöglein«, sagte der Alte. »Sie will Kaiserin sein und mir befiehlt sie, Kaiser zu sein.«

»Gut«, sagte das Zwergenvöglein. »Geh ins Zelt und schlaf. Am Morgen werdet ihr Kaiser und Kaiserin sein«, sprach das Zwergenvöglein und flog fort.

Die Alten legten sich schlafen. Am Morgen erwachten sie in aller Frühe und blickten sich um: Weder ihr Zelt noch einander konnten sie wiedererkennen. Das Zelt war voll Brennholz, Essen, Waren und Wein; an sich selbst aber trugen sie silberne und goldene Ringe mit Edelsteinen und gold-silberne Kleidung. Sie standen auf und wussten nicht, was tun. Sie tranken Wein, bis sie ganz betrunken waren. Als die Alte ganz betrunken war, trieb sie den Alten wieder in den Wald.

»Geh und finde den Baumstumpf, klopf mit aller Kraft und sag diesem Vogel, dass ich die Muttergottes werden will, und dir befehle ich, Gott zu sein.«

Der Alte ging fort, um das Zwergenvöglein zu suchen. Lange ging er durch den Wald und hätte den Baumstumpf beinahe nicht gefunden. Der Alte klopfte mit dem Fuß ganz fest gegen den Baumstumpf. Aus dem Baumstumpf flog das Zwergenvöglein heraus, setzte sich darauf und fragte den Alten:

»Wozu klopfst du an meinen Baumstumpf? Was brauchst du von mir?«

Der Alte sagte:

»Meine Alte wollte die Muttergottes sein und mir befahl sie, Gott selbst zu werden.«

»Gott?! Nun gut. Geh ins Zelt zu deiner Alten und leg dich schlafen«, sprach das Zwergenvöglein, flatterte auf und flog davon.

In diesem Wald gab es von da an weder das Zwergenvöglein noch den Baumstumpf.

Der Alte kam vom Wald ins Zelt zurück und legte sich mit seiner Alten schlafen. Am Abend noch legten sie sich als Kaiser und Kaiserin schlafen und erwachten am nächsten Morgen als Teufel.

Das ist alles ...

Der Frosch und das Hermelin

Am Ufer eines kleinen Flusses traf das Hermelin einen Frosch.

»Frosch«, sagte es, »komm, lass uns zusammenleben.«

»Gut«, sagte der Frosch.

Sie errichteten am Ufer ein kleines Zelt und begannen, darin zu leben. Davon erfuhren die vielköpfigen Teufel, die nicht weit von ihnen flussaufwärts lebten. Der Fluss war schmal und gewunden. Er floss mal nach rechts, mal nach links und immer wieder in eine andere Richtung ...

Ein einköpfiger Teufel setzte sich in sein Boot und fuhr etwas flussabwärts. Dabei sang er:

»Ich werde Froschlaich essen ...«

Der Frosch hörte das Lied und machte sich schnell daran, Pfeile zu schnitzen. Danach nahm er seinen kleinen Bogen und lief dem Teufel entgegen.

Der Frosch lief auf eine Landzunge hinaus, versteckte sich hinter einem Baum und wartete, bis der einköpfige Teufel an ihm vorbeifuhr. Der Teufel aber fuhr und sang:

»Ich werde Froschlaich essen ...«

Gerade als der Teufel auf der Höhe des Frosches war, schoss dieser den Pfeil ab und riss ihm den Kopf ab.

Der Frosch kehrte in sein Zelt zurück und sah, dass das Zelt ganz durchlöchert und durchbohrt war.

»Wo bist du gewesen?«, fragte er das Hermelin.

»Hier.«

»Wer hat unser Zelt so zernagt?«

»Ich«, sagte das Hermelin. »Ich dachte, dass der Teufel dich fressen würde, dann zu mir käme und mich fräße. Deshalb habe ich die Löcher gemacht, damit ich vor ihm flüchten kann.«

»Du Dummkopf«, sagte der Frosch zum Hermelin und machte sich daran, das Zelt zu flicken. Schließlich war es repariert und sie wohnten wieder darin. Auf einmal hörten sie vom Fluss wieder ein Teufelslied. Zwei Teufel sangen:

»Ich werde Froschlaich essen ...«

»Und ich werde den Frosch essen ...!«

Der Frosch hörte das Lied und machte sich daran, einen Pfeil mit zwei Spitzen herzustellen. Als er fertig war, nahm er den kleinen Bogen, lief auf die Landzunge, versteckte sich hinter einem Baum und wartete, bis die Teufel an ihm vorbeifuhren.

Das Boot kam hinter der Landzunge hervor, darin saß ein zweiköpfiger Teufel und sang:

»Ich werde Froschlaich essen ...!«
»Ich werde den Frosch essen ...!«
Gerade als der Teufel auf der Höhe des Frosches war, schoss dieser den Pfeil mit den zwei Spitzen ab und schlug dem Teufel beide Köpfe ab. Die Köpfe fielen ins Wasser und gingen unter.
Der Frosch kehrte in sein Zelt zurück und erkannte es nicht wieder. Es war ganz durchlöchert.
»Wer hat da wieder unser Zelt zernagt?«, fragte der Frosch das Hermelin.
»Ich«, antwortete das Hermelin. »Ich dachte, dass die Teufel dich auffressen würden, herkämen und auch mich fräßen. Sie waren ja zu zweit. Deshalb habe ich mehr Löcher gemacht, damit ich leichter vor ihnen fliehen kann.«
»Du Dummkopf, du dummer!«, sagte der Frosch zum Hermelin und machte sich daran, das Zelt zu reparieren.
Als er es fertig repariert hatte, hörte er auf einmal wieder ein Teufelslied vom Fluss her. Zu dritt sangen sie:
»Ich werde Froschlaich essen ...!«
»Ich werde den Frosch essen ...!«
»Ich werde das Hermelin essen ...!«
Der Frosch hörte den Gesang. Er machte schnell einen Pfeil mit drei Spitzen, nahm seinen kleinen Bogen und lief auf die Landzunge. Dort angekommen versteckte er sich hinter einem Baum und wartete, bis die Teufel an ihm vorbeifuhren. Er wartete und wartete. Hinter der Landzunge kam ein Boot gefahren. Im Boot saß der dreiköpfige Teufel und sang:
»Ich werde Froschlaich essen ...!«
»Ich werde den Frosch essen ...!«
»Ich werde das Hermelin essen ...!«
Gerade als der dreiköpfige Teufel auf der Höhe des Frosches war, schoss dieser den Pfeil ab und riss ihm alle drei Köpfe ab. Die Köpfe und der Teufel selbst fielen in den Fluss und gingen unter.
Der Frosch kehrte zu seinem Zelt zurück und erkannte es nicht wieder. Es war ganz durchlöchert wie ein Netz.
»Hast du das Zelt zernagt?«, fragte der Frosch das Hermelin.
»Ja«, sagte das Hermelin. »Ich dachte, dass dich die Teufel fressen

würden, zu mir kämen und dann mich fräßen. Sie waren zu dritt. Deshalb habe ich so viele Löcher gefressen, damit sie mich nicht fangen.«

Der Frosch war so böse auf das Hermelin, dass er es erschlug.

»Jetzt wirst du unser Zelt nicht mehr verderben.«

Der Frosch zog dem Hermelin das Fell ab und warf es nackt aus dem Zelt. Das Hermelin fiel auf die Erde und verwandelte sich in einen Menschen. Er wurde ein schöner Jüngling und der Frosch wurde ein schönes Mädchen.

Sie verliebten sich ineinander und heirateten.

Chasymatschaka

Sie war eine Vollwaise. Deshalb nannte man sie Chasymatschaka. Chasymatschaka lebte bei Fremden. Sie hatte es schwer. Sie wurde oft geschlagen, hatte schlechte Kleider und wenig zu essen.

In der Asche buk sie Aland. Im Zelt roch es stark nach Fisch. Chasymatschaka war so hungrig, dass sie, ohne zu fragen, den Aland nahm. Dafür schlug man sie mit einem Stab auf den Kopf, sodass sie starb. Die Leute trugen sie aus dem Zelt, legten sie auf einen Hochspeicher, sie selbst aber packten zusammen und machten sich auf den »großen Zug«.

Ein Uhu kam aus dem Wald zu Chasymatschaka geflogen, setzte sich auf den Speicher und belebte sie wieder.

»Oh, wie habe ich lange geschlafen!«, sagte Chasymatschaka. »Wer hat mich geweckt?«

»Ja«, sagte der Uhu. »Du hast sehr tief geschlafen. Wenn ich dich nicht geweckt hätte, wärest du von selbst nicht mehr erwacht. Du wusstest nicht, dass die Leute dich umgebracht und dich auf einen Hochspeicher geworfen haben und schon lange auf den großen Zug gegangen sind. Du tatest mir leid und so habe ich dich aufgeweckt.«

Der Uhu flatterte auf und flog davon. Chasymatschaka kletterte vom Speicher, ging ans Ufer und begab sich flussabwärts. Unterwegs fand sie einen Heckenrosenstrauch, aß die Hagebutten, legte dann einige Hagebutten in die Fausthandschuhe und ging weiter.

Chasymatschaka erblickte einen über einen See fliegenden Raben. Sie ging zu ihm hin. Im See trieben viele tote Fische. Chasymatschaka freute sich und machte sich daran, die Fische vom See auf das Steilufer zu ziehen. Sie legte einen Vorrat an Fischen für den ganzen Winter an, errichtete am Steilufer ein Zelt und begann, darin zu leben.

Der Frühling begann. Chasymatschaka kam aus dem Zelt heraus, um sich an der Sonne zu wärmen. Sie sah sich um, da kam aus dem Wald ein Bär auf sie zu.

»Was soll ich tun?«, dachte Chasymatschaka und sprang ins Zelt zurück. Sie nahm eine Aalquappe, schnitt ihr mit einem Messer den Bauch auf, holte den Kaviar heraus und begann, ihn zu braten.

Der Bär kam ins Zelt.

»Guten Tag«, sagte er. »Wie geht's?«

»Schlecht«, sagte Chasymatschaka.

»Was brätst du da?«

»Einen Darm. Ich hatte Hunger, da zog ich aus mir etwas Darm heraus, schnitt ihn ab und hier brate ich ihn.«

»Lass mich kosten.«

Chasymatschaka gab dem Bären ein Stückchen gebratenen Aalquappenkaviar. Der Bär aß ihn auf und sagte:

»Köstlich. Gib mir noch etwas von deinem Darm.«

Chasymatschaka gab ihm wieder ein Stückchen Kaviar. Der Bär aß es auf und begann, nach den Resten zu fragen. Chasymatschaka gab sie ihm. Der Bär aß den Kaviar auf und sagte zu ihr:

»Nun gut. Ich habe deinen köstlichen Darm aufgegessen, jetzt werden wir meinen braten. Ich lege mich hin und du schneidest mir den Darm heraus.«

Chasymatschaka nahm ein kleines Messer und begann, es an einem Stein zu wetzen. Der Bär lauschte und lauschte und fragte:

»Sag mir, was das Messerchen flüstert.«

»Es flüstert: ›Sili-mili, sili-mili, wir werden bei Gevatter Bär den Darm herausschneiden.‹«

»Schneide«, sagte der Bär. »Ich lege mich hin.«

Chasymatschaka begann zu schneiden. Der Bär bekam Schmerzen. Er schrie: »Halt, halt! Das tut weh ...«

»Was hast du, Gevatter Bär?«, fragte Chasymatschaka. »Ich hatte auch Schmerzen und habe sie ausgehalten. Ich bin klein und du bist so groß und stark. Halt aus.«

»Nein. Ich halte es nicht aus.«

»Dann lass mich dir die Pfoten fesseln. Vielleicht hast du gefesselt weniger Schmerzen.«

»Probieren wir es aus.«

Der Bär war einverstanden. Chasymatschaka fesselte ihm fest die Pfoten und begann wieder mit dem Schneiden.

»Au weh!«, rief der Bär.

Chasymatschaka schnitt dem Bären den Bauch auf und er verendete. Chasymatschaka zog ihm das Fell ab, nahm den Speck und hängte alles an einem Haken auf. So hatte sie wieder viel zu essen.

Chasymatschaka lebte für sich allein im Zelt und verbrachte so ihre Tage. Sie wachte auf, aß das Fleisch und das Fett des Bären, ging aus dem Zelt, setzte sich auf die Erde und wärmte sich an der Frühlingssonne.

Auf einmal sah Chasymatschaka, dass aus dem Wald jene Leute kamen, bei denen sie Hunger gelitten hatte und von denen sie geschlagen und schlecht gekleidet worden war. Sie wusste nicht, was sie mit ihnen machen sollte. Es war ihr unangenehm.

Die Leute kamen erschöpft und hungrig zu Chasymatschakas Zelt. Sie erblickten das hängende Bärenfleisch und baten um Essen. Chasymatschaka schnitt allen je ein Stück Bärenspeck herunter, steckte in jedes eine Nadel und teilte den Speck den hungrigen Leuten aus. Die Leute waren so hungrig, dass sie die Speckstücke, ohne zu beißen, mit den Nadeln hinunterschluckten, sodass alle starben.

Chasymatschaka blieb wieder allein im Zelt zurück. Sie lebte so eine lange Zeit und auf einmal wurde sie traurig und es war ihr langweilig. Sie erinnerte sich an die getöteten Menschen und sie taten ihr leid.

»Was soll ich hier allein leben?«, dachte Chasymatschaka. »Wie sehr ich doch wollte, dass alle von mir getöteten Menschen wieder lebten. Ich versuche, sie wiederzubeleben.«

Chasymatschaka hängte einen riesigen Kessel über das Feuer, leerte Wasser hinein, schichtete die Toten hinein und begann, sie zu kochen. Sie kochten und sie bat den Uhu, er möge ihr bei der Belebung der Ermordeten helfen.

Im Kessel kochte und kochte es und auf einmal kam er von selbst in

Bewegung und kippte auf die Seite. Aus dem Kessel floss das kochende Wasser heraus und die Menschen sprangen auf die Beine. So wieder zum Leben erweckt sagten sie:

»Wie lange wir geschlafen haben! Wer hat uns geweckt?«

Chasymatschaka sagte:

»Ja, ihr habt lange und tief geschlafen. Ich habe euch nur mit Mühe geweckt. Wenn ich euch nicht geweckt hätte, wäret ihr nie mehr erwacht. Ihr wart tot. Ich war es, die euch getötet hat, da ihr mich wegen des Aland getötet hattet, mich auf den Hochspeicher geworfen hattet und selbst davon gezogen wart. Ich wollte euch nicht beleben, doch ihr tatet mir leid. Lasst uns zusammenleben.«

Die Leute erkannten Chasymatschaka. Sie blieben und lebten bei ihr im Zelt und kränkten sie nie mehr.

Yjynbolba

Es war einmal ein Mädchen, das man wegen ihres Zwergwuchses in der Familie Yjynbolba nannte.

Einmal waren gerade alle Leute beim Fischfang. Yjynbolba blieb allein zurück. Sie saß im Zelt und hörte auf einmal Schritte aus dem Wald. Sie blickte hinaus: Es war der Teufel. Yjynbolba nahm ein kleines Messer und verkroch sich in der Asche.

Der Teufel ging ins Zelt, schnüffelte herum, ging herum, sah herum und sagte:

»Yjynbolba, wo bist du?«

»Hier«, antwortete sie aus der Asche.

Der Teufel durchwühlte alle Kleider, fand das Mädchen jedoch nicht.

»Yjynbolba, wo bist du?«

»Hier.«

»Ich weiß, dass du im Zelt bist«, sagte der Teufel. »Aber wo sitzt du?«

»Da!«

Der Teufel fand Yjynbolba. Er zog sie aus der Asche, setzte sie auf seine Handfläche und wollte ihr den Garaus machen, überlegte es sich jedoch anders.

»Besser, ich fresse dich als Ganzes.«

Der Teufel leckte Yjynbolba von seiner Hand, verschluckte sie mitsamt dem Messer und ging zurück in sein Zelt. Auf einmal stach es im Bauch.

»Yjynbolba, was machst du da? Das tut weh, sitz ruhig.«

Yjynbolba schwieg und stach mit dem Messer in den Bauch des Teufels.

»Au, au!«, schrie er. »Das tut weh! Sitz und rühr dich nicht!«

Yjynbolba schnitt dem Teufel den Bauch auf, sprang heraus und lief davon. Sie ging in ihr Zelt und setzte sich.

Eine Tante kam vom Fischfang.

»Yjynbolba«, sagte sie, »komm her und nimm den Fisch.«

»Nein, liebe Tante, den Fisch nehme ich nicht. Ich bin sehr schmutzig.

Ich war beim Teufel im Bauch.«

Nach der Tante kam der Onkel zum Zelt und sagte:

»Yjynbolba, komm zu mir und nimm den Fisch.«

»Nein, Onkel, ich komme nicht zu dir. Ich bin schmutzig. Ich stinke stark. Mich hatte der Teufel verschluckt. Ich war in seinem Bauch.«

Als Letzter kam der Großvater vom Fischen.

»Yjynbolba, weshalb begrüßt du mich nicht?«, fragte er. »Ich habe viele Fische gefangen. Komm und nimm sie.«

»Großvater, ich kann von dir keine Fische nehmen. Ich bin schmutzig. Mich hatte der Teufel verschluckt. Ich war in seinem Bauch.«

Der Großvater betrat das Zelt und erkannte Yjynbolba nicht mehr. Erst da merkte er, dass Yjynbolba die Wahrheit gesagt hatte.

»So ist das also«, sagte der Großvater. »Versammeln wir das ganze Volk und gehen wir den Teufel umbringen.«

So machten sie es auch. Sie versammelten sich und machten sich auf zum Teufel. Leise näherten sie sich der Erdhütte. Sie sahen, dass der Teufel vor dem Feuer lag und sich den Rücken wärmte. Sie warfen sich auf ihn, brachten ihn um und verbrannten ihn mitsamt der Erdhütte. Dann gingen sie zum Zelt zurück und konnten in sieben Kesseln die kleine Yjynbolba kaum sauber waschen, so sehr hatte sie der Teufel in seinem Bauch beschmiert ...

Oses

Es lebten einmal ein alter Mann und eine alte Frau in einer Bretterbude. Mit ihnen lebten fünf Töchter, fünf schöne Bräute. Die jüngste Tochter war die klügste und schönste unter den Schwestern.

Die Alten lebten in Armut. Ihre Bude war schlecht, warme Kleidung hatten sie wenig. Im Winter war das Leben hart. Als es kalt war, saßen sie in der Bude und wärmten sich am Feuer; in der Nacht, wenn sie sich schlafen legten, löschten sie das Feuer in der Feuerstelle und froren bis zum Morgen.

Mitten im Winter kam eine große Kälte. In der dünnwandigen, engen Bude konnte man kaum noch leben. Sie lebten nicht, sie litten nur mehr.

Der Alte war lange geduldig, dann sagte er zu seiner Alten:

»An so einer Kälte werden wir alle zugrunde gehen. Wozu sollen wir auf den Tod warten? Schicken wir doch die älteste Tochter zu Oses. Soll sie zu ihm gehen und um Wärme bitten. Statte sie aus.«

Die Alte weinte und kleidete die Tochter in das Beste, was sie hatte.

»Liebe Tochter«, sagte der Alte, »wir werden bald alle erfrieren. Siehst du, wie der Frost hier liegt? Es tut mir leid um dich, wenn ich dich dem Oses gebe, aber uns bleibt nichts anderes übrig. Wir haben dich mit der besten Kleidung ausgestattet. Geh auf die warme Seite, such Oses auf und bitte ihn, dass er uns bald Wärme sendet.«

Die ältere Tochter begann zu weinen, ging aus der Bude und begab sich zu Oses. Wohin sie ging, wusste sie selbst nicht. Sie fror und ging trotzdem weiter. Sie ging und ging … Plötzlich wurde es wärmer, der Schnee verschwand. Das Mädchen hielt nicht an, sondern ging immer weiter. Sie ging und ging. Sie fand einen schneefreien Platz mit Gras. Das Gras wuchs und rief:

»Zu uns kommt eine Verwandte! Zu uns kommt eine Verwandte! Jungfrau, bleib bei uns!«

Das Mädchen hörte nicht auf das Gras und blieb nicht stehen. Sie schlug das Gras mit einem Stab, trat es mit den Füßen und ging weiter.

Das Mädchen lief auf ein hohes Steilufer hinaus. Unter dem Steilufer wuchsen zwei Birken. Unter den Birken stand ein Zelt. Sie freute sich, dass sie Oses gefunden hatte. Sie ging das Steilufer hinab und trat zum Zelt. Sie versuchte nicht, einen Eingang ins Zelt zu finden, sondern riss eine Öffnung hinein und kletterte hindurch.

Im Zelt war niemand. Oses war auf der Jagd. Gegen Abend kam er zurück. In seinem Zelt erblickte er das Mädchen und fragte sie:

»Woher kommst du? Was suchst du hier?«

»Mein Vater hat mich zu dir geschickt.«

»Wozu?«

»Um dir zu sagen, dass wir erfrieren. Wir werden vor Kälte bald sterben. Nimm mich und schick uns Wärme.«

»Wärme? Nein, Wärme schicke ich euch nicht. Ich brauche dich nicht. Dafür, dass du mein Zelt zerrissen hast, werde ich dich umbringen.«

Oses packte das Mädchen an den Beinen und warf es durch die Öffnung nach draußen. Das Mädchen kam ums Leben. Oses reparierte das Zelt und ging wieder hinaus in den Wald zur Jagd.

Der Alte wartete und wartete auf die Wärme. Die Wärme kam nicht.

»Alte«, sagte er, »offensichtlich hat unsere Tochter Oses nicht gefunden. Sie ist irgendwo erfroren. Bald müssen auch wir erfrieren.«

Die Alten sprachen untereinander, trauerten ein wenig und beschlossen, ihre zweite Tochter zu Oses zu schicken. Die Alte weinte ein wenig und stattete die Tochter mit dem Besten aus, was sie hatte.

»Liebe Tochter«, sagte die Alte, »wir werden bald alle erfrieren. Es tut mir leid, dich Oses geben zu müssen, aber da kann man nichts machen. Wir haben dich in das beste Gewand gekleidet. Geh jetzt zur warmen Seite, such Oses auf und bitte ihn, dass er uns bald Wärme senden möge.«

Die Tochter begann zu weinen, ging aus der Bretterbude und begab sich zu Oses. Wohin sollte sie sich wenden? Das wusste sie selbst nicht. Es war kalt. Sie fror, doch ging sie allein immer weiter. Sie ging und ging. Auf einmal wurde es wärmer und der Schnee war verschwunden. Das Mädchen aber ging und ging. Sie fand einen freien Platz, auf dem hohes Gras wuchs, das rief:

»Zu uns kommt eine Verwandte! Zu uns kommt eine Verwandte! Wir behalten sie bei uns. Jungfrau, bleib bei uns.«

Das Mädchen hörte nicht auf das Gras und blieb nicht. Sie schlug das Gras mit einem Stab zur Seite und zertrat es mit ihren Füßen.

Das Mädchen lief auf ein hohes Steilufer hinaus. Unter dem Steilufer wuchsen zwei Birken, unter den Birken stand ein Zelt. Sie freute sich, dass sie Oses gefunden hatte. Sie stieg das Steilufer hinab und ging zum Zelt. Sie versuchte nicht, einen Eingang zu finden, sondern riss in das Zelt eine Öffnung und kletterte hinein.

Im Zelt war niemand. Oses war auf der Jagd. Gegen Abend kam er zurück, erblickte das Mädchen und fragte sie:

»Woher kommst du? Was suchst du hier?«

»Mein Vater hat mich zu dir geschickt. Wir erfrieren. Wir werden alle vor Kälte sterben. Schick uns schnell Wärme.«

»Nein«, sagte Oses, »Wärme sende ich euch nicht. Ich brauche dich nicht. Dafür, dass du mein Zelt zerrissen hast, werde ich dich umbringen.«

Oses packte das Mädchen bei den Beinen und warf es durch die Öffnung aus dem Zelt.

»Soll sie nun da liegen und verfaulen«, sagte Oses, reparierte das Zelt und ging in den Wald auf die Jagd.

Die Alten konnten die Wärme nicht erwarten. Sie schickten ihre dritte und ihre vierte Tochter zu Oses ... doch die Wärme kam nicht. Der Frost blieb. Jeden Tag wurde es kälter, jede Nacht frostiger. Es war kein Leben mehr, sondern ein einziges Leid. Der Alte überlegte und überlegte und sagte zu seiner Alten:

»Wir haben unsere Töchter zugrunde gerichtet. Wahrscheinlich haben sie Oses nicht gefunden und sind irgendwo unterwegs erfroren. Komm, lass uns unsere letzte Tochter zu Oses senden. Vielleicht findet sie Oses, erbittet bei ihm Wärme und rettet uns und sich vor dem Tod.«

Der Alte sprach weinend zur Tochter:

»Liebe Tochter, du siehst, welch ein Frost hier herrscht. Wir werden so oder so sterben müssen. Geh zu Oses, suche ihn auf und bitte darum, dass er uns Wärme sende. Wir kleiden dich für den Weg in all unsere gute Kleidung und statten dich mit dem letzten Schmuck aus. Es tut uns leid um dich. Aber was sollen wir tun? Geh ...«

Die jüngste Tochter packte ihre Sachen und ging fort zu Oses. Auf ihren Wangen froren die Tränen. Ihr war kalt, aber sie ging und ging. Wohin sie ging, wusste sie selbst nicht. Aber je weiter sie ging, umso wärmer wurde es. Auf einmal gab es keinen Schnee mehr. Sie erblickte einen freien Platz, auf dem hohes, dichtes Gras wuchs und viele Blumen blühten. Das Gras und die Blumen riefen laut:

»Zu uns kommt eine Verwandte! Zu uns kommt eine Verwandte! Jungfrau, bleib hier. Du wirst mit uns leben.«

Das Mädchen teilte mit den Händen das dichte Gras, bog die Blumen auf die Seite und ging vorsichtig weiter. Vom Gras ging sie auf ein hohes, hohes Steilufer hinaus. Wer weiß, was das für ein Steilufer war? Das Mädchen blieb stehen, blickte sich um und entdeckte unter dem Steilufer zwei Birken, die dort wuchsen. Sie stieg zu den Birken hinab und erblickte unter ihnen alle ihre ermordeten Schwestern. Das Mädchen hielt bei den Schwestern und begab sich zum Zelt. Sie ging um das Zelt herum, besserte die Birkenholzabdeckung aus, öffnete die Tür und trat ein. Im Zelt war außer einem toten Kuckuck niemand.

»Hier lebt jemand allein«, dachte das Mädchen und begann, im Zelt Ordnung zu machen. Sie ging zu den Birken und nahm von den ermordeten Schwestern den Glasperlenschmuck und schmückte mit den Perlen das ganze Zelt.

Am Abend kehrte Oses von der Jagd zurück. Er betrat das Zelt und betrachtete es lange. Das Zelt strahlte so, als ob die frühe Morgensonne aufgegangen wäre. Dann erblickte Oses das Mädchen, freute sich und sagte:

»Hast du mein Zelt hergerichtet?«

»Ja.«

»Hast du das Zelt aufgeräumt und es ganz prächtig geschmückt?«

Das Mädchen schwieg. Oses nahm sie bei der Hand und sagte:

»Dafür sende ich den Menschen Wärme und du bleib bei mir.«

Das Mädchen hob den Kopf. Oses begann zu lächeln ...

In der Bretterbude war der Winter so warm wie noch nie. In dieser Nacht froren die Alten nicht. Sie schliefen tief. Der Alten wurde es sogar unter der dünnen Decke warm. Sie wachte auf und rief:

»Weshalb hast du alle Töchter ins Verderben geführt? Weshalb hast du sie zu Oses geschickt? Auch ohne das alles wäre die Wärme zu uns gekommen. Geh und such mir die Töchter ...!«

Die Alte jagte den Alten aus der Bude. Der Alte ging zu Oses. Er ging und ging ... Er traf auf einen weißen Bären.

»Großvater, wohin gehst du?«, fragte der Bär.

Der Alte sagte:

»Mich hat die Alte aus der Bude gejagt, damit ich die Töchter suche, die ich zu Oses um Wärme geschickt habe. So gehe ich jetzt hin. Wohin ich aber gehe, weiß ich selbst nicht.«

»Das ist mein Land und ich lasse dich da nicht hinauf.«

Der Bär schlug den Alten mit seiner Pranke. Der Alte fiel um und es flossen aus ihm die Flüsse.

Die Angeber

Es lebten einmal in einem Zelt zu dritt: eine Birkenrinde, eine Preiselbeere und ein heißes Stück Kohle. Sie gingen auf die Jagd, aber für die Jagd hatte jeder seine Zeit. Die Kohle ging nur an klaren Tagen zur Jagd; die Birkenrinde ging nur zu feuchten, regnerischen Zeiten aus dem Zelt; die Preiselbeere fürchtete sich weder vor regnerischen noch vor sonnigen Tagen.

So lebten sie zusammen und begannen, unter sich zu streiten. Sie stritten darüber, wer von ihnen länger leben würde.

»Ich werde lange, lange leben«, sagte die Kohle. »Ich werde niemals erlöschen. Ich bin das Feuer und mich fürchten alle.«

»Nein, Kohle, du wirst bald sterben«, sagte die Birkenrinde. »Ich bin stärker als du und die Preiselbeere. Ich werde euch beide überleben.«

»Nein, Birkenrinde, du wirst mich nicht überleben«, sagte die Preiselbeere. »Ich sterbe niemals. Vor dem, vor dem du und die Kohle euch fürchtet, fürchte ich mich nicht.«

Sie stritten noch ein wenig und verstummten. Es begann ein sonniger Tag. Die Kohle und die Preiselbeere gingen fort auf die Jagd, die Birkenrinde blieb im Zelt, um regnerische Zeiten abzuwarten.

Die Kohle ging weit in den Wald. Auf einmal zog sich am Himmel eine schwarze Wolke zusammen. Die Kohle erschrak und lief ins Zelt zurück. Sie lief und lief … Doch aus der Wolke ergoss sich der Regen und begoss die Kohle.

Die Preiselbeere kam von der Jagd und sagte zur Birkenrinde:

»Die Kohle ist umgekommen. Sie hat aber auch angegeben!«

Der Regen strömte auch am nächsten Tag. Die Birkenrinde sah zum Himmel und sagte:

»Den Regen fürchte ich nicht. Ich gehe auf die Jagd.«

»Ich fürchte ihn auch nicht«, sagte die Preiselbeere. »Ich gehe mit dir.«

Sie gingen los. Sie gingen weit in den Wald. Der Regen begann nachzulassen. Die Preiselbeere sah sich um und sagte zur Birkenrinde:

»Schönes Wetter kommt.«

Die Birkenrinde erschrak und lief ins Zelt. Auf einmal zeigte sich die Sonne, es wurde warm und wärmer. Die Birkenrinde drehte sich zusammen und starb.

»Angeber!«, sagte die Preiselbeere, kehrte ins Zelt zurück und begann, allein zu leben.

Es war ein heißer Tag. Die Preiselbeere ging auf die Jagd. Auf einmal zog eine Wolke am Himmel auf. Die Preiselbeere blickte auf die Wolke und sagte zu sich:

»Was soll mir die Wolke schon tun? Weder Regen noch Sonnenschein fürchte ich. Soll es nur regnen.«

Aus der Wolke fiel starker Hagel und zerdrückte die Preiselbeere.

Das Bärenohr

Es war Herbst, es schneite und es wurde kalt.

Zwei Jungen nahmen ihre Skier und gingen von der Erdhütte fort in den Wald. Im Wald stießen sie auf einen Bären. Der Bär lag mit dem Bauch nach unten im Schnee. Es schien, als ob er schliefe.

Der eine Junge erschrak vor dem schwarzen Tier und sagte zu seinem Kameraden:

»Gehen wir schnell zurück zur Erdhütte und erzählen, dass wir einen großen Bären gefunden haben.«

Der andere Junge war mutig. Er blickte auf das bewegungslose Tier und sagte:

»Ich würde in die Erdhütte gehen, um von unserem Fund zu erzählen, doch es würde uns niemand glauben. Ich schneide dem Bären besser ein Ohr ab. Wenn wir das Ohr in die Hütte mitbringen und es zeigen, dann werden uns die Erwachsenen glauben, dass wir nicht lügen, sondern die Wahrheit sagen.«

Der Junge ging mutig zum Bären und schnitt ihm ein Ohr ab. Der Bär bewegte sich nicht. Er schien verendet zu sein.

Zur Siedlung zurückgekehrt zeigten die Jungen den Alten das Bärenohr.

»Was habt ihr getan!«, riefen ihnen die Alten zu. »Wozu habt ihr das Ohr abgeschnitten? Wisst ihr nicht, dass sich ein Mensch einem erfrorenen Bären nicht nähern darf? Und ihr habt ihm ein Ohr abgeschnitten! Dieser Bär wird jetzt nicht mehr verenden. Im Frühling wird er auftauen, sich auf die Beine machen und den suchen, der ihm das Ohr abgeschnitten hat. Wir müssen von diesem Lager so schnell wie möglich fortziehen.«

Und die Leute zogen an einen anderen Ort.

Es verging ein Jahr. Der Herbst kam. Die Jungen nahmen wieder ihre Skier und machten sich auf in den Wald. Auf einmal stürzte aus dem Wald heraus ein Bär auf sie zu, packte den Jungen, der ihm im letzten

Jahr das Ohr abgeschnitten hatte, und erwürgte ihn. Der andere Junge blieb am Leben. Er kehrte zum Lager zurück und erzählte von dem Unglück.

Die Männer bewaffneten sich und gingen, um das Tier aufzuspüren. Sie fanden es und töteten es.

Dem Bären fehlte ein Ohr.

... Die Alten sagen, dass sich das alles wirklich zugetragen hat.

Tuta und Erulja

An einem See lebten einmal zwei Brüder. Der ältere hieß Erulja und der jüngere Tuta.

Die Brüder fingen im See Karauschen. Als sie die erbeuteten Fische kochten, weinte Tuta jedes Mal und schrie:

»Ich will keine Karauschenschwänze essen! Gib mir die Karauschenköpfe ...«

Erulja versuchte, ihn davon abzubringen:

»Tuta, weshalb weinst du? Wein doch nicht. Wenn du schreist, dann hört dich die Teufelin. Sie wird dann zu uns kommen und uns beide fressen. Sei still.«

Tuta beruhigte sich nicht und rief:

»Ich will keine Karauschenschwänze, gib mir Karauschenköpfe!«

Erulja nahm die Fische aus dem Topf und teilte sie in zwei Hälften. Für sich nahm er die Schwänze und Tuta gab er die Köpfe.

Einmal kochte Erulja Karauschen und Tuta weinte wie früher: »Ich will keine Schwänze essen, gib mir die Karauschenköpfe.«

Auf einmal hörte man von der anderen Seite des Sees her den Ruf der Teufelin:

»Wo lebt ihr denn? Ah, ich suche euch ...!«

»Na, Tuta, hast du dich ausgeweint?«, fragte Erulja seinen jüngeren Bruder. »Hast du gehört, was die Teufelin gesagt hat? Jetzt wird sie zu uns ins Zelt kommen und uns beide fressen. Verstecken wir uns schnell.«

Erulja zog einen Feuerbock aus der Erde. Wo der Feuerbock gelegen hatte, blieb eine Grube, in der sich die Brüder versteckten.

Die Teufelin öffnete den Gürtel der Hose, fing einen Floh und befahl ihm:

»Ich setze dich auf meinen Kopf und gehe durch den See. Du aber bleib sitzen und schau gut, wohin die Brüder fliehen.«

Die Teufelin watete durch den See, kletterte ans Ufer, nahm den Floh vom Kopf und fragte:

»Sag mir: Wohin sind Tuta und Erulja gegangen?«

»Ich habe nichts gesehen«, sagte der Floh. »Als du durch die tiefe Stelle gegangen bist, überschwemmte mich das Wasser. Ich weiß nicht, wohin Tuta und Erulja gegangen sind.«

Die Teufelin zürnte dem Floh und fraß ihn auf. Dann ging sie ins Zelt und machte sich daran, die Brüder zu suchen. Sie suchte und suchte sie … konnte sie jedoch nicht finden.

Sie sagte zum Kessel:

»Du warst da. Sag mir, wo sich Erulja und Tuta versteckt haben.«

»Das sage ich dir nicht«, antwortete der Kessel. »Bei ihnen habe ich nicht schlecht gelebt. Sie haben mich gut ernährt.«

Die Teufelin stieß den Kessel mit dem Fuß und fragte die Tasse, wohin die Brüder gegangen wären. Die Tasse verriet es nicht. Dafür zertrat die Teufelin die Tasse. Sie fragte den Löffel. Der Löffel antwortete so wie der Kessel.

»Nein, Teufelin, ich sage dir nicht, wohin Tuta und Erulja gegangen sind. Ich habe bei ihnen gut gelebt und war immer satt.«

Die Teufelin zerbrach den Löffel und sagte zum Leimtopf:

»Sag mir, wo sich Tuta und Erulja verstecken.«

»Nein, Teufelin, das werde ich dir nicht sagen. Ich bin auch satt.«

»Ich weiß, dass du nicht hungrig bist«, sagte die Teufelin. »Dich ernähren sie zwar, doch dafür spucken sie dir in den Mund.«

Da fühlte sich der Leimtopf auf einmal beleidigt und er verriet, wo sich Tuta und Erulja versteckt hatten.

Die Teufelin packte die beiden Brüder und schleppte sie zu sich nach Hause. Ihr Haus war aus Stein und fest gebaut. Die Teufelin brachte Tuta und Erulja hin, warf sie ins Haus, verschloss sorgfältig die Tür und ging auf die Jagd.

Die Teufelin erlegte einen Bären, brachte das Fleisch nach Hause und gebot ihrer Tochter, es zu kochen. Tuta aß auch in der Gefangenschaft bei der Teufelin wie immer, Erulja aber aß wenig. Die Teufelin lobte deswegen Tuta und war böse auf Erulja.

Erulja wusste, dass die Teufelin ihnen nicht einfach so zu essen gab. Wenn sie beide fetter geworden wären, würde die Teufelin sie beide umbringen und fressen. Er warnte Tuta deswegen, doch Tuta hörte nicht auf ihn. Er aß und wurde dick.

Wenn die Teufelin nicht zu Hause war, lehrte Erulja ihre Tochter, wie man verschiedene Gerichte zubereitet. Er erbat sich ein Messer und fertigte ihnen aus Knochen Gabeln für das heiße Fleisch an. Sie verbrühten sich nicht mehr die Finger und das gefiel ihnen. Dann bat Erulja um einen Bohrer und begann, Löcher in die Steinwände zu bohren, um vor der Teufelin zu fliehen. Er erzählte Tuta davon und bat ihn, nicht zu viel zu essen.

Die Teufelin war lange auf der Jagd. Erulja schaffte es, in die Mauer ein Loch zu bohren, und sagte zu seinem Bruder:

»Flüchten wir.«

Erulja war mager. Er kroch leicht durch die Öffnung, Tuta aber blieb stecken. Erulja zog an seinem Kopf und riss ihn aus. Was sollte er machen? Es tat Erulja leid um seinen Bruder. Er nahm Tutas Kopf, steckte ihn auf die Spitze eines Baumes und sagte zum Kopf:

»Wenn der Wind weht, dann sollst du pfeifen und knarren. Dann werden sich die Leute an dich erinnern.«

Erulja schaffte es nicht mehr davonzulaufen. Die Teufelin kehrte von der Jagd zurück und war schon nahe beim Haus. Er fasste eine Handvoll Sand und kletterte auf eine von sieben Lärchen, die beim Haus wuchsen.

Die Teufelin lief zum Baum und rief:

»Erulja, klettere herunter! Ich fresse dich ...!«

Erulja kletterte nicht hinunter. Die Teufelin holte ein Beil und fällte die Lärche. Als die Lärche fiel, sprang Erulja wie ein Eichhörnchen auf einen anderen Baum und saß dort. So rettete er sich sechsmal vor dem Tod. Die Teufelin begann, den letzten Baum zu fällen. Erulja konnte nirgends mehr hin.

»Teufelin, fälle diesen Baum nicht mehr«, sagte er vom Wipfel herab. »Ich muss so oder so sterben. Machen wir es lieber so: Sperr du deinen Mund auf, spann mit einem Stab deine Zähne auseinander, leg dich unter den Baum, beweg dich nicht und blinzle nicht. Ich aber werde springen. Wenn ich dann in deinen Mund falle, dann kannst du mich fressen.«

Die Teufelin folgte ihm. Sie spreizte mit einem Stab das breite Maul auseinander, legte sich auf den Boden und wartete, bis Erulja vom Baum springen würde. Erulja kletterte etwas tiefer und warf die Handvoll Sand in die Augen der Teufelin. Dann sprang er auf die Erde, nahm das Beil und schlug ihr den Kopf ab. Ihren Körper verbrannte Erulja im Feuer und kehrte in sein Zelt am See zurück.

Wie die Farbe auf die Erde kam

Der böse Geist Myrak sperrte mit Steinen einen Fluss ab. Im Fluss bildete sich eine Stromschnelle, auf der der Myrak ein steinernes Zelt errichtete, in das er einzog.

Der Myrak kam aus dem Zelt, entführte die Seelen von Menschen, brachte sie zu sich nach Hause und fraß sie auf. Davon starben die Menschen.

Einmal kamen vom Oberlauf des Flusses Russen und hielten bei der Stromschnelle. Das gefiel dem Myrak nicht. Er sprang aus den Steinen heraus und begann, mit ihnen zu kämpfen. Die Russen schlugen ihm die Nase blutig. Der Myrak verließ seine steinerne Wohnung. Er flüchtete und aus seiner Nase rann das Blut. Dort, wo das Blut auf die Erde gefallen war, verwandelte sich die Erde in rote Farbe.

Mit dieser Farbe begannen die Schamanen, ihre Kleidung und ihre neuen Trommeln zu bemalen. Man sagt, dass es keine schlechte Farbe sei.

Das Bärenkraut

Im Herbst ging einmal ein Jäger auf die Jagd. Er ging fort und kam nicht mehr zum Zelt zurück. Seine Frau dachte, dass er irgendwo im Wald umgekommen sei. Sie ging ihn suchen, fand ihn jedoch nicht. Sie weinte ein wenig und kehrte wieder zu ihren Kindern zurück.

Der Winter verging. Auf der Erde zeigten sich viele schneefreie Flecken. Es wurde warm. Eines sonnigen Morgens spielten die Kinder vor dem Zelt. Sie spielten und spielten und riefen plötzlich:

»Mutter! Der Vater kommt aus dem Wald zurück.«

»Welch ein Vater denn?«, sagte sie aus dem Zelt. »Euren Vater habt ihr im Herbst verloren. Woher kann er denn kommen?«

»Nein, Mutter, das ist unser Vater, der da kommt.«

Die Kinder hatten die Wahrheit gesagt. Die Mutter trat aus dem Zelt und begrüßte den Vater.

»Wo warst du den ganzen Winter über?«, fragte sie. »Ich dachte, du wärest tot.«

Der Mann setzte sich und begann, alles zu erzählen, was ihm passiert war.

»Als ich im Herbst auf die Jagd gegangen war, traf ich im Wald auf einen Bären. Ich begann, ihn zu jagen. Ich hatte nur wenig zu essen bei mir, so kam ich von Kräften und konnte das Tier nicht erlegen. Aber ich sah, dass der Bär ein Kraut fraß. Ich ging zu dem Kraut hin und dachte: ›Der Bär frisst davon und wird satt. Warum sollte ich es nicht auch essen?‹ Ich aß es und wurde satt. Ich jagte wieder hinter dem Bären her. Da stieß ich auf eine Höhle. Ich sah, dass die Höhle leer war. Der Bär hatte sie hergerichtet, hatte sich aber noch nicht zum Überwintern hineingelegt. Ich wollte weitergehen, konnte es aber nicht. Durch das Bärenkraut wurde ich schläfrig. Der Kopf wurde mir schwer. Wohin sollte ich gehen? Ich nahm die Skier ab, stellte sie an einen Baum, hängte das Gewehr an einen Ast, kletterte in die Höhle, verschloss den Eingang mit Moos, legte mich in das Bett des Bären und schlief ein. Ich schlief im Herbst ein und erwachte erst im Frühling. So sättigend und einschläfernd ist das Bärenkraut ...«

Welches Kraut der Jäger gegessen hat, hat er niemandem gesagt. Aber die Alten sagen, dass in der Taiga so ein einschläferndes Gras wächst und die Bären es kennen.

Warum die Ostjaken keine Rentiere haben

Gott gab den Ostjaken und den Tungusen je ein kleines Rentier und sagte:

»Die Rentiere werden wachsen, passt gut darauf auf. Wenn ihr auf sie aufpasst, dann werden sich die Rentiere vermehren.«

Die Tungusen legten ihr Rentier in eine schöne Ledertasche und banden sie zu; die Ostjaken aber wickelten ihres nur in Birkenrinde ein.

Die Rentiere wuchsen schnell heran und versuchten davonzulaufen. Das tungusische Rentier konnte die Ledertasche nicht zerreißen, so blieb den Tungusen der Zuwachs erhalten. Das ostjakische Rentier schlug mit den Läufen, zerbrach die Birkenrinde, sprang heraus und lief für immer davon.

Deshalb also blieben die Ostjaken ohne Rentiere.

Der Teufelssee

Im Teufelssee gab es viele weiße Fische. Aber plötzlich passierte etwas und es gab auf einmal keine Fische mehr. Sie waren verschwunden.

Wohin sie gekommen sind? Wer weiß ...

Im Teufelssee auf der mitternächtlichen Seite, ganz dicht am Ufer, liegt eine kleine Insel, auf der einige große Zedern wachsen. Zwischen diesen Zedern, unmittelbar am Steilufer, stand das Zelt eines alten Juraken. Er hatte eine Frau und eine erwachsene Tochter. Sie alle saßen im Zelt und erwarteten den Hungertod. Der Alte legte nicht einmal mehr die Netze im See aus, da sich ja doch keine Fische darin fingen.

Einmal wachte der Alte früh am Morgen auf und fand vor dem Bett seiner schlafenden Tochter frische Späne. Er konnte nicht verstehen, woher sie gekommen waren. Eines war aber klar, dass nämlich jemand in der Nacht da gewesen war, dagesessen und gearbeitet hatte. Der Alte sammelte die Späne ein, steckte sie heimlich weg und sagte niemandem etwas davon. Er beschloss abzuwarten, was am nächsten Tag sein würde. Am Morgen wiederholte sich dasselbe: Vor dem Bett der Tochter lagen viele frische Späne.

Der Alte weckte seine Tochter und sagte:

»Sag mir, wer in der Nacht zu dir gekommen ist.«

Die Tochter sagte dem Vater nichts darüber. Wer weiß, ob sie vor ihren Eltern die Wahrheit verbarg oder ob sie selbst nicht wusste, wer nachts in ihrem Zelt war, bei ihrem Bett saß und hobelte. Erst am dritten Tag kam ein junger Mann zu ihnen ins Zelt, setzte sich und sagte zum Alten:

»Wenn du mir nicht deine Tochter gibst, werdet ihr alle verhungern. Ich bin der Herr dieses Sees und die Fische darin sind meine. Ich lebe im See nicht allein. Solche, wie ich es bin, gibt es dort viele. Nur bin ich der älteste unter ihnen. Ich bin der Teufel. Wir leben hier im See, aber unser Hauptnest ist nicht hier, sondern im Mammutsee. Dort bin ich auch der Herr. So, wenn du mir deine Tochter gibst, dann sende ich dir in diesen See Fische und du kannst sie von Neuem fangen, wie du sie bisher gefangen hast, und essen, wie du sie bisher gegessen hast. Wenn du sie mir nicht gibst, dann bring ich dich um.«

Dem Alten blieb nichts anderes übrig, als einzuwilligen und dem Teufel seine einzige Tochter zu überlassen.

»Nimm sie«, sagte er, »und lass uns nicht umkommen.« Darauf antwortete der Teufel dem Alten:

»Als Bezahlung für die Tochter schicke ich dir sieben sehr gute Rentierhirsche. Wenn die Rentiere aus dem Wald kommen und über den See schwimmen, setz dich ins Boot und erlege sie. Sechs Rentiere erlege, das siebente aber rühr nicht an. Du wirst es erkennen: Es wird hinter den anderen gehen und schwimmen. Jetzt gehen wir, du aber bleib im Zelt sitzen und schau mir nicht nach, wohin ich deine Tochter führe.«

Der Teufel nahm die Tochter an der Hand und führte sie aus dem Zelt. Den Alten begann es, um die Tochter leidzutun. Er hielt es nicht aus, kroch leise zum Eingang, um zu sehen, wohin der Teufel ging.

Der Teufel ging zum Ufer und tauchte in den See und hinter ihm tauchte die Tochter des Alten ein. Der Teufel ging unter, das Mädchen aber wurde vom Wasser zurückgeworfen. Sie tauchte von Neuem und trieb wieder nach oben. So tauchte sie unter und tauchte auf. Dann sprang der Teufel aus dem Wasser, holte aus und schlug dem Mädchen zwischen die Schulterblätter auf den Rücken. Er schlug so, dass ihr die Lungen heraussprangen und sich weit über das Wasser verteilten. Danach versank die Tochter des Alten im See und tauchte nicht mehr an der Oberfläche des Sees auf.

So wie der Teufel es gesagt hatte, traf es auch ein. Von der gegenüberliegenden Seite des Sees kamen Rentierhirsche vom Wald heraus, gingen ins Wasser und schwammen einer hinter dem anderen auf die Seite, auf der das Zelt stand. Der Alte setzte sich in das kleine Boot und fuhr hinaus, um die schwimmenden Rentiere zu erlegen.

Ein hungernder Mensch vergisst alles, außer sich und seinen Hunger. So vergaß auch der Alte die Worte des Teufels. Er erlegte sechs Rentiere und begann, nach dem siebenten zu jagen, doch konnte er es zu seinem Glück nicht erlegen. Das Rentier schwamm zur Insel, sprang auf das Steilufer gegenüber dem am Ufer stehenden Zelt und verschwand.

Als es aus dem Wasser sprang, fielen Kupferschmuckstücke von seinen Hinterhufen auf die Erde. Das alles sah der Alte und kam zur Besinnung. Ihn packte die Furcht. Er erinnerte sich an die Worte des Teufels: »Sechs Rentiere erlege, aber das siebente rühr nicht an. Es wird hinter allen anderen gehen und schwimmen.«

Der Alte legte an der kleinen Insel an, stieg ans Ufer und suchte die von den Läufen des siebenten Rentiers gefallenen Kupferschmuckstücke. In ihnen erkannte er die schönen Anhänger seiner Tochter und verstand, dass das kein einfaches wildes Rentier war, sondern der Teufel, der Herr des Sees.

Der Alte legte im See die Netze aus. Es fingen sich so viele Fische, dass er nicht mehr wusste, wohin damit.

Der Hunger verging. Der Alte nannte den See »Teufelssee«. Auf dem Platz, auf den die Kupferschmuckstücke von den Läufen des Rentiers gefallen waren, errichtete er ein Holzgerüst aus vier Balken. Dann stellte er neun Götzenbilder aus Holz her und stellte sie hinein.

Damit sich die Leute daran erinnerten, steckte der Alte in die Astgabel einer alten Zeder die Kufen eines Rentierschlittens und ging von der Insel fort. Niemand weiß, wohin.

Die Lungen der Tochter des Alten, die sich über das Wasser verteilt hatten, blieben so auf dem See, als ob sie schwimmende Inseln wären.

Die alte Teufelin

Zwei Brüder gingen in die Taiga auf Eichhörnchenjagd. Ihre Frauen und Kinder blieben in der Erdhütte zurück. Am Abend öffnete die Frau des älteren Bruders ihr Kleid, nahm ihre herabhängenden Brüste heraus, legte ihre Handflächen darunter und begann, die Brüste hochzuwerfen. Sie flogen hoch, fielen auf die Hände und klatschten geräuschvoll auf. Alle Kinder freuten sich und lachten.

Solche Vergnügung gefiel der Frau des jüngeren Bruders nicht.

»Dass du dich damit vergnügst«, sagte sie. »Hast auch etwas gefunden, womit du die Kinder zum Lachen bringen kannst. Schäm dich. Verbirg deine Brüste.«

Die Frau des älteren Bruders hörte nicht auf die junge Braut und setzte ihr Spiel fort. Sie warf ihre Brüste noch mehr in die Höhe. Die Brüste klatschten auf die Handflächen. Die Kinder lachten laut.

Das Lachen hörte die alte Teufelin und ging zur Hütte. Sie ging und rief:

»Higu-u ...! Higu-u ...!«

Den Ruf der alten Teufelin hörte die Frau des jüngeren Bruders. Sie nahm ihren jüngeren Sohn an der Hand, stürmte aus der Hütte und lief davon zu ihrem Mann in die Taiga. Die Frau des älteren Bruders aber blieb in der Hütte und vergnügte weiter ihre Söhne und brachte sie zum Lachen. Durch das Lachen hörte sie nicht die Rufe der zu ihnen kommenden alten Teufelin.

»Higu-u ...!«

Die Frau des jüngeren Bruders lief zu ihrem Mann in die Taiga und sagte:

»In unsere Erdhütte ist auf einmal die alte Teufelin gekommen. Ich weiß nicht, wer dort am Leben geblieben ist. Die Teufelin frisst alle. Ich bin hierhergelaufen, bevor die alte Teufelin bei der Hütte war, um euch davon zu erzählen. Geht und helft ...«

Die Brüder dachten nach, was zu tun wäre. Dann sagte der ältere zum jüngeren Bruder:

»Ich gehe allein in die Hütte und du bleibst mit deiner Frau und dem Kind hier im Wald und wartest auf mich. Wenn ich nach drei Tagen nicht zu euch zurückkehre, dann denkt nicht mehr, dass ich am Leben bin. Denn dann habe ich die alte Teufelin nicht bezwungen und sie wird mich aufgefressen haben. Dann wartet nicht mehr auf mich, sondern rettet euch selbst.«

Der ältere Bruder nahm einen Jagdspieß und ging zur Erdhütte. Als er zu Hause angekommen war, war die Hütte schon leer: Weder seine Frau noch die Kinder oder die Teufelin fand er dort.

Der ältere Bruder hackte Brennholz, schleppte es auf ein Hochlager, kletterte dann hinauf und schärfte die ganze Nacht seinen Jagdspieß. Er schärfte ihn so sehr, dass der Spieß durch sein eigenes Gewicht tief ins Holz eindrang.

Der Spieß war fertig. Der ältere Bruder stieg vom Hochlager und begann zu lachen. Er versuchte, die alte Teufelin mit dem Lachen anzulocken, doch sie kam nicht. Am nächsten Tag kletterte der ältere Bruder in die Hütte und begann zu singen und zu lachen. Er sang und lachte und lachte und sang. Plötzlich hörte er einen Ruf:

»Higu-u!«

Die alte Hexe kam zur Hütte und sagte:

»Wie lange habe ich schon kein Menschenfleisch mehr gegessen! Vor Hunger habe ich sogar schon Kopfschmerzen. Gut, dass ich mir den Kopf mit Zedernwurzeln zusammengebunden habe, sonst würde er auseinanderbrechen. Woher wohl schon wieder die Menschen in die Hütte gekommen sind?«

Der ältere Bruder hörte auf zu lachen und zu singen.

»Großmutter, wozu hast du dir den Kopf mit Wurzeln verbunden? Was hast du?«

»Wie soll ich ihn auch nicht zusammengebunden haben?«, sagte die Teufelin. »In die Hütte sind Menschen gekommen. Ich muss sie essen und ich habe Kopfschmerzen.«

»Großmutter. Deinem Kopf wird es gleich besser gehen: Lass uns spielen.«

Die alte Teufelin trat zur Hütte und sagte:

»Ich würde gern mit dir spielen, nur weiß ich nicht, wie du spielen willst.«

»Einfach. So«, sagte der ältere Bruder und zeigte der Teufelin ein Spiel. Er zog eine Schlinge um seinen Hals, hing daran und ließ die Beine baumeln. Doch die Schlinge riss und er fiel zu Boden. Das erhei-

terte die alte Teufelin. Sie band sich die Schlinge um und sagte:
»Schau, wie ich hänge und die Beine baumeln lasse.«
»Lass sie baumeln, Großmutter, lass sie baumeln, da werde ich laut lachen.«
Gerade, als die Teufelin die Schlinge zugezogen hatte, nahm der ältere Bruder den Jagdspieß und schnitt ihr den Kopf ganz ab. Die alte Teufelin fiel zu Boden und sprang ohne Kopf umher, hüpfte durch die Hütte, griff mit ihren Händen nach allem, der Mensch aber schlug sie mit dem Spieß kurz und klein und sagte:
»Da hast du! Ich werde dich lehren, meine Kinder zu fressen!«
Der ältere Bruder zerhieb die Teufelin in kleine Stücke, zog sie zum Hochlager hin, warf auch den Kopf darauf und zündete alles an. Danach kehrte er in die Taiga zum jüngeren Bruder zurück und gemeinsam zogen sie an einen anderen Ort.

Tnej

Tnej war früh verwaist. Er hatte keine Verwandten mehr. Er lebte und wuchs bei fremden Leuten auf. Er lebte schlecht in Hunger und Kälte. Mal gab man ihm zu essen, mal schimpfte man nur mit ihm. Dafür trug man ihm alle Arbeit auf. Wenn im Winter Schnee fiel, musste er Tag und Nacht den Schnee von den Behausungen fegen, damit sie nicht zuschneiten; wenn aber der Schnee nicht mehr fiel, musste Tnej den Schnee sammeln und gegen die Kälte auf alle Behausungen schütten. Während er bei den Fremden lebte, musste er ständig arbeiten. Man trug ihm sommers wie winters viel Arbeit auf. Tnej mühte sich ab und ertrug geduldig jede Beleidigung.
Einmal versammelten sich die Leute im Herbst für den großen Zug. Vor dem Aufbruch in die Taiga gingen sie zum Wahrsagen zum Schamanen, um zu erfahren, was sie erwartete. Der Schamane schamanisierte etwas und sagte:
»Ich sehe Blut.«
»Der Schamane hat Blut gesehen. Das ist gut«, sagten die Männer. »Wir werden wilde Rentiere erlegen.«
Der Schamane hatte Erfolg vorhergesagt. Die Männer begaben sich

auf die Jagd und nahmen Tnej mit, damit er an den Lagerplätzen die Zelte errichtete, das Brennholz hackte, Essen kochte und den Schnee von den Behausungen herunterfegte.

Die Jäger gingen einen Tag, zwei Tage ... Sie gingen weit in die Taiga hinein und wurden müde. Sie hielten, um zu übernachten. Gerade als sie die Zelte aufgebaut hatten, fiel dichter Schnee. Die einen hatten es warm im Schlaf, Tnej hatte Arbeit. Er ging von Zelt zu Zelt und warf den Schnee herab. Tnej war müde, doch man ließ ihn nicht rasten. Die Leute riefen ihm sogar im Schlaf zu:

»Tnej, was stehst du da herum? Arbeite!«

Tnej fühlte sich auf einmal gekränkt. Er sann nach und beschloss, in derselben Nacht alle schlafenden Männer umzubringen und sich irgendwo zu verstecken. Tnej steckte die Schaufel in den Schnee, sammelte alle Jagdbogen und Pfeile ein und schleppte sie von den Zelten weg. In einem Zelt erwachte jemand und rief, ohne aus dem Bett zu kriechen:

»Tnej, wo bist du? Warum arbeitest du nicht? Wirf den Schnee herunter!«

»Warte ein wenig. Ich schaffe es schon und werde ihn herunterwerfen.«

Tnej nahm vorsichtig die Birkenrindenabdeckung vom Zelt herunter, nahm einen Bogen und erschoss die Schlafenden. Dann machte er dasselbe mit den anderen Zelten und kehrte in die Erdhütten zu den Familien der Getöteten zurück.

»Eure Männer haben viele wilde Rentiere erlegt und haben mich geschickt, um euch zu sagen, dass ihr zu ihnen um Fleisch kommen sollt. Geht schnell.«

Die Frauen glaubten Tnej. Sie legten die Skier an, spannten sich vor die Schlitten und begaben sich entlang der gelegten Spur zu ihren Männern. Tnej nahm einen Bogen und erschoss im Nachtlager alle Frauen. Dann ging er in die Hütte und brachte alle Kinder und Alten um. Es blieben nur zwei Mädchen am Leben, die sich Tnej als Frauen nahm und mit ihnen an einen anderen Ort in die Taiga zog.

In den benachbarten Lagern erfuhr man von den Morden. Man erfuhr es nicht sofort. Die Männer bewaffneten sich mit Bogen und gingen den Mörder Tnej suchen. Sie gingen lange, doch sie konnten ihn nicht finden.

Es vergingen viele Jahre, doch Tnej wurde von niemandem und nirgendwo gesehen. Alle dachten schon, dass er gestorben wäre. Einmal musste ein Mensch zum »Großen See«. Er ging am Ufer entlang und sah, dass im See Reusen für die Hechte ausgelegt waren.

»Wer fischt hier?«, dachte dieser Mensch und ging das Zelt suchen. Er ging und ging, doch er fand nichts. Als er zu seinem Lager zurückkehrte, erzählte er alles, was er beim »Großen See« gesehen hatte. Da erinnerten sich die Leute an die vergessenen Morde.

»Beim ›Großen See‹ lebt niemand und doch fischt dort jemand. Gar versteckt sich Tnej dort«, sagten die Alten. »Man muss dort hingehen, sich an verschiedenen Stellen in einen Hinterhalt legen, sich in den Wald setzen und Wache halten. Zu seinen ausgelegten Fallen wird der Besitzer schon kommen.«

Die Männer machten es so, wie die Alten ihnen geraten hatten. Sie bewaffneten sich mit Bogen, gingen zum »Großen See«, untersuchten die Reusen und legten sich an mehreren Orten in den Hinterhalt. Ganz still saßen sie. Auf einmal hörte einer von ihnen, dass in der Erde unter ihm etwas klirrte. Er sprang auf und rief seinen Kameraden zu:

»Kommt zu mir! Hier lebt jemand!«

Die Leute folgten dem Ruf. Sie untersuchten die Erde und fanden, dass direkt vom Wasser zum Ufer eine große Höhle führte. Nicht weit vom Eingang stand eine alte, hohle Lärche, aus der kaum merklich Rauch aufstieg.

»Wer wohnt da? Kriecht heraus!«, riefen die Leute in die Höhle. »Wenn ihr nicht herauskriecht, dann graben wir, und wenn wir euch ausgegraben haben, bringen wir alle um.«

Ein alter Mann kroch aus der Höhle heraus, stellte sich vor das Volk und sagte:

»Ich bin die Waise Tnej. Dafür, dass ich die Menschen umgebracht habe, tötet mich, nur rührt meine Kinder nicht an. Sie haben an nichts Schuld.«

Die Leute töteten Tnej. Dann gruben sie die Höhle auf und zogen seine ganze Familie heraus. Die Söhne erschossen sie, die Frauen und Mädchen aber ließen sie am Leben.

Wenn das die Wahrheit ist, dann habe ich die Wahrheit erzählt; wenn es nur ein Märchen ist, dann habe ich nur ein Märchen erzählt.

Die ungeliebte Ehefrau

In einem Zeltlager machten sich die Leute für den großen Zug bereit. Bevor sie sich auf den Weg machten, versammelten sich alle Männer beim Schamanen, damit er jedem sein bevorstehendes Schicksal vorhersage. Der Schamane schamanisierte, dann warf er jedem einzeln die heilige Schaufel. Die Schaufel fiel immer mit dem Gesicht, das auf der Schaufel dargestellt war, nach oben auf die Erde und niemandem wurde Unglück vorhergesagt. Alle würden gesund bleiben und niemand würde sterben. Davon erzählte dem Schamanen der in der Schaufel wohnende Geist, dessen Worte der Schamane den Menschen mitteilte. Um sein Volk vor Krankheit und Tod zu bewahren, errichtete der Schamane einen Schutz. Quer über den voraussichtlichen Weg warf er mit der Schaufel eine kleine Schneewehe und versetzte darauf die unsichtbaren Seelen aller Leute, die sich vom Herbstlager auf den großen Zug begaben.

»Jetzt fürchtet nichts mehr«, sagte der Schamane zu den Leuten. »Alle eure Seelen habe ich vorausgeschickt, der Weg aber ist von einem starken Wall begrenzt, über den kein böser Geist klettern, euch auf dem großen Zug einholen oder entführen kann.«

Die Leute verließen fröhlich die herbstlichen Erdhütten und begaben sich den ganzen Winter über zur Jagd in die Taiga. Die Männer gingen voran. Sie stellten sich auf die Skier und traten eine Spur zu einem neuen Platz in den Schnee. Die Frauen aber spannten sich vor die Schlitten und zogen und schleppten von dem verlassenen Lagerplatz Proviant, Birkenrinde zur Bedeckung ihrer Wohnungen, kleine Kinder und kranke alte Männer und Frauen entlang dieses Weges. Sie verrichteten diese schwere Arbeit auf dem großen Zug bis in den Frühling hinein ...

Unter diesen Leuten war ein Ehemann, der seine Frau nicht liebte. Er hatte nie Mitleid mit seiner Frau und half ihr nie. Für den großen Zug machte er ihr weder neue Skier noch einen schmalen Schlitten. Erst bevor sie sich auf den Weg machten, ging er zum Flussufer, zog von dort ein altes Boot aus Espenholz heraus, warf es auf den Schnee und sagte zu seiner ungeliebten Frau:

»Hier ist dein Schlitten. Pack unser Gepäck hinein und zieh ihn von Halt zu Halt. Zum Befördern der Last reicht dir dieses Boot den ganzen Winter. Es ist noch stark.«

Die Ungeliebte sagte nichts zu ihrem Mann. Sie befestigte ein Schleppseil am Boot, lud die Habe auf, nahm das kleine Kind an der Hand und schleppte sich an die neue Stelle. Es ist schwer, ein beladenes Boot durch den Schnee zu ziehen, denn ein Boot ist kein Schlitten. Aber was sollte sie machen als zu ziehen? Wenn sie müde war, hielt sie an. Sie weinte ein wenig und zog wieder das Boot, solang die Kräfte reichten. Und so war es jedes Mal. Alle Frauen kamen zum Lagerplatz, errichteten ihre Zelte, aßen sich satt, legten sich schlafen, aber die ungeliebte Frau war noch immer nicht da. Gegen Mitternacht kam sie an, kaum noch am Leben, aber sogleich warf sich ihr Mann auf sie, verprügelte und beschimpfte sie. Sie weinte und das Kind weinte auch …

Die Ungeliebte hatte ein schweres Leben und quälte sich sehr. Sie ging immer hinter den anderen Frauen her, weil ihre Kräfte nicht reichten, das Boot hinter den leichten Schlitten herzuziehen. Aber einmal geschah Folgendes: Die Männer gingen voraus und die Frauen zogen hinter ihnen die beladenen Schlitten her. Die Ungeliebte blieb mit dem schweren Boot und dem Kind weit zurück. Gerade als die Frauen am neuen Lagerplatz angekommen waren, hörten sie auf dem Weg ein Geräusch. Sie blickten sich um und sahen, dass die Ungeliebte sie einholte. Sie ging schnell, hielt das Kind auf dem Arm und zog hinter sich das beladene Boot her. Sie zog das Boot leicht, wie über Wasser.

»Seht, meine Frau hat euch fast eingeholt«, sagte ihr Mann.

Die Scharfäugigen sahen, dass da nicht die Ungeliebte kam, sondern eine Hexe mit langen Zähnen. Sie konnten nirgendwohin fliehen. Die Frauen machten schnell das Feuer aus und die Männer bewaffneten sich mit Jagdspeeren. Sie standen und warteten.

Die Hexe kam, ließ das Boot zurück, trat mit dem Kind zum Mann der Ungeliebten und sagte:

»Da, halte deinen Sohn, ich baue das Zelt.«

Dieser erschrak und wusste nicht, was er tun sollte.

»Was nötigst du den Mann, sich mit dem Kind abzugeben?«, sagte eine Alte zur Hexe. »Gib mir das Kind, ich halte es und du stell das Zelt auf.«

Als die Hexe das Kind an die Alte übergeben hatte, spießten sie die Männer mit ihren Jagdspeeren auf und warfen sie ins Feuer.

»Ich werde euch lehren, Weiber zu quälen …!«

Sie sprang aus dem Feuer und begann zu kämpfen. Die Männer zerbrachen viele Jagdspeere, bevor sie die Hexe ins Feuer stießen. Als sie verbrannt war, krochen nach allen Seiten Schlangen aus ihr heraus …

Die Männer fürchteten sich und quälten seither ihre Frauen weniger.

Itschekotschko und der Teufel

Es war Abend. Im Zelt brannte ein Feuer. Imiljamilja saß beim Feuer und sagte zu ihrem Enkel:

»Itschekotschko, nicht weit von uns gibt es einen großen, guten See. Dein Vater hat dort viele Fische gefangen. Neben dem See fließt ein Fluss, aber es ist verboten, dass jemand an diesen Fluss geht. Geh du auch nicht hin. Man sagt, dass es ein sehr schlechter Fluss sei. Den Fischsee zeige ich dir, den Fluss werde ich dir aber nicht zeigen. Ich fürchte ihn.«

Am nächsten Tag führte die Großmutter Itschekotschko zu den Fischplätzen. Sie kamen zum See. Der See schien riesig zu sein.

»Hier hat dein Vater gefischt«, sagte Imiljamilja zu ihrem Enkel. »Bleib am See. Ich aber gehe zurück zum Zelt. Wenn du Fische gefangen hast, kehr zu mir zurück. Schau nur, dass du nicht zum Fluss gehst. Ich habe dir gesagt, dass es ein schlechter Fluss ist und sich dort niemand aufhält.«

Die Großmutter kehrte zu ihrem Zelt zurück. Itschekotschko blieb allein. Am Ufer stehend sagte er:

»Zuerst will ich sehen, was es da so gibt, und dann werde ich Fische fangen. Die Fische werden nicht aus dem See verschwinden. Ich werde sie schon noch fangen.«

Itschekotschko machte sich auf den Weg um den See. Bald stieß er auf ein Jurakenlager. In der Nähe des Ufers standen viele Zelte, unter denen eines besonders groß war. Aus ihm hörte man den Klang der Trommeln und die Lieder eines Schamanen.

»Ich gehe schamanisieren«, dachte Itschekotschko und betrat das große Zelt. Im Zelt waren viele Leute. Itschekotschko setzte sich zum Eingang und hörte zu, wie der jurakische Schamane einen kranken Jungen heilte, der beim Feuer lag.

Als der Schamane aufhörte zu schamanisieren, gingen die Leute zu ihren Zelten. Nur Itschekotschko rührte sich nicht von der Stelle. So, wie er sich zur Tür gesetzt hatte, blieb er auch sitzen. Der alte Besitzer des Zeltes erblickte Itschekotschko.

»Man sieht, dass du hungrig bist«, sagte er. »Ich würde dir etwas geben, doch ich habe nichts. Wir sind hier selbst hungrig. Seit mein Sohn erkrankt ist, konnten wir keine Fische mehr fangen. Im reichen

See gibt es plötzlich keine Fische mehr. Wohin sind sie verschwunden? Wenn sich mein Sohn nicht mehr erholt, dann werden wir alle verhungern.«

Itschekotschko hörte den Alten zu Ende an, nahm seine Hasenfellmütze vom Kopf und sagte:

»Großvater, ich versuche, deinen Sohn zu heilen. Ich muss nur sehen, ob ich ihn heilen kann. Dafür lasse ich meine Hasenfellmütze hier. Sie soll eine Nacht in deinem Zelt sein. Am Morgen komme ich und schaue mir deinen kranken Sohn an. Wenn es ihm besser geht, werde ich richtig schamanisieren.«

Itschekotschko steckte seine Mütze unter eine Zeltstange und ging fort zu Imiljamilja.

Itschekotschkos Mütze half dem Kranken. Am Morgen stand er selbst vom Bett auf und ging zu Itschekotschko ins Zelt.

»Das ist gut«, sagte Itschekotschko. »Jetzt sehe ich, dass ich eine Kraft in mir habe. Lass uns zu deinem Vater gehen. Ich will sehen, was aus eurem See geworden ist. Warum fängt man dort keine Fische mehr?«

Itschekotschko kam zum Alten und sagte:

»Großvater, dafür, dass ich geholfen habe, deinen Sohn zu heilen, schmiede mir eine starke Zange und einen großen Hammer.«

Der Alte schmiedete aus Dankbarkeit eine gute Zange und einen guten Hammer.

Itschekotschko bewaffnete sich.

»Und nun macht Folgendes«, sagte er zum Alten und zu dessen Sohn: »Nehmt mich, bringt mich in die Mitte des Sees und werft mich dann dort, wo das Wasser im See brodelt wie in einem Kessel, hinaus. Wenn ihr mich hinausgeworfen habt, kehrt ganz schnell zum Ufer zurück. Dort setzt euch und wartet auf meine Rückkehr. Ich gehe mit dem Teufel kämpfen. Wenn ich ihn besiege, dann wird das Wasser am sechsten Tag aufhören zu brodeln; wenn der See noch stärker braust, dann wisst ihr, dass der Teufel mich besiegt hat.«

Der Alte und sein Sohn brachten Itschekotschko zur Mitte des Sees und warfen ihn ins brodelnde Wasser. Sie selbst aber kehrten zum Ufer zurück und begannen zu warten, bis sich die Wogen des Sees glätteten. Sie saßen einen Tag, zwei Tage, einen dritten und einen vierten Tag – aber der See beruhigte sich nicht. Er brodelte wie auf einem Feuer.

»Gar ist der Teufel stärker als Itschekotschko«, sagte der Sohn zum Alten. »Wir werden ihn womöglich nicht mehr wiedersehen. Itschekotschko ist umgekommen.«

»Wer weiß«, antwortete der Alte. »Bleiben wir noch sitzen und warten auf den sechsten Tag. Dann sehen wir, was sein wird. Vielleicht ist Itschekotschko am Leben und wird zu uns zurückkehren.«

Es verging der fünfte Tag, aber der See rauschte und beruhigte sich nicht. Eine Woge war höher als die andere. So hoch wie Berge. In der sechsten Nacht schliefen der Alte und sein Sohn ein. Sie erwachten durch die Ruhe. Sie blickten auf den See: Er war ruhig, rein und glatt wie die erste Eisscholle.

»Itschekotschko ist doch am Leben«, sagte der Alte. »Wir werden warten.«

Plötzlich begann das Wasser des Sees zu steigen. Es kroch ans Ufer, als ob es jemand vom Grund heraufschleppte. Dann erhob sich eine Welle und der Teufel flog aus dem Wasser und Itschekotschko saß obenauf. Er hielt sich am Teufel mit der Zange fest und schlug ihm mit dem Hammer auf den Nacken.

»Hilfe!«, rief Itschekotschko dem Alten und dessen Sohn zu.

Und sie halfen ihm, den Teufel zu erschlagen.

Danach kam Itschekotschko zum Alten ins Zelt und hörte drei Tage lang nicht auf zu schamanisieren. Nachdem er fertig schamanisiert hatte, sagte er:

»Großvater, jetzt wird dein Sohn nicht mehr krank sein. Er soll fischen gehen. Es gibt viele Fische im See. Sie reichen für alle.«

Für das alles schenkten die Juraken Itschekotschko eine Herde Rentiere und bauten ihm ein neues Zelt und der Alte überließ ihm zwei seiner Töchter. Itschekotschko wurde reich und kehrte mit seinem Reichtum zu seiner Großmutter zurück.

Imiljamilja wusste, woher ihr Enkel so viele Güter hatte, sagte aber nichts. Sie begannen, gut zu leben. Da machte sich Itschekotschko wieder für eine Reise fertig.

»Itschekotschko, ich sehe, dass du gehen willst«, sagte die Großmutter. »Geh, aber nicht auf den Fluss, der am See vorbeiführt. Das ist ein böser Fluss. Wer zu ihm geht, der kommt nicht mehr zurück.«

»Gut, Großmutter, ich gehe nicht auf den Fluss«, sagte Itschekotschko und ging aus dem Zelt. Dann fing er Rentiere, spannte sie vor einen Schlitten, setzte sich darauf und fuhr davon, um den schrecklichen Fluss zu suchen. Er fuhr und fuhr ... und fand ihn. Er ließ sich auf den Fluss hinab und fuhr flussaufwärts. Voraus erblickte er den riesigen Felsen Morga Pjuju. Gerade als Itschekotschko auf der Höhe des Felsens war, öffnete sich der Felsen und aus dem Inneren drang eine Stimme hervor:

»Itschekotschko, fahr her ...!«

»Wer lebt da?«, dachte Itschekotschko. »Das muss ich mir ansehen.«

Er hielt die Rentiere an, sprang vom Schlitten und kletterte in den Felsen. Itschekotschko bemerkte einen Teufel, wollte wieder hinausspringen, doch der Stein schloss sich.

»Aus meiner Wohnung flüchtest du nicht«, sagte der Teufel. »Hier werde ich dich fressen. Gerade bin ich hungrig geworden, sofort verschlinge ich dich.«

Itschekotschko begann zu überlegen, was zu tun und wie er zu retten sei. Er erblickte einen Eimer mit Spülwasser und wurde fröhlicher. Als sich der Teufel kurz abgewendet hatte, tauchte Itschekotschko ins Spülwasser und versteckte sich. Der Teufel hatte Hunger, doch Itschekotschko war fort. Wo hatte er sich versteckt? Der Teufel durchsuchte seine gesamte steinerne Wohnung, konnte Itschekotschko aber nicht finden. Er wurde wütend. Vor Zorn tat ihm der Bauch weh. Er verrichtete seine Notdurft in den Eimer, öffnete den Felsen und goss das Schmutzwasser hinaus. Itschekotschko sprang auf die Beine, schüttelte sich wie eine Ente, setzte sich auf ein Rentier und galoppierte davon, um den Fluss zu untersuchen. Er ritt und ritt ... Er stieß wieder auf so einen Felsen. Gerade als Itschekotschko auf der Höhe des Felsens war, öffnete er sich plötzlich und aus dem Inneren drang eine Stimme:

»Komm zu mir ...!«

»Nein, Teufel, ich komme nicht zu dir«, antwortete Itschekotschko. »Ich war ein Mal im Felsen und konnte fliehen. Von nun an betrügt mich keiner mehr.«

»Wenn du nicht hereinkommen magst, dann kauf doch wenigstens Wein und trink etwas.«

»Wein? Her damit ...!«

Itschekotschko kaufte Wein und ritt fort an den großen See zum Jurakenlager. Er ritt zum Schwiegervater und sagte:

»Ich war beim Herrn der Erde in seiner steinernen Wohnung und kaufte von ihm einen so kräftigen Wein, dass man nicht viel davon trinken kann. Wenn du davon trinkst, fällst du sofort um. Du liegst nur da, bist betrunken und lustig.«

Die Juraken glaubten Itschekotschko und baten ihn um den Wein. Itschekotschko begann, alle zu bewirten. Wer vom Teufelswein kostete, der fiel um. Er fiel auf den Boden und die Seele war fort.

So vergiftete Itschekotschko im Lager alle bis auf den letzten Juraken, eignete sich ihre Reichtümer an und wurde so reich wie noch nie jemand vor ihm.

MÄRCHEN DER NENZEN

Bagare

Eine alte Frau hatte einmal einen Jungen an Kindes statt angenommen und ihm den Namen Bagare gegeben, was »angenommenes Kind« bedeutet.

Die Alte liebte und behütete Bagare sehr. Der Junge folgte ihr nicht und lief häufig mit einem Bogen von ihr fort, um zu jagen. Die Alte hatte Angst, dass ihm etwas Böses zustoßen könnte. Sie nahm den kleinen Bogen und die hölzernen Pfeile und verbrannte sie im Feuer. Bagare vermisste seine Waffen und fragte:

»Großmutter, wo hast du meinen Bogen und die Pfeile versteckt? Gib sie mir.«

»Weder den Bogen noch die Pfeile habe ich«, antwortete sie.

»Wo sind sie?«

»Ich habe sie versehentlich mit dem Brennholz zusammen ins Feuer geworfen.«

Bagare wurde böse auf das Feuer und sagte zur Großmutter:

»Sag mir, Großmutter, wo das Feuer ist.«

»Das Feuer ...? Das hat der Regen gelöscht.«

»Und wo ist der Regen?«

»Den hat der Hase weggetrunken.«

»Wo ist der Hase?«

»Der Hase? Ein Rentier hat sich an einem Busch seine Hörner gereinigt, hat den Hasen nicht gesehen und ihn getötet.«

»Großmutter, sag mir, wo das Rentier ist«, bestürmte sie Bagare.

»Das Rentier ist davongelaufen, an einen morastigen Ort gekommen und im Lehm steckengeblieben, dann hat zu kämpfen begonnen, sich die Beine ausgerenkt und ist verendet.«

»Und wo ist der morastige Ort?«

»Den gibt es jetzt nicht mehr«, antwortete die Großmutter. »Es kamen klare Tage und die Sonne trocknete den schlammigen Lehm.«

»Wo ist die Sonne jetzt?«

»Die Sonne wurde von einem Espenblättchen verdeckt.«

»Und wo ist das Blättchen?«

»Das Blättchen ...? Das hat der Wind mit sich genommen und an eine hohe, hohe Lärche geheftet.«

»Und wo befindet sich die Lärche?«

»Ein Jäger ist einmal durch den Wald gegangen, fand ein Eichhörnchen auf der Lärche und hat es erlegt. Das Eichhörnchen blieb im Fallen in den Zweigen hängen. Der Jäger wurde wütend, nahm ein Beil und hieb den ganzen Wald um.«

»Wohin ist das Eichhörnchen verschwunden?«

»Der Jäger hat das Eichhörnchen ins Zelt gebracht und ihm das Fell abgezogen. Das Fell hat er zum Trocknen aufgehängt, das Fleisch aber hat er gebraten und gegessen.«

»Großmutter, wozu braucht der Jäger das Eichhörnchenfell?«

»Das verkauft er russischen Händlern.«

»Wozu braucht das ein russischer Händler?«

»Der Händler schickt das Eichhörnchen dem Zaren. Der Zar macht daraus schöne Quasten für seine Kleider.«

»Und wo ist der Zar?«

Bagare wurde der Großmutter mit seinen Fragen lästig.

»Wenn du den Zaren brauchst, dann geh und such ihn selbst. Du kannst zu ihm gelangen, kehrst aber nicht von ihm zurück. Er wird dich töten.«

Bagare schwieg nun. Er war erschrocken und verlangte von der Großmutter weder die Pfeile noch den Bogen zurück.

Der Polarfuchs und der Hase

Der Polarfuchs und der Hase lebten in einem Zelt. Sie wohnten zusammen, gingen aber jeder für sich auf die Jagd. Der Polarfuchs sagte einmal zum Hasen:

»Ich weiß nicht, wohin du gehst und was du jagst. Sag mir, was du isst.«

»Ich esse vom Gras und von der Purpurweide«, antwortete der Hase und fragte den Polarfuchs: »Und was isst du und was jagst du?«

»Ich esse Mäuse, Vöglein, Fische, alles mögliche Aas und Essensreste«, sagte der Polarfuchs. »Geh mit mir auf die Jagd, wir werden meine Nahrung essen.«

Der Hase war damit nicht einverstanden.

»Ich habe helle, saubere Zähne. Ich möchte mich mit deinen Speisen nicht beschmutzen.«

Der Polarfuchs wurde auf den Hasen böse.

»Du willst mit mir nicht auf die Jagd gehen, so werden wir nicht mehr zusammenleben. Geh von mir zu deinen niederträchtigen Plätzen, friss doch die bittere Purpurweide und das Gras, ich aber werde in den Wäldern und der Tundra leben. Sieh nur zu, dass du mir nicht mehr unter die Augen kommst, wenn ich an deinen Plätzen vorbeikomme. Wenn ich dich zufällig finde, werde ich dich fressen.«

Der Hase und der Polarfuchs wurden Feinde und gingen ihrer Wege.

Der Krieg der Maus

Die Maus traf auf ein Rentier. Das Rentier sagte:

»Mäuslein, lass uns spielen.«

»Wie sollen wir spielen?«

»Lass uns um die Wette laufen«, sagte das Rentier.

»Nein, ich werde nicht laufen. Ich bin klein und kann dich nicht einholen. Du läufst schnell. Lass uns besser Verstecken spielen«, erwiderte die Maus.

Das Rentier war einverstanden. Es lief hinter einen kleinen Hügel und versteckte sich im Gebüsch. Die Maus begann zu suchen. Sie kletterte auf einen hohen Baum und erblickte von da den Rücken des Rentiers.

»Rentier, ich habe dich gefunden!«, rief die Maus. »Du liegst im Gebüsch. Ich sehe deinen Rücken. Komm heraus. Jetzt werde ich mich verstecken. Such mich.«

Die Maus lief ins Gras. Sie fand ein dickes Schilfrohr, nagte es durch, kroch hinein und kletterte im Rohr bis zur Spitze, den Blüten. Die Maus hatte sich gut versteckt und verkrochen. Sie saß da. Das Rentier machte sich daran, die Maus zu suchen. Es suchte und suchte, doch es konnte sie nicht finden. Es wurde müde und hungrig und begann, Gras zu fressen. Es kam zu einem dicken Schilfrohr, biss die Spitze ab und verschluckte sie mitsamt der Maus.

Die Maus saß nicht lange im Bauch des Rentiers. Sie durchbiss ihm das

Herz. Das Rentier verendete. Die Maus kroch aus dem Rentier und sagte:

»Wie viel Fleisch habe ich jetzt! Wann werde ich es allein aufgefressen haben? Es wird mir sauer werden. Ich rufe die Tiere zu mir und bewirte sie mit Rentierfleisch.«

Die Maus fing an zu rufen. Es kamen Bären, Polarfüchse, Füchse, Hermeline ... Als sich die Tiere versammelt hatten, sagte die Maus zu ihnen:

»Man muss dem Rentier das Fell abziehen, aber das kann ich nicht allein. Ich habe gejagt und bin sehr müde. Ich lege mich hin und ruhe ein wenig. Zieht ihr ihm das Fell ab, esst alles Fleisch und lasst mir die Zunge, die Lippen und das Hirn. Mehr brauche ich nicht.«

Die Maus legte sich hin und schlief ein. Die Tiere enthäuteten das Rentier und sagten zueinander:

»Soll die Maus nur schlafen. Wir fressen das ganze Rentier und lassen ihr nichts.«

Die Maus schlief und die Tiere fraßen. Als sie das ganze Fleisch, die Zunge, die Lippen, das Hirn und die feinen, weichen Knochen und Knorpel aufgefressen hatten, machten sie sich daran, fortzugehen.

»Wir gehen alle, doch wir müssen das gewandteste Tier auswählen, damit es hier allein bleibt, die Maus weckt und dann davonläuft.«

Die Tiere lachten über die Maus, ließen das verwegene Hermelin zurück und liefen alle auseinander.

»He, Maus!«, rief das Hermelin. »Steh auf. Wir sind satt und gehen. Wir haben dir die süßen Lippen, die Zunge und das Hirn des Rentiers übrig gelassen. Iss schnell, sonst zergeht das Hirn in der Sonne. Schau nur, dass du am Hirn nicht erstickst ...!«

Das Hermelin lief davon. Die Maus sah auf die Beute und da gab es weder Fleisch noch Lippen, weder Zunge noch Hirn. Alles war aufgefressen. Es lagen nur mehr die nackten Knochen da, die zu hart für Mäusezähne waren.

Die Maus war zornig und beschloss, gegen die Tiere in den Krieg zu ziehen. Sie begann, ein Heer zu versammeln.

Die Maus ging durch die Tundra. Sie fand ein altes Zelt. Sie ging zum Zelt und fand eine Ahle.

»Kamerad«, sagte die Maus. »Ich ziehe in den Krieg gegen die großen Tiere. Komm mit mir.«

Die Ahle freute sich.

»Zehn Jahre lang habe ich so einen Kameraden gesucht und konnte keinen finden. Mit dir, Maus, ziehe ich in den Krieg.«

Sie gingen zusammen. Sie fanden ein altes Zelt. Im Zelt lag ein Hobelspan.

Die Maus sagte zu ihm:

»Kamerad, ich ziehe in den Krieg gegen die großen Tiere. Komm mit mir.«

»Zehn Jahre habe ich einen solchen Kameraden gesucht und konnte keinen finden. Mit dir, Maus, ziehe ich in den Krieg.«

Sie gingen zu dritt. Sie sahen wieder ein altes Zelt. Im Zelt fand die Maus einen knöchernen Schild mit einem Störrücken und sagte zu ihm:

»Kamerad, ich ziehe gegen die großen Tiere in den Krieg. Komm mit mir.«

»Zehn Jahre habe ich so einen Kameraden gesucht und nicht gefunden. Mit dir, Maus, ziehe ich in den Krieg.«

Um die Maus herum mehrten sich die Kämpfer. Aber die Maus ging weiter und sammelte noch mehr Kräfte um sich. Im vierten Zelt fand sie ein mit Fischschleim beschmiertes Brett und sagte zu ihm:

»Kamerad, ich ziehe gegen die großen Tiere in den Krieg. Zieh mit mir in den Krieg.«

»Zehn Jahre habe ich so einen Kameraden gesucht und nicht gefunden. Mit dir, Maus, gehe ich mit«, antwortete das Brett.

Sie gingen. Da trafen sie wieder auf ein Zelt. Die Maus sah, dass darin ein großer Stein lag.

»Kamerad«, sagte die Maus zum Stein. »Ich ziehe gegen die großen Tiere in den Krieg. Komm mit mir.«

»Zehn Jahre habe ich solche Kameraden gesucht und nicht gefunden. Mit euch ziehe ich in den Krieg.«

Die Maus fand noch einen Hundezugriemen, zählte die versammelten Krieger und sagte:

»Krieger habe ich jetzt genug. Weitere brauche ich nicht. Mit diesen Kräften kann ich ruhig gegen die großen Tiere in den Krieg ziehen.«

Sie gingen. Die Maus erblickte ein Zelt. Die Krieger hielten an.

»Ihr wartet hier«, sagte sie. »Ich aber gehe allein zum Zelt, klettere hinauf und schau durch den Rauchabzug, um zu sehen, wer darin wohnt.«

Die Maus schlich sich zum Zelt, kletterte hinauf und blickte durch den Rauchabzug. Im Zelt sah sie einen Alten, der sich schlafen legen wollte und das Holz aus dem Feuer zog.

Die Maus kehrte zurück und zeigte ihren Kriegern, wie man das Zelt angreifen sollte.

»Wenn wir ins Zelt gehen«, sagte sie, »dann kletterst du, Stein, auf den Feuerbock; du, Brett, legst dich auf die Türschwelle, die Ahle steht neben dir; über euch aber in der Tür soll die Schlinge des Hunderiemens hängen; du, Störrückenschild, kletterst in den Bakar[35] und der Hobelspan in die Feuerstelle unter die Kohlen. Ihr nehmt eure Plätze ein und ich schleiche mich an den Alten heran und wecke ihn. Wenn ich mit meiner Kampfstimme schreie, dann beginnt ihr den Kampf und dann heule jeder, wie er kann.«

Die Krieger besetzten das Zelt und verteilten sich auf ihre zugewiesenen Plätze. Die Maus kroch lautlos zum Alten hin und begann, ihn an den Haaren zu zupfen. Er wachte auf und befühlte seinen Kopf. Niemand da. Er drehte sich auf die andere Seite und schlief wieder ein. Die Maus zog ihn wieder an den Haaren. Dreimal weckte sie ihn auf. Dem Alten verging der Schlaf.

»Warum lässt du mich nicht schlafen«, sagte er. »Ich muss aufstehen, essen und Fische fangen gehen.«

Der Alte zog sich die Schuhe an und kratzte sich die Füße am Störrücken auf.

»Etwas juckt mich da. Haben sich gar Flöhe eingenistet? Das muss ich mir ansehen.«

»Heult!«, rief die Maus.

Der Hobelspan unter den Kohlen fing an zu brennen. Und wie er aufloderte ...! Der Alte erschrak, sprang auf und stürmte aus dem Zelt. An der Tür trat er mit den Füßen auf das Brett, rutschte aus, fiel auf die spitze Ahle und sein Kopf fiel in den Hunderiemen. Die Ahle stach, der Riemen würgte ... Der Alte strampelte mit den Beinen, stieß den Feuerbock um und der schwere Stein fiel auf ihn.

Der Alte starb. Damit endete der Kriegszug der Maus gegen die großen Tiere.

---

35 Bakar: Schuh.

Kotura

In einem Zelt saß ein alter Mann mit seinen drei Töchtern. Sie warteten, bis sich der Schneesturm legte. Sie warteten einen Tag, einen zweiten und einen dritten, aber der Schneesturm legte sich nicht. Er toste so stark, dass das Zelt kaum noch stehen blieb. Schrecklich war es, dazusitzen und zu warten …

Der Alte hatte gehört, dass in der Richtung, aus der der Wind wehte, Kotura lebte, der solch schreckliche Schneestürme sandte. Der zornige Kotura. Der Alte begann, darüber nachzudenken, wie man Kotura geneigt machen und ihn beschwören könnte, damit der Wind aufhörte. Er dachte nach und sagte dann zu seiner ältesten Tochter:

»Das Ende des Schneesturms werden wir nicht abwarten können, er hört nicht auf. Kotura ist zornig. Er braucht eine Frau. Solange er keine gute Frau gefunden hat, wird der Schneesturm nicht aufhören. Wir werden alle erfrieren und sterben. Geh du, meine Tochter, zu ihm und werde seine Frau. Ich gebe dir einen kleinen Schlitten. Stell dich hinter den Schlitten und stoß ihn gegen den Wind. Der Wind wird dir die Stricke deiner Kleider lösen – binde sie nicht wieder zusammen. Schnee wird sich auf dir sammeln – schüttle ihn nicht ab. Unterwegs wirst du an einen hohen Berg kommen – besteig ihn mit dem Schlitten. Oben halt an, klopf den Schnee aus den Kleidern und binde die Stricke wieder zusammen. Wenn du auf dem Berg bist, wird ein kleiner Vogel zu dir geflogen kommen. Das Vöglein wird sich auf deine Schulter setzen – jag es nicht von dir fort, sondern streichle es und sei lieb zu ihm. Dann setz dich auf den Schlitten und fahr den Berg hinunter. Der Schlitten wird dich zum Zelteingang Koturas bringen. Geh ins Zelt, setz dich hin und warte. Rühr im Zelt nichts an, iss nicht und mach kein Feuer. Mach alles so, wie ich es dir gesagt habe. Dann, wenn du Kotura triffst, mach alles so, wie er dir befiehlt.«

Die älteste Tochter kleidete sich an, stellte sich hinter den Schlitten und fuhr mit ihm dem Berg entgegen. Unterwegs ging ihr der Strick auf. Ihr wurde kalt. Sie folgte ihrem Vater nicht, sondern band den Strick wieder zu. Der Schnee legte sich auf sie, sie schüttelte ihn ab. Sie ging dem Schneesturm entgegen. Lange ging sie, erblickte den Berg und bestieg ihn. Von irgendwoher kam ein kleines Vöglein geflogen und wollte sich der ältesten Tochter auf die Schulter setzen, diese ließ es aber nicht zu, sondern vertrieb den Vogel. Das Vöglein drehte und drehte sich und flog fort. Die Tochter des Alten setzte sich auf den Schlitten und fuhr den Berg hinab. Als sie hinuntergefahren war, hielt der Schlitten beim Eingang eines großen Zeltes.

Die Tochter des Alten ging in das Zelt. Dort erblickte sie viel fettes Fleisch von wilden Rentieren. Sie bekam Hunger. Sie zündete ein Feuer an und begann, das Fett vom Fleisch zu reißen. Sie riss es ab und aß, riss es ab und aß ...!

Da hörte sie, wie jemand zum Zelt kam. Die Tür öffnete sich und im Zelt erschien ein großer, junger Mann. Das war Kotura, der Besitzer der Behausung selbst. Er sah auf das Mädchen und sagte:

»Weshalb bist du hergekommen?«

»Mein Vater hat mich geschickt.«

»Was sitzt du da und kochst kein Fleisch?«

Das Mädchen kochte Fleisch. Kotura befahl, das Fleisch aus dem Topf zu holen und es in zwei Teile zu teilen. Das Mädchen teilte es. Kotura sagte:

»Eine Hälfte werden wir beide essen, die andere leg in eine Schüssel und bring sie den Nachbarn. Geh selbst nicht in das Zelt, sondern übergib das Fleisch an der Tür und warte, bis man dir die Schüssel zurückgibt.«

Das Mädchen nahm das Fleisch und ging das Zelt suchen. Der Schneesturm aber toste, trieb den Schnee, nichts war zu sehen. Was sollte man bei so einem Sturm finden? Das Mädchen entfernte sich ein wenig, blieb stehen, dachte nach, warf das Fleisch aus der Schüssel in den Schnee und kehrte zu Kotura zurück.

»Hast du es fortgebracht?«, fragte Kotura.

»Ja.«

»Zeig mir die Schüssel, ich sehe nach, was sie dir für das Fleisch gegeben haben.«

Das Mädchen zeigte die Schüssel. Kotura sagte nichts, aß und legte sich schlafen. Am Morgen stand er auf, brachte ein trockenes Stück Leder eines jungen Rentiers und einen Fellstreifen und sagte zur Tochter des Alten:

»Bearbeite das Fell und mach mir neue Kleider daraus: einen Sakui[36], Stiefel, eine Hose und Fausthandschuhe. Mach das alles, während ich auf der Jagd bin. Wenn ich komme, sehe ich es mir an. Wenn du es gut gemacht hast, dann nehme ich dich zur Frau, wenn nicht – reiße ich dich entzwei und werfe dich hinaus.«

Kotura gab ihr die Arbeit und ging in die Tundra. Wer weiß, wohin er ging. Der dunkle Schneesturm toste. Nichts war zu erkennen.

Die Tochter des Alten machte sich an die Arbeit. Auf einmal öffnete sich die Tür und eine ganz weißhaarige Alte kam ins Zelt.

»Mädchen«, sagte sie, »such mir doch den Kopf nach Läusen ab. Sie zerfressen mich.«

»Aber was, Großmutter! Ich habe keine Zeit, dir den Kopf abzusuchen. Mein Mann hat mir so viel Arbeit aufgetragen, dass ich nicht weiß, wie ich sie machen soll. Wenn ich sie nicht erledige, dann zerreißt er mich und wirft mich aus dem Zelt. Ich werde die Läuse nicht suchen. Stör mich nicht bei der Arbeit.«

Die Alte sagte nichts, drehte sich um und ging. Wer weiß, wohin sie gegangen war. Der Schneesturm tobte und es war kein Licht zu sehen.

Die Tochter des Alten war allein im Zelt geblieben. Sie knetete das Fell, schnitt es mit dem Messer zu und beeilte sich, Kotura die Kleider zu nähen. Sie nähte irgendwie. Wie soll man an einem Tag auch alles gut machen? Und sie hatte nichts, womit sie es ordentlich machen konnte.

Am Abend kehrte Kotura von der Jagd zurück. Er kam nicht fröhlich an.

»Na, hast du die Kleidung genäht?«, fragt er das Mädchen.

»Ja«, antwortete sie.

»Gib mir die Kleider, ich probiere sie an und schaue, ob sie gut genäht sind.«

Das Mädchen gab sie ihm. Kotura befühlte die Kleider. Das Fell war schlecht bearbeitet, die Kleider waren rau und eng. Kotura erzürnte sich über die Tochter des Alten, packte sie an den Beinen, riss sie entzwei und warf sie aus dem Zelt …

* * *

36 Sakui: Oberbekleidung aus Fell.

Der Alte saß mit seinen Töchtern im Zelt und wartete, dass der Schneesturm nachließ. Einen Tag saß er, zwei Tage saß er, doch der Schneesturm legte sich nicht. Es stürmte und es war kein Licht zu sehen. Gerade noch wurde das Zelt nicht fortgeweht. Da wurde der Alte traurig und er sagte zu seiner mittleren Tochter:

»Nicht aus Güte weht so ein Wind! Meine älteste Tochter hatte keinen Grund, auf meine Worte nicht zu hören und nicht das zu machen, was ich angeordnet habe. Kotura hat sie offensichtlich umgebracht. Er ist zornig. Der Schneesturm wird nicht aufhören. Es betrübt mich sehr, Tochter, aber auch du musst zu Kotura gehen und ihn heiraten. Mach dich fertig.«

Der Alte baute einen kleinen Schlitten, gebot der mittleren Tochter alles, was er der älteren geboten hatte, schickte sie zu Kotura und blieb selbst wieder im Zelt. Er saß mit der jüngsten Tochter da und wartete, dass sich der Schneesturm legte.

Die mittlere Tochter lenkte den Schlitten gegen den Wind. Unterwegs gingen an ihrer Kleidung die Bänder auf und der Schnee legte sich auf sie. Ihr wurde kalt. Sie vergaß die Weisung des Vaters. Sie klopfte sich vorzeitig den Schnee von den Kleidern und band sich die Bänder wieder zu. Sie bestieg den Berg, traf auf das Vöglein und war zu ihm nicht zärtlich. Sie setzte sich auf den Schlitten und fuhr vom Berg direkt bis zur Tür des Zelts von Kotura. Sie ging ins Zelt, machte Feuer, aß sich am Rentierfleisch satt, setzte sich und wartete auf Kotura. Der Schneesturm aber toste ...! Gerade so, dass er das Zelt nicht forttrug.

Kotura kehrte von der Jagd zurück, ging ins Zelt, erblickte die Tochter des Alten und sagte zu ihr:

»Weshalb bist du zu mir gekommen?«

»Mein Vater hat mich zu dir geschickt.«

»Was sitzt du da und kochst kein Fleisch? Ich bin hungrig. Koch.«

Als das Fleisch gekocht war, befahl Kotura, das Fleisch aus dem Kessel zu holen und es in zwei Teile zu teilen. Das Mädchen teilte es. Kotura sagte:

»Eine Hälfte des Fleisches werden wir essen, die andere Hälfte leg in eine Schüssel und bring sie den Nachbarn. Geh selbst nicht in das Zelt, sondern übergib das Fleisch an der Tür und warte, bis man dir die Schüssel zurückgibt.«

Die Tochter des Alten nahm das Fleisch und ging fort, um das Zelt zu suchen. Der Schneesturm aber tobte! Der Schnee stob. Nichts war zu sehen. Sie entfernte sich ein wenig, blieb stehen, dachte nach, warf das Fleisch aus der Schüssel in den Schnee und kehrte zu Kotura zurück.

»Wie schnell du zurück bist«, sagte er. »Hast du das Fleisch den Nachbarn gegeben?«

»Ja.«

»Zeig mir doch die Schüssel, ich will sehen, was man dir für das Fleisch gegeben hat.«

Kotura sah auf die leere Schüssel und sagte nichts.

Sie legten sich schlafen. Am Morgen stand Kotura auf, brachte ein unbearbeitetes Rentierfell und befahl dem Mädchen wie auch schon seiner älteren Schwester, bis zum Abend eine neue Kleidung herzustellen.

»Näh. Am Abend schaue ich mir deine Arbeit an. Sieht sie ordentlich aus, dann nehme ich dich zur Frau, wenn nicht, dann zerreiße ich dich und werfe dich hinaus.«

So sprach Kotura und ging auf die Jagd. Die Tochter des Alten machte sich an die Arbeit. Sie beeilte sich, damit sie es nur irgendwie schaffte, die Kleidung bis zum Abend fertigzustellen. Plötzlich öffnete sich die Tür und eine grauhaarige Alte kam ins Zelt.

»Mädchen«, sagte sie, »such mir doch den Kopf nach Läusen ab. Die Läuse zerfressen mich.«

»Ich habe keine Zeit, Großmutter, dir den Kopf abzusuchen. Wenn ich dir den Kopf lause, dann schaffe ich es nicht, meinem Mann bis zur Nacht die Kleider zu nähen. Wenn ich nicht fertig genäht habe, zerreißt er mich dafür und wirft mich aus dem Zelt. Stör nicht, Großmutter.«

Die Alte sagte nichts und ging.

Kotura kam von der Jagd und fragte die Tochter des Alten:

»Na, hast du neue Kleider genäht?«

»Ja.«

»Gib her. Ich will sie anprobieren.«

Alles war eng und schlecht gemacht. Nur wenig Gutes kann man an einem Tag machen.

Kotura wurde zornig, packte die mittlere Tochter des Alten an den Beinen, riss sie entzwei und warf sie an den Baum zu ihrer älteren Schwester.

* * *

Der Alte konnte das ruhige Wetter nicht erwarten. Der Schneesturm wurde immer heftiger. Gerade noch zerschlug er nicht das Zelt und ließ den Alten mit seiner letzten Tochter erfrieren. Der Alte wurde traurig.

»Offensichtlich haben deine Schwestern Kotura nicht zufriedengestellt«, sagte er zur jüngsten Tochter. »Sie haben nicht auf meine Worte gehört und alles schlechter gemacht. Sie haben Kotura nur erzürnt. Kotura hat sie umgebracht. Wir müssen Kotura zufriedenstellen, dann wird er den Schneesturm beenden. Du bist meine letzte Tochter. Ich weiß, dass ich um dich lange trauern werde. Aber so leid es mir auch um dich tut, so muss ich auch dich zu Kotura schicken, damit du seine Frau wirst. Wenn ich dich nicht schicke, dann stirbt das ganze Volk. Mach dich fertig und geh. Vergiss meine Worte nicht. Unterwegs werden dir die Bänder an deiner Kleidung aufgehen – binde sie nicht wieder zu. Der Schnee wird sich auf dich legen – schüttle ihn nicht ab. Du wirst zu einem großen Berg kommen – besteige ihn. Wenn du auf den Berg gestiegen bist, halt an, klopf den Schnee von den Kleidern und binde die Bänder wieder zu. Wenn ein kleines Vöglein zu dir fliegt, sei zärtlich zu ihm. Setz dich dann auf den Schlitten und fahr den Berg hinab. Wenn du zum Zelt kommst, geh hinein, aber rühr nichts an, iss nicht und mach kein Feuer. Sitz nur da. Wenn du Kotura erblickst, gehorch ihm und mach alles, was er dir gebietet.«

Die letzte Tochter des Alten stellte sich ans hintere Ende des Schlittens und fuhr dem Schneesturm entgegen. Und der Schneesturm tobte! Sie fiel um. Der Schnee stob … Nichts war zu sehen.

Das Mädchen ging weiter und vergaß kein einziges Wort des Alten. Es machte alles so, wie er es ihm gesagt hatte. Die Bänder an den Kleidern öffneten sich – sie band sie nicht zu; der Schnee bedeckte sie – sie schüttelte ihn nicht ab. Es war kalt und schwer, gegen den Sturm zu gehen, sie aber ging und ging in kleinen Schritten. Unterwegs traf sie auf den Berg und bestieg ihn. Auf dem Berg hielt sie an, klopfte sich den Schnee von den Kleidern und band sich die Bänder zu. Ein Vöglein kam zu ihr geflogen und setzte sich auf ihre Schulter – sie jagte es nicht fort, sondern streichelte es und war zärtlich zu ihm. Das Vöglein flog fort. Das Mädchen setzte sich auf den Schlitten und fuhr vom Berg bis zu der Tür des Zelts, neben dem es am Baum ihre getöteten Schwestern sah. Sie erschrak. Sie betrat das Zelt, setzte sich und erwartete ihren Tod. Plötzlich hörte sie, wie sich jemand schnell dem Zelt näherte. Die Tür öffnete sich und Kotura trat ins Zelt. Er sah sich um, erblickte das Mädchen und fragte lachend:

»Weshalb bist du zu mir gekommen?«

»Der Vater hat mich geschickt.«

»Was sitzt du da, zündest kein Feuer an und kochst kein Fleisch? Ich bin hungrig. Du bist hergekommen und hast offensichtlich nichts gegessen.«

»Nein.«

»Mach Feuer. Koch eine Mahlzeit.«

Die Tochter des Alten kochte das Fleisch, holte es aus dem Kessel und stellte es in einer Schüssel vor Kotura. Kotura fing nicht mit dem Essen an. Er befahl dem Mädchen, die Hälfte des gekochten Fleisches zu nehmen und es in das andere Zelt zu seinen Nachbarn zu bringen. Das Mädchen teilte das Fleisch, nahm die Schüssel und trug sie zu den Nachbarn. Sie trat aus dem Zelt, aber da war nichts zu erkennen. Der Schneesturm toste, der Schnee stob kräftiger, als er es unterwegs getan hatte. Wohin sollte sie gehen? Wo sollte sie das Zelt suchen? Das Mädchen stand da, dachte nach und ging weiter. Sterben musste sie so oder so.

Sie ging und ging und sah auf einmal einen Funken aufblitzen. Sie freute sich und dachte, dass sie das Zelt gefunden hätte.

Sie kam näher, doch da war kein Zelt; nur ein einziger großer Baumstumpf war da, aus dem es nach Rauch roch. Das Mädchen ging um den Stumpf herum, stieß mit dem Fuß daran, da öffnete sich eine Tür. Aus der Tür lehnte sich eine ganz weißhaarige Alte hinaus und fragte:

»Wer bist du? Weshalb bist du gekommen?«

»Großmutter, ich habe Fleisch gebracht. Kotura hat mir befohlen, es dir zu geben.«

»Kotura hat es befohlen? Na, dann gib her. Du aber bleib an der Tür stehen.«

Das Mädchen stand beim Baumstumpf und wartete. Lange wartete sie. Dann öffnete sich erneut die Tür, dieselbe Alte kam heraus und gab ihr die Schüssel zurück, die mit etwas angefüllt war. Das Mädchen kehrte zu Kotura zurück.

»Was bist du lange gegangen!«, sagte Kotura. »Hast du das Zelt gefunden?«

»Ich habe es gefunden und das Fleisch überbracht.«

»Gib mir doch die Schüssel, damit ich sehen kann, was man dir gegeben hat.«

In der Schüssel erblickte Kotura alle möglichen Gerätschaften für Frauen: Messer, Schabeisen, Flachsbrecher zur Fellbearbeitung, Nadeln – und er sagte lachend:

»Für das Fleisch hat man dir viel Gutes gegeben. Ordne es ein wenig. Das wird dir nützen. Wir werden essen.«

Am Morgen stand Kotura auf, brachte ein rohes Rentierfell und befahl der Tochter des Alten dasselbe, was er ihren älteren Schwestern befohlen hatte, nämlich bis zum Abend neue Kleider für ihn herzustellen.

»Näh«, sagte Kotura. »Am Abend komme ich von der Jagd zurück und dann schaue ich mir dein Handwerk an. Wenn du es gut gemacht hast und es mir gefällt, nehme ich dich zur Frau; wenn du es schlecht machst, dann reiße ich dich entzwei und werfe dich aus dem Zelt.«

Kotura ging fort. Die jüngste Tochter des Alten machte sich an die Arbeit. Das Geschenk der Alten nützte ihr dabei. Alles Werkzeug war da. Aber wie viel Gutes kann man an einem Tag schon machen?

»Ah! Ich muss so oder so sterben«, dachte die Tochter des Alten und machte sich an die Arbeit, so gut sie es konnte.

Auf einmal öffnete sich die Tür des Zelts und die weißhaarige Alte kam herein. Das Mädchen erkannte sie. Das war dieselbe Alte, der sie das Fleisch gebracht hatte.

»Lass die Arbeit sein, Mädchen«, sagte die Alte. »Such mir lieber den Kopf nach Läusen ab. Die Läuse zerfressen mich.«

Dem Mädchen tat die Alte leid. Sie legte die Arbeit beiseite und machte sich daran, die Läuse zu suchen. Sie suchte und war dabei voll Sorge wegen ihrer Näharbeit.

»Gut suchst du«, sagte die Alte. »Schau nur in das rechte Ohr. Ich höre, dass darin etwas rauscht.«

Die Tochter des Alten sah in das Ohr der Alten und erschrak.

»Hast du ins Ohr gesehen?«

»Ja, Großmutter.«

»Weshalb sagst du nicht, was darin sitzt? Wer flüstert dort?«

»Großmutter, in deinem Ohr sitzt ein Mädchen.«

»Ein Mädchen! Weshalb rufst du sie nicht zu dir? Ruf sie. Sie wird dir helfen, die Kleider deines Mannes zu nähen. Sie wird nähen und du such mir die Läuse vom Kopf.«

Die Tochter des Alten freute sich. Das Mädchen rief. Auf ihre Rufe sprang nicht nur ein Mädchen, es sprangen vier junge Mädchen aus dem Ohr der Alten und alle vier machten sich an die Arbeit: Sie schabten das Fell, kneteten es, räucherten es, schnitten es zu, nähten ...

Gegen Abend, als alle Kleider fertig waren, versteckte das Weiblein alle Mädchen in seinem Ohr und sagte zur jüngsten Tochter des Alten:

»Kotura wird von der Jagd kommen, wird die Kleider anprobieren und dir sagen, dass die Arbeit der Näharbeit seiner Schwestern ähnelt. Darauf sage ihm: ›Mit meinen Augen habe ich deine Schwestern nicht gesehen, mit den Ohren habe ich von ihnen nicht gehört, mein Verstand kennt sie nicht. Woher soll ich ihre Näharbeit nehmen?‹ Vergiss nicht, das so zu sagen. Kotura ist mein Sohn.«

So befahl es die alte Frau der jüngsten Tochter des Alten und ging.

Am Abend kam Kotura von der Jagd zurück, sah sich um und fragte die Tochter des Alten:

»Hast du alles erledigt, was ich dir aufgetragen habe?«

»Ja, das habe ich. Ich weiß nur nicht, ob es gut ist. Du müsstest es selbst ansehen und probieren.«

Kotura nahm die Näharbeit in die Hand, befühlte das Fell – es war durchweg trocken und weich. Er zog sich die Kleider an – sie waren weder zu klein noch zu groß. Sie waren gut genäht und passend geschnitten. Kotura hatte sich herausgeputzt und sagte zur Tochter des Alten:

»Sieh, ich denke, es ist so, als ob das die Arbeit meiner Schwestern wäre.«

Sie aber hatte die Weisung der Alten nicht vergessen und antwortete Kotura:

»Deine Schwestern kenne ich nicht, mit meinen Augen habe ich sie nicht gesehen, mit meinen Ohren habe ich sie nicht gehört, mein

Verstand weiß nichts von ihnen. Woher hätte ich ihre Näharbeit nehmen sollen?«

Kotura wurde fröhlich.

»Gut!«, sagte er zur Tochter des Alten. »Nun wirst du meine Frau. Bleib hier in meinem Zelt wohnen. Du gefällst mir.«

Und sofort beruhigte sich der schreckliche Schneesturm über der Tundra.

Ulasny

Ulasny war ein schönes Mädchen und gefiel einem Burschen auf den ersten Blick. Der Bursche heiratete sie. Sie lebten zusammen. Da bemerkte er, dass sie kein einfacher Mensch war. Was auch immer sie nur leicht berührte, wurde schmutzig.

Der Bursche begann, seine Frau zu meiden. Dann ging er zu den Alten und erzählte ihnen alles, was er über seine Frau wusste. Nachdem die Alten ihn angehört hatten, sagten sie:

»Deine Frau ist ein Werwolf. Man muss sie töten. Nur, so einfach werden wir mit ihr nicht fertig werden. Wir müssen sie überlisten und irgendwie verbrennen. Nur das Feuer kann sie umbringen. Entzünde morgen in der Früh im Zelt ein Feuer und stelle Leim zum Kochen auf. Wir werden alle zu dir kommen und dich zu uns zur Jagd rufen. Wenn der Leimtopf aus Birkenrinde auflodert, dann gebiete deiner Frau, dass sie ihn vom Feuer nimmt. Wenn Ulasny ihn herabnimmt, werfen wir sie ins Feuer.«

Die Männer taten alles so, wie es ausgemacht war. Am Morgen versammelten sie sich bei dem Burschen im Zelt und sagten:

»Geh mit uns auf die Jagd. Wir haben wilde Tiere entdeckt.«

»Wartet ein wenig, ich koche noch den Leim fertig«, sagte er und warf mehr Brennholz ins Feuer. Das Holzfeuer loderte auf und die Flamme erreichte den über dem Feuer hängenden Leimtopf aus Birkenrinde. Der Bursche rief der Frau zu:

»Oh, Ulasny! Was habe ich angerichtet? Der Leim brennt. Nimm ihn herab ...!«

Ulasny stürzte hin, um den Leimtopf zu retten. Die Männer stießen ihr alle gleichzeitig in den Rücken. Ulasny fiel ins Feuer und verbrannte. Sie brannte und sang:

»Ihr verbrennt mich
Doch ich sterbe nicht.
Meine Asche
Wird sich für mich rächen.
Sie wird euch schmerzlich stechen
Und euer Blut trinken.«

Ulasny verbrannte. Die Leute freuten sich, dass sie sich vor dem Werwolf gerettet hatten, und zogen zu einem anderen Ort. Es wehte aber ein Wind, der die Asche vom Herd hochwirbelte. Ulasnys Asche verwandelte sich in Stechmücken, die nach allen Seiten auseinanderflogen und sich an den Menschen für die verbrannte Ulasny rächten.

Die Asche der verbrannten Läuse Ulasnys verwandelte sich in große Spinnen, die sich wie die Stechmücken an den Menschen rächten.

Wie die Götter auf die Erde kamen

Gott hatte sieben Kinder: zwei Töchter und fünf Söhne, von denen zwei Zwillinge waren.

Einmal sah Gott vom Himmel auf die Erde und sah, dass unter den lebenden Menschen kein einziger Gott war. Da beschloss er, seine Kinder auf die Erde zu senden.

»Geht auf die Erde und beherrscht die Menschen«, sagte er. »Ich aber bleibe im Himmel.«

Die Kinder packten ihre Sachen und machten sich auf die lange Reise. Sie fuhren sehr langsam. Die Menschen sahen sie von der Erde aus und hielten sie für Wolken. Unterwegs trafen die Kinder Gottes auf den Donner, der sie fragte:

»Woher kommt ihr und wohin geht ihr?«

»Wir gehen vom Himmel auf die Erde. Unser Vater hat uns zu den Menschen geschickt.«

»Wozu?«, fragte der Donner.

»Auf der Erde gibt es keine Götter, deshalb gehen wir zu den Menschen, um sie zu regieren«, sagten die Brüder und gingen weiter.

Der Donner blieb stehen und wollte herausfinden, ob ihm die Brüder die Wahrheit gesagt hatten und es wahr war, dass sie die Kinder von Gott selbst waren.

Der Donner nahm einen großen Stein und warf ihn auf die hinterherreitenden Schwestern. Als er den Stein warf, sagte er:

»Wenn es wahr ist, dass sie die Töchter Gottes sind, dann wird sie mein Stein nicht töten.«

Der Stein flog auf die jüngere Schwester zu. Sie sprang zur Seite, schaffte es aber nicht mehr, den Schlitten wegzuziehen. Der Stein fiel auf ihn und zerbrach eine Schlittenkufe. Die Schwestern hielten an. Die Brüder kamen zu ihnen zurück. Der Donner kam auch zu ihnen. Der älteste Bruder sah die zerbrochene Kufe und sagte zum Donner:

»Hast du die Kufe zerbrochen? Sag, warum hast du das getan?«

»Ich wollte mir einen Spaß machen und erfahren, ob es wahr ist, dass ihr Kinder Gottes seid«, antwortete der Donner.

»Das ist nicht schlecht«, sagte der älteste Bruder. »Aber du hast die Kufe zerschlagen, du musst sie also auch reparieren. Und richte sie so, dass man den Bruch nicht bemerkt.«

Der Donner begann, die Kufe zu reparieren, doch so sehr er sich auch mühte, er konnte die Kufe nicht zusammenwachsen lassen.

»Ich kann die Kufe nicht so reparieren, wie du gesagt hast«, sagte der Donner. »Vielleicht könnt ihr es besser als ich?«

Die Brüder sammelten alle Bruchstücke auf einen Haufen, bliesen darauf und die Kufe wurde wieder neu.

»Wir haben die Kufe zusammenwachsen lassen. Darf man jetzt über dich scherzen?«

Der Donner war davon überzeugt, dass sie weise wären, und bat sie um Verzeihung.

»Ich sehe jetzt, dass ihr stark seid. Verzeiht mir meinen Scherz. Von nun an werden wir Freunde sein.«

Die Brüder verziehen dem Donner und zogen weiter. Je näher sie der Erde kamen, umso langsamer ritten sie weiter. Sie machten oft halt, ließen die Rentiere rasten und gingen selbst auf die Jagd.

Die Zwillinge waren unzertrennlich. Einmal waren sie auf der Jagd und unterhielten sich miteinander. Der eine sagte:

»Unser ältester Bruder ist ein kühner und guter Jäger, aber der zweite Bruder ist ein Feigling. Er fürchtet sich vor jedem Klopfen und Rascheln. Was gibt er den Menschen, wenn er zu ihnen auf die Erde kommt? Er wird sich selbst vor ihnen fürchten. Wie werden die Leute ihm glauben? Sie werden nicht auf ihn hören. Lass ihn uns erziehen. Wir bleiben absichtlich zurück und lassen ihn vorgehen. Wenn er ins Zelt kommt und sich schlafen legt, dann kriechen wir leise heran und erschrecken ihn.«

Die Zwillinge blieben auf der Jagd zurück. Sie kamen spät zu den Zelten. Der Bruder hatte sich schlafen gelegt. Die Zwillinge krochen heran, öffneten am Zelt das Zugloch und schossen aus ihren Bogen ins Feuer. Aus dem Feuer flogen die Kohlen, Funken und Flammen. Der Bruder sprang vor Angst durch den Rauchabzug aus dem Zelt und flog zum Vater in den Himmel.

Die Zwillinge sahen ihm nach und lachten. Obwohl es dunkel war, war er dennoch gut zu sehen, da er während des Fluges wie ein Sternchen leuchtete. Seither nannten ihn die Brüder Numgepoi.

Der älteste Bruder erkannte den Scherz der Zwillinge und sagte zu ihnen:

»Ihr habt gut daran getan, Numgepoi zu erschrecken. Jetzt wissen wir, was für ein Feigling er ist, aber trotzdem müssen wir ihn zurückholen.«

Der älteste Bruder stampfte auf und donnerte. Numgepoi erschrak noch mehr.

»Offensichtlich verfolgt mich der Donner. Ich schaffe es nicht mehr, bis zum Vater zu fliegen. Er wird mich umbringen«, dachte er und kehrte zu den Brüdern zurück.

»Numgepoi, du bist vor einem Scherz der Zwillinge erschrocken«, sagte der älteste Bruder. »Was wirst du nur für ein Gott werden? Wenn wir zur Erde kommen, dann vergiss deine Feigheit.«

Die Kinder Gottes stiegen auf die Erde herab. Sie erblickten den riesigen Fluss Detsche[37] und betrachteten mit Vergnügen seine wogenden Wellen. Der älteste Bruder sagte:

»Brüder, wir sind auf die Erde gekommen, aber können wir auf ihr auch Götter sein? Lasst uns zuerst unsere Kräfte erproben und dann zu den Menschen gehen.«

»Wie werden wir uns messen?«

37 Detsche: der Jenissei bei den Nenzen.

»Wir versuchen, den Fluss aufzustauen und das Wasser in ihm anzuhalten.«

Die Brüder warfen Felsen ins Wasser, sperrten den Fluss ab und hielten das Wasser auf.

»Kräfte haben wir«, sagte der älteste Bruder, »nur haben wir sie schlecht eingesetzt. Wir haben den Fluss aufgestaut und den Fischen den Zugang zum Oberlauf versperrt. Ohne Fische werden die Menschen hungern. Lasst uns die Felsen aus dem Fluss räumen.«

Die Brüder befreiten den Fluss von den Felsen. Zur Erinnerung an sie ließen sie aber an der rechten Flussseite den Felsen »Lydusozo« zurück.

»Nun«, sagte der älteste Bruder, »müssen wir nach verschiedenen Richtungen auseinandergehen. Ich gehe zu Jaumal, Numgepoi wird mit der älteren Schwester zum Fluss Taz gehen; der mittlere Bruder bleibt am Ufer des Detsche bei der Sandbank Moropade; die Zwillinge werden mit der jüngeren Schwester zum Volk Mady[38] gehen und dort bleiben.«

Die Brüder teilten untereinander die Rentiere und die Schlitten auf und gingen auseinander. Die Menschen begegneten ihnen und nahmen sie als ihre Götter an.

Gott sah im Himmel, dass sich seine Kinder unter den Menschen eingerichtet hatten, und gab einem jeden einen Namen. Den ältesten Sohn nannte er Jaumal, der älteren Tochter gab er den Namen Chasapuchu, den mittleren Sohn nannte er Moropadu und Numgepoi behielt den Namen, den er von seinen Brüdern erhalten hatte. Die Zwillinge nannte Gott wie folgt: den älteren Dichodise und den jüngeren Seroita. Der jüngeren Schwester aber gab er den Namen Boikicho.

Die Spinne

Gott Na fragte den Herrn der Erde, Tschja-Museremu:

»Wie kann man es machen, dass die Menschen ewig leben und nicht sterben?«

Tschja-Museremu antwortete:

»Das braucht man nicht zu tun. Sollen die Menschen doch sterben.«

38 Mady: Nenzen.

»Nein, ich will, dass die Menschen leben. Ich mache das.«

»Na, dann sollen sie leben«, sagte der Herr der Erde zu dem Gott. »Ich werde nicht streiten.«

Die kleine Spinne Nibii hörte das ganze Gespräch und ging zu ihnen.

»Ich möchte euch bitten, euren Entschluss zu ändern«, sagte sie.

»Warum?«, fragte der Gott die Spinne.

Die kleine Spinne begann zu weinen.

»Wenn die Menschen nicht sterben, dann kann ich kein Spinnennetz bauen. Ich zupfe den Toten die Haare aus und flechte aus ihnen dünne Netze. Ohne Netz habe ich nichts, womit ich Stechmücken und andere Mücken fangen kann. Alle meine Kinder werden verhungern.«

Die kleine Spinne begann, noch heftiger zu weinen. Da sagte Tschja-Museremu zu dem Gott:

»Die Spinne sagt die Wahrheit. Man muss Mitleid mit ihr haben. Sollen die Menschen doch sterben.«

Auch der Gott hatte Mitleid mit der Spinne. Er dachte etwas nach und stimmte dem Herrn über die Erde zu.

Deshalb begann unser Volk, auf der Erde auszusterben.

Der Schwan

Im Frühling kam ein Schwan in den Norden geflogen. Er traf eine Rabenfrau und hielt um ihre Hand an. Die Rabenfrau nahm ihn zum Mann.

Sie lebten den Sommer über zusammen. Gegen Herbst machte sich der Schwan bereit, zurück in wärmere Gegenden zu fliegen.

Der Rabenfrau tat es leid um den Schwan. Sie versuchte ihn dazu zu überreden, dass er bei ihr bliebe und hier überwinterte. Schließlich hatte sie ihn überredet und der Schwan willigte ein, bei ihr zu überwintern.

Die Raben freuten sich und beschlossen, ihren Schwan gut zu bewirten. Sie sammelten viel unterschiedliches Aas, kochten einen Topf voll und baten den Schwan zu sich zu Gast.

Der Schwan kam zu den Raben ins Zelt. Die Raben stellten den vollen Topf vor ihn hin. Der Schwan begann zu essen. Er steckte die Nase ins Aas und zog sie wieder zurück.

Dem Schwan schmeckte das verfaulte Essen der Raben nicht. Er stürzte aus dem Zelt, geriet aber mit den Beinen in den Topf. Er zog die Beine aus dem schmutzigen Aas und flog fort in sein Land.

Der Schwan hatte die Rabenfrau verlassen, aber durch das schmutzige Essen hatten sich seine Nase und seine Beine schwarz gefärbt.

Deshalb sind jetzt bei allen Schwänen die Nasen und Beine schwarz statt rot.

Der Polarfuchs

Für den Polarfuchs begann der Monat mit Hunger. Er streifte durch die Tundra und bekam nichts außer weichem Schnee ins Maul. Der frische Schnee war ihm Essen und Trinken.

Gegen Ende des Monats war der Polarfuchs schon so weit ausgehungert und abgemagert, dass er kaum seine Beine bewegen konnte. In seinen Augen war es dunkel.

Der Polarfuchs kam zu einem ausgetrockneten See und erkannte in ihm einen bekannten Ort.

»Ich war einmal im Sommer da, habe ein Gänsenest gefunden und viele Eier gegessen«, dachte er. »Ich will sehen, ob ich nun wenigstens eine Schale finde.«

Der Polarfuchs begann, im Schnee zu wühlen. Er grub und grub ... fand eine alte Eierschale und fraß sie auf. In seinen Augen wurde es heller, in seinem Körper nahmen die Kräfte zu.

Der Polarfuchs lief weiter. Unterwegs fand er einen gefällten Baum. Ein Ende des Baumes stand etwas in die Höhe, darunter lagen Rentierdärme.

»Hier werde ich mich satt fressen, ausruhen und wieder weitergehen«, dachte der Polarfuchs.

Er kroch unter den Baum und begann zu fressen. Plötzlich fiel der Baum auf ihn und klemmte ihn ein. Der Polarfuchs wusste nicht, dass das ein heimtückischer »Rachen« war, der von Menschen für ihn gemacht worden war.

Der Polarfuchs verendete. Das war's.

Der Hundesee

Die dunkle Jahreszeit war gekommen. Von allen Seiten tobte der Schneesturm. Es war zu kalt, um in der offenen Tundra zu leben. Die Menschen zogen fort zu den Wäldern, den Berghängen, zur vom Wind abgewandten Seite. Es zogen ganze Siedlungen aus einigen Familien bestehend auf einmal. Allen voran ritt der Anführer und in seiner Spur bewegten sich die einzelnen Familien vorwärts. Wie ein lebender

Gürtel zogen sie durch die Tundra.

Es gab starke Fröste. Alle Flüsse und Seen waren zugefroren. Nur die Mitte eines großen Sees stand offen. Aus ihr stieg Dampf wie Rauch auf. Auf diesem See war das Eis am Ufer so glatt, dass sich der Schnee nicht hielt. Er wurde vom Wind fortgetragen.

Die Alten erzählten, dass das kein gewöhnlicher See war. In ihm lebten Geister, da er lange nicht zufror.

In der Tundra war es ruhig. Die Leute zogen in die Richtung dieses Sees. Als sie zum See zu fuhren, wehte sofort ein so kräftiger Wind, dass es schwer war, sich auf den Füßen zu halten. Der Wind wehte den Schnee von der Erde und wirbelte ihn herum ... Es begann ein so dunkler Schneesturm, dass weder der See noch der Berg hinter ihm, zu dem die Menschen fuhren, noch die Rentiere, die vor die Schlitten gespannt waren, zu sehen waren.

Der Führer kam vom Weg ab. Die Menschen kamen vom festen Land auf das glatte Eis des Sees. Der Wind warf die Rentiere um und rollte sie mitsamt dem Zuggeschirr über den See. Über das glatte Eis rutschte alles: Rentiere, Menschen, Hunde, Schlitten. Sie rutschten bis zur offenen Stelle und fielen in den See.

Unter den Menschen, die dort verunglückten, war auch ein Mann mit riesigen Kräften, doch auch er konnte mit dem Wind nicht fertigwerden. Er rutschte mitsamt seiner Familie und allen Rentieren zur aufgebrochenen Stelle. Plötzlich trug der Wind einen schneeweißen Hund zu ihnen. Er packte den Hund bei den Beinen, riss ihn entzwei und schlug mit dem blutigen Fleisch auf das Eis. Das rohe Fleisch fror sofort an; es fror so stark an, dass sich der Mann daran festhalten konnte, und er hielt auch seine ganze Familie und den Zug der Rentiere.

Er ließ die Hundepfote nicht eher los, bis sich der Schneesturm gelegt hatte.

Als dieser Mensch mit seiner Familie wieder ans Ufer kam, erwürgte er seinen besten Hund und brachte ihn als Opfer für die Seegeister dar. Den See aber nannte er den Hundesee.

Der Taimyrsee

Es war frühes Tauwetter. In der Tundra taute der Schnee schnell. Die Kuppen und Berge kamen unter dem Schnee hervor. Überall brachen Erde und Moos hervor. An tiefen Stellen sammelte sich die Feuchtigkeit.

Wilde Rentiere, Rebhühner, Polarfüchse, Turmfalken und Wölfe zogen aus dem Wald in die offene Tundra. Sie eilten in den hohen Norden zu den Ufern des Eismeers. Den Menschen fiel es schwer, ihre Rentiere auf den Weiden in der Nähe ihrer Zelte zu halten. Sie mussten dorthin ziehen, wohin die Rentiere gingen.

Die Menschen zogen ihre Sommerkleidung an, sie tauschten ihre winterlichen Fellzelte gegen sommerliche, legten alle warme Kleidung auf trockene Kuppen und fuhren von ihrem Winterlager ab auf den Sommerzug.

Sie zogen zum Taimyr. Zum Taimyrsee kamen sie über winterliche Wege, bevor die Flüsse und Seen offen waren. Während der Schneeschmelze hielten sie an der Mündung des Flusses, der in den Taimyrsee stürzte, und warteten dort das warme Wetter ab.

Doch plötzlich änderte sich das Wetter. Frost setzte ein, der Frühling verzögerte sich. Das Schneewasser in den Sümpfen erstarrte, das Moos fror an. Die ganze Tundra wurde eisig. Weder fahren noch gehen war möglich. Es wurde schlechter als im Winter.

Die unerwartete Kälte des Frühlings hielt Tiere zu Land und in der Luft zurück. Weder Polarfüchse, wilde Rentiere noch Wölfe kamen zum Taimyr; irgendwo hielten sich die Turmfalken und Rebhühner länger auf als sonst.

Die Menschen hatten nichts, was sie als Nahrung erjagen hätten können. Sie mussten hungern und frieren. Um nicht zu verhungern, schlachteten sie die zahmen Rentiere, aßen sie und warteten auf die Wärme. Aber die Wärme zeigte sich nicht. Die wilden Tiere zu Land und zu Luft kamen nicht zum Taimyr. Die zahmen Rentiere wurden weniger und weniger. Den Rentieren blieb nichts zu fressen. Auch sie litten Hunger, magerten ab und verendeten.

Im Zeltlager wurde es traurig. Die Menschen wussten nicht, was sie tun sollten.

Die Alten versammelten sich zu einem Rat und baten den Schamanen, ihnen zu sagen, was sie machen sollten.

»Ich habe mit dem Gott Koiko gesprochen, der mir gesagt hat, dass er eine Frau braucht. Er fragte: ›Gebt ihr mir eine Frau?‹«

»Wir geben sie ihm«, antworteten die Alten dem Schamanen. »Erzähl Koiko davon und frag ihn, wen er nehmen will.«

Der Schamane begann aufs Neue zu schamanisieren. Es war, als ob er wieder zu Koiko ginge und mit ihm sprach. Nach dem Schamanisieren verkündete er den Menschen:

»Ich war bei Koiko und fragte ihn, wen er sich zur Frau nehmen wolle. Koiko antwortete mir: ›Untersucht alle Mädchen unserer Siedlung und sucht das schönste, zieht ihr die schönsten Gewänder an, nehmt die besten Rentiere, legt ihnen das beste Zaumzeug an, spannt sie vor gute Schlitten und Narten[39], ladet auf die Narten die gesamte Mitgift und setzt das ausgewählte schöne Mädchen auf den Schlitten und sendet sie lebend zum See.‹ Wenn sie zum See kommt, empfängt sie Koiko und nimmt sie sich zur Frau, dann wird er den Menschen alles senden – Wärme und Nahrung. Er wird die Flüsse und Seen öffnen. In den Flüssen und Seen werden sich viele Fische zeigen und sie werden in die Netze gehen. In den Sümpfen wird das Moos tauen, die Purpurweiden werden erblühen, unsere Rentiere werden zunehmen und werden nicht vor Magerkeit verenden. Aus der Tundra werden viele verschiedene Tiere zu Land und zu Luft zum Taimyr kommen. So hat es mir Koiko gesagt. Seid ihr damit einverstanden, alles zu tun, was ich euch gesagt habe?«

Der Schamane legte sich schlafen. Die Alten schritten den Lagerplatz ab, betrachteten alle Mädchen und wählten das schönste unter ihnen als Frau für Koiko aus. Dann suchten sie die Rentiere aus, legten ihnen das beste Zaumzeug an und spannten sie an. Auf den vorderen Schlitten setzten sie das schön gekleidete Mädchen, auf die Narten luden sie die Mitgift, spannten die Rentiere mit dem Geschirr hintereinander und führten die ganze Hochzeitskarawane zum Fluss.

»Fahr in den See zum Gott Koiko. Wir geben dich ihm zur Frau. Dafür wird er uns allen Rettung senden«, sagten die Alten und stießen die ganze Hochzeitskarawane ans zugefrorene Ufer. Das Mädchen wurde

39 Narte: eine Art Schlitten.

zum Taimyrsee zum Gott Koiko fortgetragen.

Man sagt: Danach wurde es am Taimyr sofort warm. Der Schnee verschwand von der Erde. Die Flüsse und Seen gingen auf. Die Purpurweide erblühte. Es kamen viele wilde Rentiere und viele verschiedene Vögel. In den Flüssen und Seen spielten die Fische ...

Das Rentier und der Stör

Ein Rentier schwamm über den großen Fluss Detsche. Unterwegs traf es einen Stör. Der Stör sagte:

»Früher sind wir uns niemals und nirgendwo begegnet. Nun treffen wir uns das erste Mal. Welches Geschenk machen wir uns aus diesem Anlass?«

Das Rentier sagte:

»Das ist nicht schlecht. Was schenke ich dir nur?«

»Das weiß ich nicht«, antwortete der Stör darauf. »Ich könnte dir einen Knorpel meines Nackens schenken. Nimm ihn.«

»Dann schenke ich dir dafür ein Stück meines Fleisches.«

Der Stör nahm vom Rentier das Fleisch und legte es zu sich in die Kiemen; das Rentier aber, das vom Stör den Knorpel aus dem Nacken bekommen hatte, legte ihn sich zwischen die Nüstern.

Sie tauschten die Geschenke aus und trennten sich.

MÄRCHEN DER JURAKEN

Der Fuchs

Ein Fuchs fand zwei Zelte. In einem Zelt lebten ein Bär, ein Wolf und ein Faultier, im anderen eine Kuh und eine Möwe.

»Hier lebt ein friedliches Volk«, dachte der Fuchs und ließ sich bei der Kuh und der Möwe nieder.

Die Kuh und die Möwe erzählten dem Fuchs, dass fern von ihnen ein drittes Zelt stünde; wer darin wohnte, wüssten sie aber nicht. Der Fuchs ging fort, um zu erfahren, wer in diesem Zelt wohnte. Er ging leise zu ihnen hin und begann, sich umzusehen und zu lauschen. Im Zelt war es still und davor war niemand. Der Fuchs erblickte am Zeltdach aufgehängte Faultierfelle und dachte:

»Eines nehme ich, das könnte mir nützlich sein.«

Er zog ein Fell herunter und kehrte in sein Zelt zurück. Am Abend schickte er die Möwe zu den Nachbarn, um zu erfahren, was sie am nächsten Tag machen würden.

Die Möwe flatterte auf und flog davon. Der Fuchs und die Kuh warteten nicht lange auf sie. Die Möwe kam zurückgeflogen.

»Na, was hast du erfahren?«, fragte sie der Fuchs. »Sag es uns.«

»Ich saß still beim Rauchloch und hörte, wie der Bär zum Faultier sagte: ›Morgen in der Früh gehen wir mit dem Wolf auf die Jagd, du aber bleib hier und hüte das Zelt. Während wir unterwegs sind, erschlag die Kuh aus dem Nachbarzelt und bereite sie uns zum Essen.‹«

»Gut«, sagte der Fuchs, »legen wir uns schlafen.«

Am Morgen gingen der Bär und der Wolf auf die Jagd; das Faultier blieb, um das Zelt zu hüten. Der Fuchs gab der Kuh das Faultierfell und sagte:

»Ich gehe mit der Möwe auf die Jagd, du aber bleib im Zelt und fürchte dich vor niemandem. Wenn das Faultier zu dir kommt, nimm das Fell und schabe es. Das Faultier wird sagen: ›Kuh, ich bin gekommen, um dich zu töten.‹ Du aber antworte: ›Wie wirst du mich töten? Ich habe gestern selbst ein Faultier getötet, da sitze ich jetzt und bearbeite das Fell.‹«

Gerade als der Fuchs und die Möwe auf die Jagd gegangen waren, kam das Faultier zur Kuh gelaufen und sagte:

»Kuh, ich werde dich töten.«

»Warte ein wenig«, sagte die Kuh. »Lass mich das Fell fertig schaben. Gestern habe ich ein Faultier getötet, jetzt sitze ich da und plage mich mit ihm herum.«

Das Faultier erschrak und lief davon. Es saß im Zelt und wartete auf seinen Tod.

Gegen Abend kehrten der Fuchs und die Möwe von der Jagd zurück. Sie hatten ein Rebhuhn erlegt. Sie aßen. Die Kuh erzählte, wie sie das Faultier erschreckt hatte.

»Das ist gut«, sagte der Fuchs und sandte die Möwe erneut aus, um zu erfahren, was der Bär und der Wolf erlegt hatten und was sie am nächsten Tag machen würden.

Die Möwe flatterte auf und flog zum Nachbarzelt. Sie saß still beim

Rauchabzug und hörte zu, wie der Bär zum Faultier sagte:

»Ach du! Erschreckst dich vor einer Kuh. Morgen hütet der Wolf das Zelt. Während wir auf die Jagd gehen, tötet er die Kuh und kocht uns viel Fleisch. Der Wolf fürchtet sich nicht vor der Kuh.«

Die Möwe kehrte zurück und erzählte alles, was sie gehört hatte, dem Fuchs.

»Wir brauchen den Wolf nicht zu fürchten. Legt euch schlafen.«

In der Nacht lief der Fuchs zum dritten Zelt, schleppte ein Wolfsfell nach Hause und legte sich schlafen.

Am Morgen gingen der Bär und das Faultier auf die Jagd, der Wolf blieb zu Hause und hütete das Zelt. Der Fuchs gab der Kuh das Wolfsfell und sagte:

»Die Möwe und ich gehen auf die Jagd. Du aber bleib im Zelt sitzen und fürchte dich vor niemandem. Wenn der Wolf zu dir kommt, nimm das Wolfsfell und sage ihm das, was du zum Faultier gesagt hast.«

Der Fuchs und die Möwe gingen auf die Jagd. Der Wolf lief zur Kuh und sagte:

»Kuh, ich töte dich.«

»Eil nicht, lass mich das Fell fertig schaben«, antwortete die Kuh. »Schau, ich habe gestern einen Wolf erlegt, jetzt sitze ich hier und plage mich mit ihm herum.«

Der Wolf erblickte das Fell, erschrak und lief vor der Kuh davon.

Gegen Abend kamen der Fuchs und die Möwe von der Jagd zurück. Sie hatten wieder ein Rebhuhn erlegt. Die Kuh erzählte, wie sie den Wolf erschreckt hatte. Sie lachten.

»Das ist gut«, sagte der Fuchs und sandte wieder die Möwe hin, um zu erfahren, was der Bär mit dem Faultier erlegt hatte und was sie gedächten, am nächsten Tag zu tun.

Die Möwe flog fort, brachte alles in Erfahrung und kehrte zurück.

»Nun erzähl, was du gehört hast«, sagte der Fuchs zur Möwe.

Die Möwe antwortete:

»Sie haben nichts erlegt. Der Bär saß da und sagte zum Wolf und zum Faultier: ›Ach, Kinder! Was seid ihr zwei doch für Feiglinge. Eine Kuh hat euch erschreckt. Nun müssen wir uns alle hungrig schlafen legen. Am Morgen geht ihr zu zweit auf die Jagd und ich bleibe zu Hause, um das Zelt zu hüten. Ich habe keine Angst vor Kühen. Ich erwürge sie.‹«

Die Kuh begann zu weinen.

»Weine nicht«, sagte der Fuchs zur Kuh. »Nachts, wenn unsere Nachbarn sehr tief schlafen, stehen wir leise auf und laufen davon.«

Der Fuchs, die Kuh und die Möwe verließen ihr Zelt. Sie liefen die ganze Nacht. Die Kuh war so müde, dass sie kaum noch gehen konnte.

Der Fuchs sah, dass die Kuh die Kräfte verließen, führte sie zu einem Baum und sagte:

»Auf diesem Baum werden wir übernachten. Wir müssen unsere Spuren verbergen. Klettert hinauf.«

Es begann zu tagen. Der Fuchs sah, dass sie verfolgt wurden. Der Bär, der Wolf und das Faultier liefen ihren Spuren nach. Sie liefen bis zum Baum und verloren die Spur. Sie drehten sich und drehten sich. Dann sagte der Bär:

»Lasst uns hier den Tag abwarten. Bei Licht werden wir herausfinden, wohin sie geflüchtet sind.«

Alle drei legten sich unter den Baum und schliefen ein. Die Kuh hatte Bauchschmerzen vor Angst.

»Oh Fuchs!«, sagte sie. »Mir tut der Bauch weh. Was soll ich machen?«

»Halte durch.«

»Ich kann nicht!«, rief die Kuh und stürzte vom Baum.

Sie fiel auf die Erde und erschreckte den Bären, den Wolf und das Faultier so, dass diese aufsprangen und jeder weglief, so schnell er konnte …

Der Fuchs sprang vom Baum und sagte:

»Wir können nicht zusammenleben, aber ohne mich kommt ihr um. Solange ihr nicht gefressen werdet, gebe ich euch folgenden Rat: Du, Kuh, geh zum Jenissei. Dort wirst du eine Hütte finden, in der ein Mensch wohnt. Geh zu ihm und lebe mit ihm. Er wird dein Herr sein. Ohne Herrn kannst du in der Tundra nicht leben, du bist ein Dummkopf. Und du, Möwe, wende dich Richtung Mittag. Dort wirst du einen warmen Ort zum Überwintern finden. Hier kommst du alleine um. Du wirst dorthin fliegen, wo du gerade hingerätst und wohin dein Kopf sich wendet. Du bist noch dümmer. Macht euch auf den Weg. Ich aber gehe die erschreckten Tiere suchen und gebe ihnen auch einen Rat, wie sie weiterleben sollen. Sonst fassen sie gar Mut und rächen sich an euch.«

Der Fuchs fand den Bären. Ihn hatte die Kuh so erschreckt, dass er nur dalag.

»Was gedenkst du zu tun? Wie gedenkst du weiterzuleben?«, fragte der Fuchs.

»Wie ich gelebt habe, so werde ich auch weiterleben«, sagte der Bär.

»Aber nein! So wirst du nicht weiterleben«, sagte der Fuchs. »Solange du am Leben bist, grab in der Erde und leg dich den ganzen Winter über schlafen.«

»Und was werde ich fressen?«

»Leck deine Pfoten, das reicht. Bis zur Mitte des Winters lieg auf der einen Seite, dann dreh dich um und lieg bis zum Frühling auf der anderen Seite.«

Der Bär machte sich daran, sich eine Höhle zu graben. Der Fuchs ging den Wolf suchen. Er fand ihn und sagte zu ihm:

»Warum liegst du da? Du wirst dich doch nicht etwa so vollgefressen haben, dass du nicht mehr gehen kannst? Wir lebten nicht weit voneinander entfernt und ich weiß, wie ihr Hunger gelitten habt. Du warst es, der vor Schreck beinahe tot umgefallen wäre. Sag, dass dich die Kuh erschreckt hat.«

»Das hast du ihr beigebracht, um uns zu verjagen«, sagte der Wolf.

»Ja«, sagte der Fuchs. »Ich habe euch verjagt, damit ihr nicht zusammenlebt. Sonst hättet ihr euch vor niemandem gefürchtet. Geh besser in die Tundra und leb dort allein, bevor ich die Kuh rufe. Als Nahrung kannst du Rentiere reißen. Geh, wohin du willst – ich befehle dir keinen bestimmten Ort. Versuche, die Rentiere eher bei den armen Menschen zu reißen. Die armen Leute haben kleine Herden, die Rentiere sind abgehetzt und schlecht bewacht. Sie haben keine angestellten Hirten wie die Reichen. Lauf.«

Der Wolf sprang auf und lief davon. Der Fuchs ging das Faultier suchen.

Er fand es und sagte zu ihm:

»Was liegst du da?«

»Ich bin vor der Kuh erschrocken«, antwortete das Faultier.

»Gut, dass die Kuh dich nicht umgebracht und dir das Fell abgezogen hat. Wie gedenkst du zu leben?«

»Wie? Wie ich gelebt habe, so werde ich auch weiterleben.«

»Oh nein! So wirst du nicht weiterleben«, sagte der Fuchs. »Das lasse ich dich nicht tun. Wenn du am Leben bleiben willst, dann zeige ich dir einen Platz, wo du leben kannst, und ich zeige dir Futter.«

Das Faultier war so sehr von der Kuh erschreckt worden, dass es zustimmte, das zu tun, was ihm der Fuchs gebot.

»Bist du einverstanden, so höre«, sagte der Fuchs zum Faultier. »Geh hin, wohin du willst. Wenn du auf Gräber von Menschen triffst, dann plündere sie und friss die Leichen. Wenn es keine Leichen gibt, dann such die Fallen der Menschen und friss ihren Fang. Raub die Fallen der armen Leute aus, denn die armen Leute sind mit Arbeit bei den Reichen beschäftigt und sie haben keine Zeit, rechtzeitig auf ihre Fallen zu schauen. Mehr sage ich dir nicht. Geh.«

Das Faultier sprang auf und lief fort.

»Na, jetzt brauche ich keine Angst mehr zu haben«, sagte der Fuchs und machte sich daran, ein besseres Leben zu suchen.

Der Wolfsmensch

Es war einmal ein Mensch, der sich sofort, nachdem er geboren worden war, auf die Beine stellte und ging. Wohin aber ging er? Die Augen leiteten ihn. Wohin die Augen blickten, dort ging er hin.

Der Sommer ging zu Ende, es wurde Herbst und dieser Mensch ging immer weiter und blieb nirgends stehen und setzte sich nirgends hin. Der Frühling war nicht mehr fern, er aber schritt und schritt. Er kam zu einem Flüsschen und sah, dass am anderen Ufer sechs Wölfe standen. Er schüttelte sich und wurde selbst zum Wolf. Er lief über das Flüsschen, schloss sich dem Wolfsrudel an und so wurden sie sieben. Die Wölfe hielten an und alle legten sich in den Schnee. Die Nacht brach herein. Es wurde heller. Plötzlich war eine männliche Stimme zu hören:

»Frau, lass uns hier anhalten und die Rentiere füttern. Hier gibt es sehr gutes Moos. Wenn wir an dieser Stelle vorbeigehen, dann wird uns die Nacht einholen und wir werden solch ein Moos nicht wieder finden. Unsere Rentiere sind hungrig.«

»Dem Gespräch nach zu urteilen ziehen sie hier zu zweit durch«, dachte der Wolfsmensch, sagte jedoch den Wölfen nichts davon.

»Die Menschen reden nicht mehr. Wahrscheinlich sind sie ins Zelt gegangen«, sagte der Führer der Wölfe und führte sein Rudel an.

Damit sie nicht gesehen würden, gingen die Wölfe zum Flüsschen und schlichen durch eine Schlucht zum Zelt. Als sie hinkamen, sahen sie, dass hier eine Herde von hundert Rentieren weidete. Sie jagten und rissen die Rentiere. Sie rissen die ganze Herde. Von den hundert Rentieren blieb nur ein junges Männchen übrig, das die Wölfe in der Tundra nicht fangen konnten. Das Rentier lief zum Zelt. Die Wölfe liefen hinter ihm her und begannen, es erneut zu jagen. Das Rentier lief um das Zelt und sprang über die Schlitten. Die Wölfe konnten mit dem flinken Rentier nicht mithalten, ließen von ihm ab und gingen zu den gerissenen Rentieren.

Die ganze Nacht lang fraßen die Wölfe das frische Fleisch. Am Morgen gingen sie zum Steilufer hinaus und legten sich in der Sonne schlafen. Plötzlich hörte der Wolfsmensch ein leises Rascheln. Er sah sich um und erblickte ein weißes Schild, hinter dem versteckt ein Mensch mit einem Gewehr kroch.

Der Wolfsmensch wechselte unbemerkt den Platz und legte sich hinter eine Schneewehe.

Der Mensch schoss und tötete einen Wolf. Die anderen sprangen auf und flüchteten in die Tundra. Der Wolfsmensch blieb ihnen auf den Fersen. Die Wölfe hatten sich mit dem Fleisch so vollgefressen, dass sie nicht weit laufen konnten. Sie waren schnell außer Atem und legten sich in den Schnee. Der Wolfsmensch, der bemerkt hatte, dass sich der Mensch mit dem Gewehr wieder anschlich, legte sich hinter eine Schneeverwehung.

Ein Schuss wurde abgegeben und wieder verendete ein Wolf.

Das Wolfsrudel flüchtete in die Tundra, aber der Mensch verfolgte es und erschoss die Wölfe mit dem Gewehr. So erschoss er alle sechs Wölfe. Allein der Wolfsmensch, der sich jedes Mal hinter Schneeverwehungen vor den Schüssen versteckte, blieb am Leben. Der Mensch bemerkte, dass dies kein gewöhnlicher Wolf war, und hörte auf, ihn zu verfolgen.

»Ich werde dich nicht erschießen«, sagte er zum Wolfsmenschen. »Geh fort von hier. Es ist schlecht, dass ihr mich ruiniert habt. Von der ganzen Herde ist mir nur ein einziges junges Rentier geblieben. Worauf soll ich jetzt durch die Tundra ziehen? Ich bringe dich nicht um. Vielleicht kannst du mir einmal einen Dienst erweisen. Ich sehe, dass du kein gewöhnlicher Wolf bist. Geh schon!«

Und der Wolfsmensch ging fort in die Tundra.

Der Winter war zu Ende. Der Sommer begann. Die Vögel verloren schon ihre alten Federn, der Wolfsmensch aber lief wie eh und je. Wohin er lief? Die Augen waren seine Führer. Er lief bis zum Rand des Kupferfelsens und hielt an. Er blickte hinab – dort waren Gänse. Die einen rupften sich, die anderen schwammen auf dem Flüsschen. Überall lagen viele Federn.

Der Wolfsmensch schüttelte sich und wurde eine Gans mit kupfernem Schnabel. Er lief vom Kupferfelsen zum Fluss, riss sich einige Federn aus und schwamm inmitten der sich mausernden Gänse.

Die Nacht verging. Am Morgen kamen viele Jäger zum Kupferfelsen. Sie hatten viele Hunde.

»Sie sind unseretwegen gekommen«, dachte der Gänsemensch. »Wir müssen irgendwohin flüchten.«

Aber es gab nichts, wohin sie flüchten konnten. Von oben und unten kamen zwei kleine Boote gefahren, die den Gänsen den Ausweg versperrten. Die sich mausernden Gänse konnten nicht fliegen. Sie schwammen zum Kupferfelsen, sprangen auf das Ufer hinaus und flüchteten, so schnell sie konnten. Am Ufer wurden die Gänse von den Jägern erschlagen und von den Hunden erwürgt.

Bald waren am Flüsschen von der ganzen Schar nur noch drei Gänse am Leben: zwei echte und der Gänsemensch. Aber die Jäger setzten ihre Jagd auf sie mit den beiden Booten fort und schossen mit Pfeilen nach ihnen. Die zwei Gänse töteten sie, doch den Gänsemenschen konnten sie nicht erlegen. Er tauchte gut und wich auf alle möglichen Arten vor den wohlgezielten Schüssen der Jäger aus.

»Oh, das ist keine gewöhnliche Gans«, sagte ein Jäger zu den anderen. »Eine solche Gans habe ich noch nicht gesehen. Lasst sie uns erlegen und nachsehen, was das für eine unbekannte Gans ist.«

»Nein, so eine Gans soll man nicht töten. Sie soll am Leben bleiben«, antwortete der zweite Jäger seinem Kameraden.

Aber dieser hörte nicht auf den Rat und begann erneut, die unbekannte Gans zu jagen. Der Gänsemensch tauchte unter und schwamm flussaufwärts. Er wollte gerade auftauchen, als auch schon der Jäger da war. Der Gänsemensch tauchte wieder unter und schwamm flussabwärts. Er tauchte auf und der Jäger war wieder bei ihm.

»Na«, dachte der Gänsemensch, »ich werde dich ertränken. Du wirst mich nicht erlegen.«

Der Gänsemensch tauchte unter, schwamm und sah unter Wasser, wie sich das Boot bewegte. Dann machte er sich bereit und stieß mit aller Kraft mit seinem Kupferschnabel gegen den Boden des Bootes. Das Boot barst und der Jäger ertrank.

Die Jäger erschraken. Sie nahmen ihren Fang und gingen vom Kupferfelsen fort in die Tundra.

Der Gänsemensch schwamm ans Flussufer hinaus, ging in eine kleine Grube, schüttelte sich und wurde ein Mensch mit Namen Sarimik.

»Jetzt gehe ich zu den Jägern«, dachte er und begab sich in die Tundra. Er fand das Lager.

»Woher bist du zu Fuß gekommen?«, wunderten sich die Leute. »Wir haben dich noch nie gesehen. Und du hast keine Nahrung bei dir. Nimm von uns wenigstens eine Gans und dann geh.«

»Gut«, sagte Sarimik. »Aber die Gans möchte ich selbst aussuchen.«

Die Jäger hinderten ihn nicht. Sarimik wählte eine Gans und ging fort. Wohin er ging? Die Augen waren seine Führer ... Den ganzen Sommer ging Sarimik, nirgends blieb er stehen. Es kam ein kalter Herbst, die Seen froren schon zu. Sarimik trat ans Ufer des Flusses Jau und erblickte ein einsames Zelt.

»Hier werde ich rasten«, sagte Sarimik und trat ins Zelt. Im Zelt lebten ein Mann und eine Frau. Sie waren arm.

»Frau, komm, gib unserem Gast zu essen«, sagte der Mann. »Du siehst, dass dieser Mann von weit her kommt. Er ist müde und hungrig.«

»Ich würde ihm etwas geben, aber wir haben nichts.«

»Ich habe eine Gans mitgebracht«, sagte Sarimik. »Rupft sie und kocht sie.«

Die Frau bereitete die Gans zu. Sie aßen sich satt, dann sagte Sarimik zum Zeltbesitzer:

»Du hast ein Rentier. Geh in die Tundra und treib es zum Zelt.«

»Woher weiß der Unbekannte, dass ich ein Rentier habe?«, dachte der Besitzer des Zeltes und sagte:

»Das ist wahr. Von einer ganzen Herde ist mir nur ein einziges Rentier geblieben. Mich haben die Wölfe ruiniert. Mein Rentier ist irgendwo fern in der Tundra. Wie werde ich es finden und allein zum Zelt treiben? Es ist wild.«

Sarimik antwortete darauf:

»Das macht nichts, dass das Rentier wild ist. Geh, du wirst es finden und hertreiben.«

Der Besitzer des Zeltes dachte kurz nach und ging in die Tundra. Er ging lange, fand das Rentier und trieb es zum Zelt.

»Morgen ziehen wir los«, sagte der unbekannte Gast und legte sich schlafen.

Am Morgen standen sie auf, legten einige Zeltstangen und eine kleine Decke auf die Schlitten, spannten das Rentier davor und gingen an einen neuen Platz in der Tundra. Sie gingen dorthin, wohin sie der Unbekannte führte. Am siebenten Tag fanden sie das Gerippe eines verlassenen Zeltes. In der Mitte brannte ein Feuer, am Feuerbock hingen Töpfe. In den Töpfen kochte das Essen. Neben dem Zelt standen viele leere Schlitten. Aber weder Menschen noch Rentiere waren zu sehen.

»Hier rasten wir«, sagte Sarimik zu seinen Gefährten.

Der Mann und die Frau gehorchten ihm. Als sie am Morgen erwachten, konnten sie es nicht begreifen: Das Zelt war mit einer guten, warmen Plane bedeckt, neue Menschen waren da.

»Nun, jetzt bin ich der Herr und ihr seid meine Gäste«, sagte Sarimik zum Mann und zur Frau. »Esst und dann geht nach Hause.«

Sie aßen. Dann trat der Mann aus dem Zelt und erstaunte noch mehr. Er erblickte eine große Rentierherde und sagte zu Sarimik:

»Es sind viele Rentiere zu dir gekommen. Gestern war hier noch nichts.«

»Das ist gut, dass die Rentiere gekommen sind«, antwortete Sarimik. »Nun kann ich dir mehr Rentiere geben, als dir die Wölfe gerissen haben. Außerdem gebe ich dir zwei Mädchen zur Frau. Das alles gebe ich dir dafür, dass du mich nicht mit den Wölfen umgebracht hast.«

Der arme Mann freute sich. Er versammelte die riesige Herde und begab sich mit seinen drei Frauen zurück zu seinem Zelt am Fluss Jau. Er wurde reich und man nannte ihn seither Teto[40].

40 Teto: Reicher.

Teto hatte einen armen Bruder namens Mangabi[41].

Einmal hatte Mangabi nichts zu essen und ging zu seinem reichen Bruder um Hilfe.

»Armer, bitte mich um nichts«, sagte Teto. »Ich gebe dir nichts. Wenn du willst, frag dort meine junge Frau. Vielleicht hilft sie dir.«

Mangabi fragte die Schwägerin um Essen. Sie belud ihm einen ganzen Schlitten mit Fleisch, gab ihm darauf einen alten, knotigen Riemen von sechs Meter Länge und sagte:

»Wenn du heimkommst, nimm einen Knoten, wirf ihn beim Zelt auf die Seite und leg dich schlafen.«

Mangabi fuhr zu seinem alten Zelt, spannte das geplagte Rentier aus, warf einen Knoten auf die Seite und legte sich schlafen. Am Morgen trat er aus dem Zelt und freute sich: Vor seinem Zelt standen dreißig neue Rentiere.

Gerade als er ins Zelt zurückgehen wollte, verschwanden plötzlich alle Rentiere. Mangabi spannte seine dünnen Rentiere ein und fuhr wieder zum reichen Bruder um Hilfe. Er bat die Schwägerin um Essen. Diese gab ihm einen blanken Knochen und sagte:

»Wenn du heimkommst, wirf diesen Knochen zur Seite und leg dich schlafen. Alles wird gut.«

Mangabi kehrte heim, warf den blanken Knochen zur Seite und legte sich schlafen.

Am Morgen trat er aus dem Zelt und sah, dass bei seinem Zelt eine große Rentierherde weidete.

Er freute sich und wollte ins Zelt gehen, als plötzlich die ganze Herde verschwand.

»Frau, lass uns an einen anderen Ort ziehen«, sagte Teto, »sonst kommt der hungrige Bruder erneut um Essen betteln.«

Und Teto ging. Er fuhr, ohne anzuhalten, den ganzen Winter lang. Erst im Frühling hielt er an, als die Rentiere trächtig wurden.

Der arme Mangabi machte sich daran, den reichen Bruder einzuholen, um ihn um Hilfe zu bitten. Er ging zu Fuß den Weg Tetos. Aber wie sollte er ihn einholen? Geduldig ging und ging Mangabi. Schließlich erblickte er eine Herde Rentiere, das Zelt des reichen Bruders, aber die Kräfte verließen ihn, er stürzte und starb einen Hungertod.

41 Mangabi: Armer.

Nenjag

Ich werde eine Geschichte der Großväter erzählen. Ich habe sie als Junge vom Vater gehört. Jetzt ist schon viel vergessen. Meine Geschichte handelt von einem Menschen aus Obdorsk, dem mutigen Nenjag.

Ich werde langsam erzählen. Es ist schwer, einem alten Weg zu folgen.

Vor langer, langer Zeit, zur Zeit des mutigen Nenjag, stritten und befeindeten sich die nomadisierenden Völker. Es gab innere Fehden und Kriege. Vielleicht gab es auch irgendwo einen Zaren, aber so weit weg, dass von ihm niemand gehört hatte und ihn niemand fürchtete.

Zu jener Zeit lebte am Jenissei eine große Horde der Erej. Nun war davon nur ein Nachkomme mit dem Namen Wai übrig. Früher gab es so viele Erej, dass eine fliegende Tauchente, wenn sie alle gleichzeitig nach ihr riefen, von den Schreien betäubt im Flug herabfiel.

Die Erej waren Jäger. In den Tundren jagten sie wilde Rentiere. Von Gewehren hatten sie noch nichts gehört. Sie schossen mit Pfeil und Bogen. Die Jäger jagten das Wild zu Fuß. In den Tundren gab es viel Wild. Das Fleisch der erlegten Tiere aßen sie nicht auf. Viel Fleisch wurde in den Schnee geworfen und vergessen, sodass es verfaulte.

In der Horde der Erej waren zwei verwegene, kühne Männer. Ihrer Schnelligkeit entkam kein einziges schnellfüßiges Rentier. Sie erjagten im Kampf jedes beliebige Rentier in der Tundra und stachen es mit ihren Messern vor aller Augen ab. Über diese kühnen Leute war in Obdorsk zu hören und entlang des ganzen Jenisseis. Die Berichte über sie verbreiteten sich weit. Ihre Namen aber hörte niemand.

Die Juraken von Obdorsk waren nicht weniger bedeutend. Unter ihnen war jedoch nur einer berühmt, sein Name war Nenjag.

Nenjag führte eine Horde an. Nenjag hatte in seiner Horde die Armen versammelt. Alle Armen folgten seinem Verstand. Er befahl seiner Horde, den Reichen die Rentiere wegzunehmen, was sie auch taten.

Die ganze Horde Nenjags hieß nach seinem Namen.

Nenjag sagte zu den Armen:

»Die Erej erlegen viel Wild. Sie haben einen ›lebenden Heiligen‹, der ihnen bei der Jagd hilft. Gehen wir und bringen alle Erej um, nehmen wir uns ihren ›lebenden Heiligen‹, nehmen wir ihren Platz ein und beginnen wir, besser zu leben.«

Die Horde Nenjags hatte keine eigenen Rentiere: Die Rentiere waren den Reichen abgenommen worden. Es gab keine dünnen Rentiere in der Herde.

Nenjag versammelte seine Armen und brach von Obdorsk auf. Er ging ein Jahr lang und konnte die Erej in einem Jahr nicht erreichen.

Die Erej hörten davon, dass Nenjags Krieger kommen würden. Das Gerücht erreichte die Erej mit dem ersten Schnee. Sie verließen das Sommerlager und zogen vom Jenissei in die Tundra Jutschiwa, die zwischen den Höhen großer Flüsse liegt – zwischen der Cheta und dem Turuchan. Auf der Jutschiwa hielten sie an. Um die Tundra herum wuchs viel Wald. Zwei Jahre lang schlugen sie im Wald Bäume, brachten sie fort und bauten daraus eine Festung. Diese Pfähle sind erhalten geblieben, sie sind auch heute noch zu sehen.

Sie hörten, dass viele Nenjager eiserne Rüstungen hatten. Wie konnte man ohne Festung gegen sie kämpfen?

Zwei Jahre lang suchte Nenjag die Erej. Zwei Jahre lang konnte er sie nicht finden. Im dritten Winter fand er mitten in der Tundra eine hohe Bergkuppe. Nenjag stieg auf die Kuppe und sah von dort nach Norden in die offene Tundra. Nach Mittag zu sehen verhinderten die Wälder und Gebirge ...

Eines frostigen Tages erblickte Nenjag über dem Gebirge den Rauch des Erejerlagers und den dichten Dampf ihrer Herden.

»Dort haben sich also die Erej versteckt! Lange haben wir uns auf der Suche nach euch abgeplagt. Nun haben wir euch gefunden. Ob es Wald gibt oder nicht – wir finden die Erej.«

... Sie gingen in Richtung des Rauches der Unterkünfte, in die Richtung des Dampfes der Herden. Sie gingen durch den Wald, schleppten sich durch den lockeren, tiefen Schnee. Die Rentiere der Tundra waren an den weichen, tiefen Schnee nicht gewöhnt. Sie ermüdeten und legten sich hin. Die Nenjager ließen die Schlitten stehen und trieben die Rentiere ohne Last voran. Sie führten die starken Rentiere, wechselten sie ab und traten durch den weichen Schnee einen Weg zu den Erej. Den so entstandenden Pfad entlang trieben sie die erschöpften Rentiere ohne Last.

So schlugen sich die Nenjager einen Weg durch den dichten Wald zu den Erej. Unterwegs stießen sie auf einen großen See unter dem Schnee. Der Schnee auf dem See war auch weich und tief.

Nerpatschi war der Anführer der Erej. Er hatte einen jungen Sohn. Der Junge war nicht der Schlechteste. Er fuhr jeden Tag an das gegenüberliegende Ufer des »Großen Sees«, hielt an und wartete auf dem niedrigen Schlitten sitzend auf die Ankunft der Nenjager. Die Rentiere in seinem Gespann waren nicht schlecht. Das Weibchen hieß Kalejagedej. Die Beine des Weibchens waren kürzer als die einer Kuh, der Rücken erreichte zweieinhalb Arschin[42]. Es hat nie ein größeres Rentier gegeben. Mit ihm war ein Rentierbulle eingespannt von der Höhe eines Pferdes. Welche Rentiere konnten sie je einholen!

»Wenn ich die Nenjager bemerke«, sagte der Sohn Nerpatschis, »dann schaffe ich es immer noch bis zur Festung über den See. Der Weg über den See ist nicht schlecht.«

Von diesen Rentieren hatten die Nenjager auch gehört. Ihr Ruf ging weit. Nachdem sie die Erej getötet hätten, dachten die Nenjager, würden sie diese Rentiere mitnehmen.

Der Sohn Nerpatschis saß auf dem Schlitten und erwartete die Nenjager. Er wachte und blickte umher. Er hatte sie erwartet. Er erblickte die Horde Nenjags, aber er zeigte es nicht. Er saß auf dem Schlitten, ohne sich zu bewegen, und rührte die Rentiere nicht an.

Auf dem See erblickte Nenjag selbst den Sohn Nerpatschis und sagte zu seiner Horde:

»Diese Erej haben ihre eigenen Wachen aufgestellt. Jetzt haben wir sie gefunden.«

Nenjag befahl, acht Stück der besten Rentiere auszusuchen, sie vor zwei Schlitten zu spannen und für jedes Gespann einen guten Krieger mit Fahrer auszuwählen.

Der Sohn Nerpatschis war ein Jüngling in den besten Jahren: jung und kräftig. Die Nenjager begannen, von beiden Seiten um ihn herumzugehen. Der Sohn Nerpatschis bewegte sich nicht von der Stelle. Er tat, als ob er sie nicht sehe: Vom niedrigen Schlitten heruntergestiegen hantierte er mit den Zügeln.

Die Nenjager umzingelten ihn und begannen, sich zum Weg zusam-

42 Arschin: russ. Längenmaß, ca. 0,7 m.

menzuziehen. Der Sohn Nerpatschis setzte sich auf den Schlitten. Die Reiter Nenjags trieben die Rentiere mit langen Stangen an. Die Krieger fuhren auf den Schlittenkufen stehend und hielten die Bogen bereit. Sie hatten die alten Bräuche nicht vergessen und riefen den Feind umzingelnd:

»He, treib die Rentiere an! Gleich schließen wir den Kreis! Bald nehmen wir alle Erej ...!«

Der Sohn Nerpatschis setzte sich auf den niedrigen Schlitten. Mit der Stange stieß er dem Bullen in den Hals, das Weibchen Kale-jagedej schlug er leicht mit den Zügeln.

»Richtet Nenjags Horde aus: ›Der Sohn Nerpatschis floh aus dem Kreis zwischen den Schlitten und hat alle Nenjager mit Schneestaub bedeckt.‹«

Wer weiß, wohin die ziellosen Pfeile der Nenjager gefallen sind ...?

Und der Schneestaub schneite herab ...!

Weit draußen auf dem klaren See hielt der Sohn Nerpatschis an. Er hantierte bei den Rentieren, setzte sich auf den Schlitten und jagte noch schneller davon. Dort, wo der Sohn Nerpatschis angehalten hatte, war im weißen Schnee ein dunkler Fleck zu sehen.

Die Nenjager sahen genauer hin: Im Schnee war eine große Furche. Sie zog sich den Weg entlang bis zu einem schwarzen Zeichen, von wo der jurakische Eilbote davongejagt war. Die Furche – das war die Spur des großen Bullen, den die schnelle »Kale-jagedej« von den Läufen gerissen und am Riemen bis zum Halt hinter sich hergezogen hatte. Deshalb stob der weiche Schnee so stark hinter dem Eilboten.

Am Halt hatte der Sohn Nerpatschis die Rasluka[43] durchschnitten, hatte den toten Bullen auf dem See zurückgelassen und war mit einem Stangenschlag auf »Kale-jagedej« in die Festung gesprengt.

»Macht euch bereit«, sagte der Sohn zum Vater. »Die Nenjager kommen bald! Ich bin ihnen kaum entkommen. Die Nenjager sind viele.«

In der Festung machte man sich zum Kampf bereit.

Die Nenjager kamen mit den Bogen. Auf dem See trafen sie auf die treffsicheren Pfeile der Erej. Viele Nenjager fielen auf dem See, viele wurden unter der Festung getötet.

---

43 Rasluka: ein Querriemen.

Besonders zielsicher schoss der junge Eilbote, der Sohn Nerpatschis, aus der Festung heraus. Er schlug die besten Krieger.

Der Sohn Nerpatschis war mit einem bunten, kurzen Sakui bekleidet. Das bemerkte selbst Nenjag und er gab dem Sohn Nerpatschis den Rufnamen Padewy[44].

Nenjag rief den Kriegern zu:

»Wie schlecht ihr schießt! Schießt auf Padewy! Gebt mir einen Schlitten ...!«

Drei Krieger in Rüstung sprangen auf die Schlitten. Drei der besten Krieger fuhren ruhig auf die Festung zu, um Padewy schnell zu töten.

Padewy fürchtete sich nicht vor den dreien. Er trat aus der Festung heraus. Der Fahrer der Nenjager erblickte an Padewy die bunte Kleidung, wendete die Rentiere und sprengte schnell zurück. Die Rückseiten der Rüstungen wurden ein breites Ziel.

»Bleibt stehen!«, rief Nenjag den Feiglingen zu. Aber der Fahrer konnte die erregten Rentiere nicht zügeln. Padewy schoss ihnen einen Pfeil nach.

Auf dem Schlitten sagten die Krieger zueinander:

»Padewy hat einen kräftigen Bogen. Er kann jemanden töten.«

»Das macht nichts. Soll er nur schießen. Ich habe eine gute Eisenrüstung, die kein Pfeil durchbohren kann.«

Padewy ließ die Sehne los. Sein Pfeil prallte auf eine Rüstung und durchschlug sie. Bei den Nenjagern fiel der letzte gute Krieger.

»Wir sind besiegt! Viele von uns sind gefallen!«, sagte Nenjag und warf als Friedenszeichen den Limbytsch[45] hoch.

Als sie die erhobene Flagge sahen, hörten die Erej zu schießen auf.

Nenjag und Nerpatschi kamen auf dem See zusammen, sie trafen sich friedlich und schlossen Frieden miteinander.

»Weiter als bis zur Pelachina werden wir nicht mehr in eure Richtung gehen«, sagte Nerpatschi im Namen seiner Horde.

»Wir gehen in unser Land zurück und werden eures nicht mehr betreten«, schwor Nenjag vor den Erej und ging zurück nach Obdorsk.

... Wer weiß schon, wie viele Tote es auf beiden Seiten gegeben hat? Niemand sagt etwas darüber ...

---

44 Padewy: kurze Oberbekleidung für den Winter.

45 Limbytsch: Friedensfahne.

Die Kunde von der Schlacht der Nenjager gegen die Erej drang bis zum Zaren vor. Der Zar bestellte die Rädelsführer zu sich zum Gericht. Das Volk fesselte Nenjag und Nerpatschi und brachte beide nach Obdorsk. Von Obdorsk wurden die Gefangenen zum Zaren gebracht.

Nenjag und Nerpatschi blieben lange hungrig. Sie fürchteten sich. Der Tod nahte. Da sagte der Zar zu seinen Helfern:

»Bringt Nenjag und Nerpatschi zu mir. Ich werde mit ihnen sprechen, sonst sterben sie noch vorher.«

Nenjag und Nerpatschi wurden zum Zaren gebracht. Der Zar stellte beiden eine Frage:

»Sagt mir: Was fliegt am schnellsten?«

»Einen schnelleren Vogel als die Rebhuhneule, Zar, kenne ich nicht«, antwortete Nerpatschi.

»Und warum schweigst du?«, fragte der Zar Nenjag.

Und Nenjag antwortete:

»Du hast mich vorher nicht gefragt, sondern erst jetzt. Aber ich weiß nicht, was mir bevorsteht, welches Leben, welche Qualen. Ich weiß nicht, welcher Vogel den schnellsten Flug hat. Nur meine Gedanken haben mich jetzt in mein Zelt gebracht zu meiner Familie und zu meinen armen Leuten. Fliegen sie, Zar, nicht schneller als alle Vögel?«

Und der Zar sagte:

»Nenjag, du hast wenig Verstand. Die menschlichen Gedanken sind unsichtbar. Nerpatschi hat von dem gesprochen, was er gesehen hat. Die Rebhuhneule jagt und schlägt. Ich sehe – ihr seid beide abgemagert und wollt essen. Sagt mir: Welches Essen wird euch jetzt am nützlichsten sein? Und welches Essen ist die köstlichste Jastwa[46]?«

Nerpatschi kam Nenjag wieder mit der Antwort zuvor. Er sagte:

»Es gibt keine bessere Jastwa als das zerlassene Fett vom Rentierrücken. Womit man den Hunger schneller stillen kann, weiß ich nicht.«

»Warum schweigst du, Nenjag?«, fragte der Zar. »Dein Gegner sagte, dass der zerlassene Rentierspeck das Beste sei. Nerpatschi ist offensichtlich klug.«

Nenjag antwortete darauf dem Zaren leise:

»Dem Hungrigen schmeckt jede Nahrung, die Menschen essen. Jede Nahrung stillt den Hunger. Ich würde jetzt bloß kaltes Wasser trinken.«

46 Jastwa: Delikatessen.

Der Zar befahl seinen Gehilfen, jeweils ein gleich großes, rundes Klümpchen aus gefrorenem zerlassenem Speck und Wasser zu bringen. Diese gingen fort und brachten das Gewünschte. Dann befahl der Zar, Nenjag und Nerpatschi die hungrigen Münder weit zu öffnen und jedem sein gefrorenes Stück Essen hineinzustopfen.

In den Mund Nerpatschis steckten sie den gefrorenen Speck und in den von Nenjag das Eis. Der Eisklumpen im Mund Nenjags zerging und er blieb am Leben; Nerpatschi erstickte am gefrorenen Speck und fiel um.

... Der Zar hatte im Scherz gesagt, dass Nerpatschi ein kluger Mensch wäre. Nenjag war jedoch klüger als der Erej.

Der Zar zog die Speiche aus Nenjags Arm heraus, dann schrieb er einen Ukas und machte Nenjag zum Anführer über das jurakische Volk von Obdorsk. Der Zar sagte:

»Nenjag, du hast Verstand. Führ dein Volk an. Hör auf mich. Leb nicht mehr so, wie du früher gelebt hast. Geh nicht mehr als Krieger, nimm den Reichen keine Rentiere mehr weg. Kleine Angelegenheiten löse selbst, über große Probleme berichte mir. Den Knochen habe ich dir deshalb aus dem Arm genommen, damit das ganze Obdorsker Volk mich kennt und nichts Böses mehr tut. Wenn sie etwas Böses tun, dann sag ihnen, dass dir der Zar als Zeichen der Drohung an alle nicht Folgsamen die Speiche herausgezogen hat.«

Nenjag kehrte nach Obdorsk zurück und wurde der Anführer des Obdorsker Kreises. Das Volk gab ihm den Namen: Parda-si – »ohne Knochen«.

Wawale

Parda-si starb. Den Ukas des Zaren bewahrte das ostjakische Geschlecht der Solintern auf. Es waren viele Jahre vergangen, als aus dem Geschlecht der Parda-si Wawale hervorging.

Wawale lebte in der Obdorsker Tundra und nomadisierte zusammen mit den reichen Juraken. Von den Juraken erfuhr er, dass die Macht seiner Vorfahren aus dem Ukas des Zaren in den Händen der Solintern war.

Äußerlich war Wawale ein unansehnlicher Mensch: kleinwüchsig und hinkend, aber dafür ein bekannter Schamane. Um ihn begann sich wieder die Horde der Nenjager zu versammeln. Alle Menschen fürchteten sich sehr vor Wawale, dem großen Schamanen.

Nach dem Vorbild seiner Großväter vereinigte Wawale um sich die Armen aller jurakischen Völker. Er lebte mit den Armen und nahm den Reichen die Rentiere weg. Die Reichen konnten nichts gegen ihn tun. Sie brachten ihre Klagen dem Fürsten der Solintern in Obdorsk vor.

»Was werden wir mit Wawale machen?«, fragten sie. »Gegen seine Bande kann man schwer kämpfen. Er selbst ist ein großer Schamane und hat um sich das ganze leidende arme Volk versammelt. Außer Wawale hat er noch drei Leute: zwei seiner jüngeren Brüder und einen Juraken mit Namen Lid-Nenjag.«

Nachdem Wawale denunziert worden war, brachte der Fürst der Solintern die Denunziation den Ob hinauf zu den russischen Anführern. Diese schickten sie zum Zaren. Der Zar ordnete an:

»Wawale ist zu ergreifen ...!«

Tapfere Leute wurden nach Obdorsk geschickt. Unter ihnen war ein besonders Kühner, der Syrjane Nikolka.

Die Anführer dachten darüber nach, wie sie Wawale aus der Tundra nach Obdorsk einladen konnten. Sie riefen, doch er kam nicht zu ihnen. Darauf sandten sie Botschafter zu ihm mit der listigen Anordnung, dass Wawale von den Solintern den alten Ukas des Zaren erhalte, der ihn zum wichtigsten Fürsten des Obdorsker Kreises machte, und dass vor seiner Ankunft in Obdorsk der Brotladen geschlossen wäre und deshalb das arme Volk hungerte; wenn aber Wawale den Ukas empfinge, dann würde er den Laden öffnen und befehlen, das Brot an die Armen zu verteilen.

Als Hauptbotschafter wählten sie einen klugen Menschen mit Namen Jangai-Parawy[47], der Wawale gut kannte und sein Freund war. Jangai-Parawy nahm die Anordnung entgegen und ritt mit Nikolka aus Obdorsk in die Tundra. Als er ankam, sagte er:

»Wawale, warum zeigst du dich nicht in Obdorsk? Von den Anführern haben wir dir ein Papier mitgebracht. Der Russe wird es dir vorlesen. In Obdorsk leidet das ganze Volk Hunger. Vor deiner Ankunft kann keiner den Brotspeicher öffnen, damit er den Menschen Brot austeilen kann. Vom Zaren selbst bist du zum Fürsten über den gesamten Obdorsker

47 Jangai-Parawy: krumm, verbrannt.

Kreis ernannt worden. Glaub mir ...!«

»Oft hat man nach mir aus Obdorsk gesandt, oft hat man mich dorthin gerufen, aber ich bin nicht gefahren. Jangai-Parawy wird mich nicht belügen. Ich glaube dir.«

Wawale glaubte also seinem Freund und gebot seinen Leuten, schnell die Rentiere einzufangen und vorzuspannen.

Sie kamen in Obdorsk an und hielten am Fluss Pului. Die Leute klopften den Schnee aus den Rentierfellen. Wawale stand auf einem Schlitten und sah lange nach Obdorsk. Auf dem hohen Steilufer erblickte er viele junge Männer.

»Offensichtlich sandte der Zar die kühnsten Leute, um mich zu fangen. Sind wir viele?«, fragte Wawale seine Leute.

Dann blickte er auf sie und dachte:

»Was kann ich mit ihnen machen? – Sei es, wie es sei! Ich fahre!«

Wawale fuhr mit seinen Leuten nach Obdorsk hinein und trat in eine russische Hütte. Sofort umzingelten bewaffnete Leute die Hütte und umzäunten sie mit Schlitten wie eine Wand. Bei der Tür standen russische Soldaten. Wohin fliehen? Alle, die aus der Hütte liefen, erwürgten die Soldaten an der Tür und so wurden alle getötet. Wawale blieb mit seinen Brüdern in der Hütte. Lid-Nenjag war nicht dabei. Unterwegs hatte ihn jemand davor gewarnt, nach Obdorsk zu fahren, und er war in die Tundra zurückgekehrt.

Einen Bruder Wawales nannte man Tajum-basa[48], den anderen Meiro[49]. Tajum-basa sagte zu seinen Brüdern:

»Brüder, wir haben niemanden mehr. Wir sind allein geblieben. Ist es nicht völlig gleich, wo wir sterben? Lauft!«

Tajum-basa stürmte durch die Tür. Beim ersten Schlag des Soldaten sprang er zurück, beim zweiten sprang er nach vor und flüchtete über die Schlitten und über die Rentierrücken. Hinter Tajum-basa stürzte der kühne Syrjane Nikolka davon. Nikolka versuchte, Tajum-basa am Zopf festzuhalten, konnte ihn aber nicht erhaschen.

Als Tajum-basa auf die Straße hinausgelaufen war, drehte er sich um und rief Nikolka zu:

»Nun kannst du mich nicht mehr fangen!«

48 Tajum-basa: Unbesiegbarer.

49 Meiro: kerngesunder Mensch.

Hinter Nikolka liefen noch zwei Russen mit Stöcken hinterher. Tajum-basa erblickte sie und flüchtete vor ihnen. Er wusste nicht, dass vor ihm abgedeckte Gruben waren. Tajum-basa fiel in eine Grube. Hier packte ihn Nikolka am Zopf, die Russen aber sprangen hinzu und betäubten ihn mit Schlägen ihrer Stöcke. Sie nahmen Tajum-basa gefangen.

Meiro lief aus der Hütte auf die Straße. Hinter ihm her jagten, wie schon hinter seinem Bruder Tajum-basa, die Russen und konnten ihn nicht fangen.

Vor Meiro fuhr ein Mann mit vier Bullen. Meiro rief ihm zu:

»Lass mich aufsitzen!«, doch der Mann hielt nicht an. Es war zu sehen, dass er sich selbst fürchtete. Meiro beschleunigte die Schritte und holte die davonlaufenden Rentiere ein. Er klammerte sich an die Stützstange des Schlittens, stürzte jedoch und wurde hinter dem Schlitten hergezogen. Er rief: »Lass mich aufsitzen!«

Der Mann trieb die Rentiere noch stärker an. Meiro hielt sich am Schlitten fest, bat darum, aufsitzen zu dürfen, und kletterte schließlich über die Stangen. Als er mit der Hand den »Flausch« ergriff, setzte er sich sofort auf den Schlitten. Meiro war stark. Er riss dem Mann die Zügel und die Stange aus der Hand, packte ihn an der Kapuze des Sakui und warf ihn vom Schlitten in den Schnee.

Wawale blieb in der Hütte bei den Russen gefangen. Wie sollte er als Hinkender auch fliehen!

Meiro erreichte mit Mühe sein Zelt. Zehn Tage blieb er zu Hause. Er wartete auf Nachrichten, bekam aber keine und sagte:

»Was werde ich hier allein sitzen? Ich komme hier vor Kummer um. Meine Brüder wurden ermordet. Ich gehe besser selbst nach Obdorsk, sollen mich die Anführer auch fangen.«

Und Meiro fuhr nach Obdorsk …

Wie viele Arme gefangen genommen worden und zu den Russen aus Obdorsk hinausgebracht worden waren, wusste niemand. Darüber gab es keine Nachrichten.

Es war zu hören, dass Wawale mit allem Möglichen gefoltert und gequält wurde, doch töten konnten sie ihn nicht. Dann kam die Nachricht, dass der Zar ihn nicht zurück in seine Heimat lasse. Er sagte zu Wawale:

»Leb bei uns! Es ist doch egal, wo man lebt.«

Wawale blieb und heiratete. Er hatte zwei Söhne und dann war zu hören, dass einer seiner Söhne in die Tundra gegangen wäre und am Jenissei lebte.

Haben die Alten die Wahrheit erzählt?

Lid-Nenjag blieb am Leben. Er lebte bis zu seinem Tod in der Tundra. Man sagt, dass er ein großer und dürrer Mensch war. Er bestand nur aus Knochen. Die Knochen waren stark. Lid-Nenjag wurde alt. Aber wenn er einen Menschen mit der Hand packte, hob er ihn hoch und schüttelte ihn. Offensichtlich war er stark in seiner Jugend ...?

Togei-Pani

Über ihn hat man nicht viel erzählt. Die Geschichte über Togei-Pani wird ähnlich wie die über Wawale.

Togei-Pani ging zwischen Obdorsk und dem Tas. Dort war sein Weg. Er lebte beim Tas, fuhr in die Tundra und nahm dort den Reichen die Rentiere weg.

Togei-Pani hatte eine kleine Truppe, ganze zwölf Leute. Aber mutig waren die jungen Leute. Sie fielen über ein Zelt her, nahmen den Leuten die Rentiere weg, teilten sie sich untereinander auf und aßen sie.

Togei-Pani zog nicht lange durch die Tundra. Obwohl er Schamane war und man ihn fürchtete, hatte man ihn doch bald gefangen.

Man schickte viele Juraken von Obdorsk zum Tas, damit sie hingingen, den Räuber Togei-Pani fingen und ihn mit sich brächten.

Togei-Pani erfuhr davon und hatte keine Angst. Er sagte zu seiner Truppe:

»Kommt, sehen wir, welche Juraken zu uns gefahren kommen, und zeigen wir uns ihnen. Sollen sie uns ruhig betrachten.«

Togei-Pani befahl, die Rentiere einzuspannen. Alle zwölf Leute setzten sich auf ihre Schlitten und fuhren den Juraken entgegen. Als Togei-Pani die Obdorsker Truppen erblickt hatte, befahl er den Seinen, alle Rentiere auszurichten und auf die Juraken zuzufahren.

Der älteste der Juraken in der Truppe war ein auserwählter Obdorsker Jurake namens Waku-Chudy. Er war klein, aber dick und ein sehr starker Mann.

Togei-Pani kannte den Kraftmenschen Waku-Chudy und erkannte ihn von Weitem wegen seiner Dicke. Aber er erschrak nicht, sondern fuhr direkt heran, hielt die Rentiere an, ging zu Waku-Chudy, stellte sich auf die Schlittenkufen und sagte zu ihm:

»Waku, es zeigt sich, dass du gekommen bist, um mich zu fangen! Du bist ein starker Mann, deshalb hat man dich zum Anführer der Truppe gemacht und befohlen, uns alle zu fangen.«

Waku-Chudy erhob seine Hände und sagte:

»Pani, uns trennen die Schlitten. Was mache ich mit dir? Du hast mich überrascht. Ich habe meine Hände erhoben und ergebe mich dir. Fessle mich.«

Zu dieser Zeit umzingelten sie Waku-Chudys Truppe. Togei-Pani blickte um sich und sagte lachend:

»Waku, woher hast du so viele Krieger? Denkst du wirklich, mich zu fangen?«

»Weshalb sprichst du in Rätseln? Du bist ein alter Mensch«, antwortete ihm Waku. »Wie können wir dich fangen, wenn wir selbst Angst vor dir haben? Ich bin nicht deinetwegen hierhergekommen, sondern um jene Leute nach Obdorsk zu treiben, die die Naturalsteuern und die Zahlungsrückstände für Brot nicht bezahlt haben. Dafür bin ich hierhergeschickt worden, deshalb habe ich auch viele Leute bei mir. Wir haben keinen Grund, dich zu fangen. Du isst doch nur fremde Rentiere. Aber Rentierfleisch isst jeder Mensch. Wenn du Fleisch brauchst, dann komm zu uns und nimm, so viel du willst. Wir sind wegen einer anderen, schwierigeren Angelegenheit gekommen: Leute nach Obdorsk zu treiben. Das hast du nun vernommen.«

Da gingen sie auseinander. Damit Togei-Pani ihm glaubte, rief er ihm hinterher:

»Wir haben viele Rentierzüchter. Komm morgen zu uns und nimm so viele Rentiere, wie du willst. Wir werden mit unseren Zelten dort drüben sein!«

Waku zeigte mit der Stange in eine Richtung und fuhr mit seiner Truppe davon.

Wenn Togei-Pani den Reichen die Rentiere wegnahm, dann fingen sie immer nur die wilden, unberittenen Rentiere. Sie fingen sie, brachen ihnen das Genick, stießen das Geweih in den Schnee und schnitten dem lebenden Rentier Fleischstücke direkt mit dem Fell heraus.

Togei-Pani schlief noch, seine Untergebenen aber waren schon früh aufgestanden. Sie versammelten sich bei ihm im Zelt und weckten ihn.

»Pani, wie lange wirst du noch schlafen? Steh auf! Hast du vergessen, dass Waku-Chudy uns gesagt hat, heute wegen der Rentiere zu ihm zu fahren? Wenn wir nicht zu ihm fahren, was werden wir dann essen und was vor die Schlitten spannen? Fahren wir.«

»Nein, wir brauchen nicht zu Waku zu fahren. Ich habe einen bösen Traum gehabt«, sagte Togei-Pani. »Bringt mir die Trommel. Ich werde heute den ganzen Tag schamanisieren.«

Togei-Pani hatte einen älteren Bruder, Nensa, der ihn auszulachen begann.

»Vor wem hast du Angst?«, fragte Nensa. »Du wirst doch nicht etwa alt? Du bist alt geworden, du bist unnütz geworden. Wer in Waku-Chudys Zelt würde es wagen, über uns herzufallen? Wir würden diesem tapferen Menschen weder Auge noch Kopf lassen ...!«

Togei-Pani redete lange auf sie ein, nicht zu Waku zu fahren, doch die Truppe bestand darauf. Sie fingen die Rentiere ein, spannten sie vor und fuhren zu Waku-Chudy. Als sie zum Lager kamen, erblickten sie viele Zelte, die auf einem Haufen standen. Bei jedem Zelt hingen der Tür gegenüber Füchse, Polarfüchse und Tücher in allen Farben auf Stangen. Im Lager war es bunt, wie im Herbst in einem verwelkten Wald. Bei Wakus Zelt lagen Götzen auf heiligen Schlitten. Der ganze Reichtum, der rundherum hing, wurde ihnen geopfert. Außerdem gab es viele tote Opfertiere, die Waku-Chudy häutete. Er war in eine leichte Maliza[50] gekleidet und hatte die Kapuze abgenommen. In diesem Augenblick hielt Togei-Pani sein Gespann an. Waku-Chudy ließ seine Arbeit liegen, trat zu ihm und sagte:

»Pani, unsere Leute haben euch Essen bereitet. Esst zuerst und dann werdet ihr arbeiten. Es ist nicht leicht, wilde Rentiere zu fangen.«

Togei-Panis Kameraden hörten, dass das Essen bereit war, und schickten sich an, ihre Sakuis auszuziehen, damit sie diese während des Essens nicht mit dem Blut des rohen Fleisches befleckten.

»Esst hier nicht dieses Fleisch!«, rief Togei-Pani. »Wenn ihr essen wollt, dann esst zu Hause.«

---

50 Maliza: Oberbekleidung aus Rentierfell.

Die Truppe gehorchte und zog sich die Oberbekleidung nicht aus.

Darauf sagte Waku-Chudy:

»Togei-Pani, so schlecht, wie du denkst, so schlecht sprichst du auch. Weshalb hältst du deine Leute zurück? Sollen sie doch essen. Wir machen uns mit dem Opfer den russischen Zaren geneigt. Singen wir ihm ein Lied, um seinen Zorn zu besänftigen. Zieh deinen Sakui aus! Zieh ihn aus!«

Togei-Pani hatte zwei zuverlässige Männer in der Truppe: Jede und Chetschi. Sie entstammten einer Familie mit dem Rufnamen Mar-ik. Waku-Chudy nahm sie an den Händen und führte sie in sein Zelt. Jede ging ungern in das Zelt, Chetschi sträubte sich nicht. Waku führte sie bis zur Tür und sagte zu seiner Frau:

»Mach die Tür auf ...!«

Die Alte öffnete. Waku stieß Chetschi ins Zelt und sagte zur Alten:

»Wenn Chetschi nach Hause geht, gib ihm eine Bullenhaut und Fleisch von einem halben ausgeweideten Tier.«

Jede sträubte sich, doch Waku-Chudy nahm ihn an beiden Händen und stieß ihn auch ins Zelt hinein.

»Frau, wenn Jede nach Hause geht, gib ihm meine Herbst-Maliza. Und meinen Kindern befehle ich, ein altes Rentierweibchen als Fleisch zu fangen.«

Waku-Chudy schloss die Tür des Zeltes und ging zu Togei-Pani. Er schritt schnell. Um Pani herum standen seine restlichen Kameraden. Um den Schlitten ging ein junges, fettes Rentierweibchen, eine Chaptyrka.

Pani erblickte sie und sagte zu den Seinen:

»Das ist keine gewöhnliche Chaptyrka. Wer ist unter uns ein Meister im Fangen?«

Wo hatten sich die Fänger hinbegeben? Sie fanden sich. Einer von Waku-Chudys Leuten sagte:

»Diese Chaptyrka ist mein bestes Rentier. Nehmt sie mir nicht. Nehmt statt ihrer lieber zwei Bullen.«

Waku rief ihm zu:

»Wozu brauchst du sie? Togei-Pani hat sie entdeckt, soll er sie nehmen. Wozu sie bedauern? Hör nicht auf ihn, Pani. Fangt sie! Aber passt auf: Dieses Rentier ist ein Läufer. Man muss sich also gut heranschleichen und es gut an sich gewöhnen, um es zu fangen.«

Die Fänger schlichen sich vorsichtig zur Chaptyrka und fingen sie zwischen den Schlitten. Der Besitzer der Chaptyrka sagte zu Togei-Pani:

»Mein Führer Waku-Chudy hat mir befohlen, euch die Chaptyrka zu geben. Nehmt sie. Nur schlägt sie stark mit den Hufen aus. Aber ich weiß, wie man sich ihr nähern muss. Lasst mich euch sie fesseln helfen.«

»Du denkst, dass mein Mann noch keine störrischen Rentiere gesehen hat? Er fesselt die Chaptyrka ohne dich.«

Aber der Besitzer der Chaptyrka gehorchte nicht. Bevor sich der Mann Togei-Panis mit dem Riemen herangeschlichen hatte, sprang er zur Chaptyrka und fing sie am Geweih.

»Komm jetzt, nimm sie und fessle sie«, sagte er und erschreckte sie heimlich. Sie begann auszuschlagen. Der Besitzer fiel um und ließ das Geweih aus den Händen. Die Chaptyrka lief davon.

»Das hast du absichtlich gemacht«, sagte Togei-Pani.

»Was ist das schon für ein Unglück, dass die Chaptyrka entkommen ist?«, sagte Waku-Chudy als Antwort. »Wir haben sie entkommen lassen, wir werden sie wieder einfangen.«

Die Leute aus dem Lager Wakus fingen Zugtiere ein, spannten sie vor die Schlitten und fuhren davon, um aus ihren Herden für Togei-Pani wilde Rentiere zu fangen. Außerdem spannten sie vor zehn Schlitten je vier Bullen und setzten auf jeden Schlitten einen Halbwüchsigen. Auf einem Schlitten war ein halbwüchsiger Jurake mit Namen Notschi-Nenjag.

»Serdi-Jar ist ein schwerer Mensch«, sagte Waku-Chudy zu seinen Leuten. »Für ihn müssen wir vier junge kastrierte Bullen fangen. Wenn sie zugeritten sind, werden es gute Rentiere werden. Wir müssen sie Serdi-Jar geben.«

Die kastrierten Bullen hatten kein Geweih, denn es war zerbrochen. Sie waren schwer zu fangen. Zehn Männer mussten sie jagen und mit allen Kräften einfangen, so schlecht benahmen sich die Bullen. Als man sie gefangen hatte, sagte Waku:

»Dir, Serdi, haben wir für den Schlitten die Rentiere gefangen. Nimm ein neues Seil und binde sie an einen Baum. Sie sind wild, aber du kommst mit ihnen zurecht. Früher warst du ein guter Mann.«

»Gib her«, sagte Serdi-Jar. »Was werden sie mit mir machen? Ich werde mir jedes ansehen.«

Serdi band sich die Bullen an den Gürtel und führte sie hinter sich fort.

»Jetzt werden wir vier Rentiere für Togei-Pani fangen. Ihm muss man die Chaptyrka fangen, die sich losgerissen hat und davongelaufen ist.«

Die Leute jagten hinter der Chaptyrka her, konnten sie jedoch auf keine Weise fangen. Sie fingen sie nicht, sondern ärgerten das Tier nur. Waku-Chudy ging zu Fuß. Als Togei-Pani an ihm vorbeifuhr, rief ihm Waku-Chudy zu:

»Du siehst, wie wild und schnell die Chaptyrka ist. Meine Leute haben gekämpft, konnten sie jedoch nicht fangen. Togei-Pani, könntest du mich zu dir auf den Schlitten aufsitzen lassen? Wir beide könnten sie schneller fangen. Lass mich aufsitzen ...!«

Togei-Pani fuhr, als ob er die Worte Wakus nicht gehört hätte, schnell an ihm vorbei. So machte er es zweimal und erst beim dritten Mal hielt er seine Rentiere an und ließ Waku-Chudy zu sich auf den Schlitten aufsitzen.

Hinter Togei-Pani fuhren die ganze Zeit drei Leute: Einer war ein Ostjake mit Namen Waisana – auch ein starker Mensch –, der Zweite war der Bruder Wakus und den Dritten kannte man nicht. Sie sahen, wie Waku auf Togei-Panis Schlitten aufsaß. Sie versperrten der Chaptyrka den Weg. Waku-Chudy erhob zweimal seine Hände und warf sein Lasso von hinten auf Togei-Pani. Die drei Leute eilten Waku-Chudy zu Hilfe. Waku-Chudy fiel und Togei-Pani stürzte auf ihn. Der Schlitten kippte um. Pani ließ die Stange und die Rentiere los. Die Männer begannen, sich im Schnee zu wälzen. Die drei, die hinter ihnen gefahren waren, eilten zu Waku-Chudy und fielen über Togei-Pani her. Togei-Pani stand auf und versuchte, alle vier Kraftmenschen an sich zu ziehen.

»Kommt schnell zu Hilfe«, rief Waku-Chudy seinen Juraken zu. »Wir können Togei-Pani nicht aufhalten.«

»Serdi-Jar! Hierher!«, rief Togei-Pani. »Die vier erwürgen mich!«

Serdi wollte laufen, doch hinderten ihn die am Gürtel angebundenen Rentiere. Er zog sie hinter sich her.

»Serdi, wirf mir ein Messer zu!«

Serdi warf ein breites Messer hin. Togei-Pani fing es an der Klinge, Waku aber umklammerte den Griff. Togei-Pani zog am Messer und es zerbrach ...

Als Togei-Pani gefangen wurde, fingen die Juraken auch alle seine zwölf Leute und schleppten sie zu einem Haufen zusammen.

Waku-Chudy nahm eine kleine Schaufel in die Hand und zerschlug allen Gefangenen das Gesicht. Jede und Chetschi schlug er die Zähne aus und Togei-Pani brach er alle Finger.

Die Juraken nahmen die Gefangenen und brachten sie zu den Behörden nach Obdorsk. Der Anführer der Horde der Nenjager ließ Jede und Chetschi frei, die anderen aber kehrten nicht mehr in die Tundra zurück.

Dafür blieben am Fluss Puru von Togei-Pani drei Söhne zurück. Von ihnen aber floss nach und nach die Rache durch die Tundra ...

Lesja

Vielleicht ist es euch bekannt. Die Sache hat sich in der Dudinsker Tundra zugetragen.

... Dort befindet sich die große Bucht eines Flusses. Bei dieser Bucht stand die Horde der Wai. Im Sommer jagten die Wai am Taimyrsee wilde Rentiere. Direkt vom Ufer des Taimyr waren in Richtung Tundra Stäbe aufgestellt. An die Stäbe waren die Federn weißer Rebhühner gebunden. Die Federn bewegten sich im Wind und erschreckten die wilden Rentiere.

Der Anführer der Wai hatte einen Sohn. Er war unter den Wai auch der Kühnste. Im Frühling, wenn sich der Schnee so weit verdichtet hatte, dass er leicht ein Rentier tragen konnte, ging der Sohn des Anführers der Wai in die Tundra hinaus, holte die einjährigen Rentiere ein, fing sie an den Hinterläufen und hielt sie einzeln fest. Wegen seiner Kühnheit nannte ihn das Volk Namnamer[51], denn er war in allem so schnell wie ein einjähriges Rentier. Als die Sommerjagd auf das Wild begann, ging Namnamer allein und zu Fuß weit in die Tundra. Dort fand er eine Herde wilder Rentiere und trieb sie zum Taimyrsee; die anderen Jäger aber standen nur Wache, fuhren mit Booten auf dem Taimyr, fingen die über den Taimyr schwimmenden Rentiere ab und erlegten sie mit Speeren im Wasser.

51 Namnamer: Einjähriger.

Auf der einen Seite des Taimyr standen die Zelte der Wai, auf der anderen Seite, von wo die wilden Rentiere kommen sollten, stand eine Stange mit einem Pfeil – ein Zeichen für den Treiber. Sobald sich die Rentiere aus der Tundra zeigten, trugen die Wai augenblicklich ihre Behausungen ab, damit hinter dem Taimyr kein Anzeichen eines Lagers mehr sichtbar war.

Abseits der Zelte stand ein besonders kleines Zelt. Es war so klein, dass man darin nur sitzen konnte. In diesem kleinen Zelt lebte ein Mensch, den niemand für einen Menschen ansah. Mit ihm lebte seine Großmutter, die ihren Enkel ernährte. Er selbst aber saß in seinem Zeltchen und kroch nicht aus ihm heraus. Deshalb nannten ihn die Wai auch Lesja[52].

Lesja war von mittlerem Wuchs, hatte aber einen großen Bauch. Die Kleidung an ihm war dünn und abgenützt, bestand nur aus Flicken und außerdem war es nicht seine eigene, sondern eine fremde. Das Zeltchen war auch mit einer alten Plane bedeckt, die die Großmutter aus alten Fetzen zusammengesucht hatte, die von reichen Leuten fortgeworfen worden waren. Was für eine Wärme konnte sich darunter schon halten?

Lesja hatte sich schon seit Ewigkeiten nicht mehr gewaschen. Das Zelt war klein. Lesja wälzte sich ständig in der Asche.

Lesja war ein armer Mensch, seine Nachbarn waren reiche Leute mit Rentieren. Wenn sie ihre zahmen Rentiere schlachteten oder wilde Rentiere erlegten, um Fleisch zu erhalten, gaben sie ihm nichts davon. Sie gaben ihm nur die Abfälle: das Bauchfell, die Därme, die Lungen. Die Lungen zuweilen geräuchert, den Bauchfellinhalt zuweilen mit Blut vermischt. Davon ernährten sich Lesja und die Großmutter.

So verbrachten sie den Sommer. Über der Tundra begann es, etwas dunkler zu werden. Es war noch nicht Nacht, aber entfernte Gegenstände zu unterscheiden wurde schwierig.

Die Wai beendeten die Jagd des Tages, zogen den erlegten Rentieren das Fell ab und gingen jeder in sein Zelt. Der schmale Lesja aber kroch an diesem Abend aus seinem kleinen Zelt, setzte sich davor und saß. Er saß lange. Auf einmal hörte er, wie der kühne Namnamer zu seinem Vater sagte:

52 Lesja: fauler Mensch.

»Als ich gegen Ende des Tages die wilden Rentiere durch die Tundra trieb, sah ich in der Ferne viele Menschen. Das müssen Tungusen gewesen sein. Sie hatten viele Rentiere und Schlitten. Aber, Vater, die Tungusen kommen als Krieger zu uns, um unsere ganze Horde zu töten und unsere Reichtümer zu rauben.«

»So wird es sein«, antwortete der Vater. »Im Winter hörte ich, dass die Tungusen es auf unseren Reichtum abgesehen haben. Und damals hörte ich auch, dass sie sich darauf vorbereiteten, zu uns zu kommen.«

Namnamer sagte:

»Vater, als ich die wilden Rentiere jagte, bin ich sehr weit in die Tundra gegangen. Von dort, wo ich die Tungusen gesehen habe, können sie nicht vor drei Tagen zu uns kommen. Die Tungusen habe ich gut gesehen, aber ich weiß nicht, ob auch sie mich gesehen haben.«

Das Gespräch verstummte. Lesja kroch in sein enges Zelt zurück, setzte sich und sagte seiner Großmutter nichts darüber, was er gehört hatte. Lesja schwieg ewig, obwohl er eine Zunge hatte.

Zwei Tage nach dem Gespräch Namnamers mit seinem Vater über die Tungusen (es ist nicht bekannt, ob sie beim Lager wilde Rentiere jagten) nahmen die Wai das Reitgeschirr für den Winter heraus, banden die Tscheljaks[53] an die Schlitten, zogen die Strangriemen durch und bereiteten starke Schleppseile vor. Das ganze schlechte Sommergeschirr tauschten sie durch Wintergeschirr aus, das stark und verlässlich war.

Die Wai bereiteten sich auf die Flucht vor. Lesja legte sich im Zelt schlafen, wälzte sich in der Asche, als ob er nichts gesehen hätte und nichts wüsste. Dafür hatte seine Großmutter Nibija alles gesehen und beobachtet. Sie ging ins Zelt und sagte zu ihrem Enkel:

»Unsere Herren machen sich bereit fortzuziehen. Sie wollen wahrscheinlich weit weg ziehen. An alle Schlitten befestigen sie festes Geschirr.«

Lesja schwieg. Was soll ein schlechter Mensch schon erzählen? Am Abend kroch Lesja wieder aus seinem kleinen Zelt, setzte sich davor und hörte, wie der alte Vater zu Namnamer sagte:

»Morgen in der Früh muss man Lesja in die Tundra schicken, damit er von dort die wilden Rentiere zum Taimyr treibt. Das ganze Leben

53 Tscheljak: Block aus Holz oder Knochen.

lang macht er nichts. Er sitzt nur da und isst unser Essen. Die Tungusen werden ihn töten, aber es ist nicht schade um ihn. Ihm ist es einerlei. Er ist ein schlechter Mensch.«

Die Wai legten sich schlafen. Lesja kletterte in sein Zelt und legte sich auch schlafen. Am Morgen erwachte er und hörte Getöse, Röhren, Stampfen ... Lesja wusste, dass die Hirten die Rentiere der Herren hertrieben. Als die Herde zum Lager der Wai getrieben wurde, kroch ein Mann zu Lesja ins Zelt und sprach:

»Der Herr befiehlt dir heute, in die Tundra zu gehen, um unsere wilden Rentiere zu finden und sie zum Taimyr zu treiben. Namnamer kann nicht in die Tundra gehen, er ist müde. Er hat heute die ganze Nacht seine Rentiere zum Lager gebracht.«

Lesja hörte den Befehl des Wai an, verbeugte sich zweimal und legte sich hin. Er konnte sich nicht in guter Kleidung ausstrecken. In seiner musste er sich krümmen.

»Nun, was ist? Gehst du oder nicht?«, fragte der Mann.

Lesja bewegte sich nicht und schwieg. Der Mann wartete die Antwort nicht ab und ging. Großmutter Nibija versuchte, Lesja zu wecken.

»Steh auf. Du hast gehört: Der Herr schickt dich, wilde Rentiere herzutreiben. Geh!«

»Großmutter, gib mir die Bakasi[54], ich ziehe sie an.«

Lesja erhob sich, zog sich an, umwickelte sich mit Rinde und hörte, dass der Anführer des Wailagers selbst zu ihm ins Zelt kam und laut rief:

»Wo bist du, Lesja? Wohin gehst du?«

Lesja ging ihm aus dem Zelt hinaus entgegen.

»Marschier in die Tundra und treib die wilden Rentiere zusammen«, sagte ihm wieder der Herr des Lagers. »Meine Männer setzen dich in ein Boot über den Taimyr.«

Sie brachten Lesja ans andere Ufer des Taimyr und sagten zu ihm:

»Du gehst in die Tundra und wir ziehen an einen anderen Ort und halten dort bei der hohen Kuppe. Von dort gehen wir zu Fuß zum Taimyr und jagen die wilden Rentiere, die du aus der Tundra hertreibst.«

Lesja schwieg, als ob er nicht gehört hätte.

»Geh dorthin, wohin Namnamer gegangen ist.«

---

54 Bakasi: Schuhe.

Und Lesja ging. Er hatte ein schmales Messer von der Größe eines Fingers bei sich. Mit diesem Messer schnitzte sich Lesja einen Spazierstock aus einer Purpurweide, stützte sich auf ihn und ging wie ein Greis. Er blickte sich zum Zeltlager um. Dort aber zerlegten die Wai bereits die Zelte. Lesja ging langsam. Aber kaum, dass das Volk hinter einem Hügel verschwunden war, beschleunigte Lesja seine Schritte. Und je weiter er ging, umso kräftiger schritt er aus. Er sah zur Seite, seitlich des Weges war nichts zu sehen. Weit vorne sah Lesja einen Hügel. Lesja stieg auf die Spitze und fand dort ein Horn, das mit der Spitze in die Erde gestoßen worden war. Wann war das geschehen? Das war nicht herauszufinden. Wem gehörte es? Das war nicht festzustellen. Das Horn war verfault und rund herum waren Spuren zu sehen. Lesja untersuchte sie, konnte jedoch nicht herausfinden, wer dort gegangen war: ein Rentier oder ein Mensch. Dann fand er menschliche Spuren und hielt sie für die Spuren von Namnamer.

»Von hier also hat Namnamer die tungusischen Krieger gesehen«, dachte Lesja. »Deshalb hat er auch dieses Horn in die Erde gestoßen.«

Seitlich des Platzes erblickte Lesja einen Weg. Er trat hinzu und erkannte, dass der Weg von Menschen getreten worden war. Der Pfad ging zum Taimyr in Richtung des Lagers der Wai. Lesja begriff, dass da die Tungusen gegangen waren, die Namnamer gesehen haben mussten.

Lesja schüttelte sich. Ihm wurde schrecklich zumute. Er kehrte um und folgte seiner Spur zurück. Unterwegs fand er ein wildes Rentierweibchen mit einem Kalb. Es erschrak und lief in die Tundra. Lesja verfolgte es, lief hinter ihm her und lenkte es mit dem Weidenstab seinen Spuren entlang.

»Na, du Rotznase …!«, sagte Lesja. Er trieb das Weibchen ins Wasser und es schwamm mit seinem Kalb über die Bucht.

»Wo sind meine Kameraden? Weshalb empfangen sie mich nicht? Ich habe ihnen zwei Rentiere zugetrieben und sie sehen es nicht. Sie wollten hierherkommen.«

Lesja begann zu rufen, damit man ihn in einem Boot über die Bucht setzen konnte. Doch niemand kam zu ihm gefahren. Lesja stand lange am Ufer. Durchgefroren. Er begann zu weinen. Er stand die ganze Nacht hindurch. Gegen Abend hin wurde es noch kälter. Lesjas Kleidung war schlecht, die Schuhe ebenfalls. Er fror, stand die ganze Zeit und wartete, dass sich jemand an ihn erinnerte und ihn über die Bucht brachte. Plötzlich zuckte Lesja zusammen, als ob er etwas gehört hätte. Als er sich umsah, sah er, dass er von tungusischen Kriegern umgeben war.

Lesja verlor nicht den Kopf. Er lief aus allen Kräften die Bucht hinauf, um sie zu umgehen. Lesja lief am Wasserrand entlang und hinter ihm zischten die Pfeile. Die Tungusen schossen aus zwei Richtungen. Da sprang Lesja ins Wasser und lief aus Leibeskräften. Er lief das Ufer entlang und von seinen Füßen flogen nach allen Seiten die Spritzer und verdeckten ihn wie dichter Nebel. Lesja lief und lief und hörte, dass das Geräusch der Sehnen verstummte und die Pfeile nicht mehr zischten. Er sah sich um: Niemand war hinter ihm; die Tungusen waren weit zurückgeblieben.

Die Bucht war lang. Lesja kam am alten Lagerplatz der Wai an und fand dort nur seinen Schlitten für die Winterzüge. Der Schlitten lag mit den Kufen nach oben, die Rentierunterlage war heruntergerissen, in viele Teile zerrissen und unter den Schlitten geworfen worden. Die Streben und der Kopf des Schlittens waren zerbrochen. Auch die Zeltstangen lagen zerbrochen da.

»Haben mich die Herren vergessen?«, dachte Lesja. »Lebt meine Großmutter Nibija noch? Vielleicht haben die Wai sie getötet, da ich nicht bei ihnen bin.«

Lesja folgte der Spur der Karawane in die Richtung, in die die Wai gezogen waren. Er kam zu der hohen Kuppe, wo sie hatten anhalten wollen, aber dort war kein einziges Zelt. Weder Mensch noch Rentiere ... Nur zurückgelassene Schlitten waren zu sehen. Lesja ging näher und sah, dass überall getötete Wai lagen. Sie waren alle erschossen worden: Der eine war hier, der andere dort getroffen.

»Während ich um die Bucht gelaufen bin, setzten die Tungusen offenbar auf Lederbooten über und überholten mich. Vielleicht waren sie aber bei den Wai, während ich in die Tundra gegangen bin.«

Lesja zählte die Toten. Alle Wai waren ermordet, nur Großmutter Nibija und Namnamer waren nicht darunter. Unter den Wai fand Lesja zehn getötete Tungusen. Er untersuchte die Wunden und erkannte, wie sie getötet worden waren. In jedem Tungusen steckte ein Pfeil Namnamers.

Lesja dachte:

»Namnamer muss geflüchtet sein. Wo ist die Großmutter?«

Das Wetter klarte auf. Der Weg, den die Tungusen gegangen waren, war gut zu sehen. Lesja nahm die Verfolgung auf. Er erkannte, dass die Tungusen die Rentiere der Wai genommen und sie in die Tundra getrieben hatten. Hinter den Spuren der Rentiere war eine Spur eines kleinen Schlittens zu sehen. Lesja nahm an, dass die Tungusen auf ihm seine Großmutter fortzogen.

»Es scheint so, dass die Großmutter lebt«, sagte sich Lesja und machte einen Rundgang um das Schlachtfeld. Bald erblickte er menschliche Spuren. Es waren sechs gewesen und sie waren gelaufen. Lesja dachte, dass eine Spur von Namnamer war und fünf ihm gefolgt waren.

»Sie sind gar weit gelaufen. Wo werde ich sie einholen? Und wenn ich sie einhole, was werde ich mit bloßen Händen ausrichten? Meine Schuhe sind ganz zerrissen. Wie soll ich barfuß gehen? Es ist besser, wenn ich zu den Wai zurückkehre und mich dort umkleide. Im Schlitten Namnamers werde ich einen Reservebogen und Pfeile finden. Ich bewaffne mich und kann ohne Weiteres gehen.«

Lesja kehrte zum Schlachtfeld zurück und suchte alles zusammen, was er brauchte. Er zog sich neue Schuhe an, kleidete sich besser, nahm einen Bogen und Pfeile und folgte wieder Namnamer. Er ging, so schnell seine Kräfte es zuließen. Lesja bemerkte, dass die Tungusen um ihn herumgehen wollten und ihn zur Bucht drängten. Als Lesja ans Ufer der Bucht lief, fand er dort drei getötete Tungusen. In ihnen steckten die Pfeile Namnamers. Namnamer hatte es geschafft, sie zu töten. Zwei aber mussten ihn weiterverfolgen.

Als Namnamer zur Bucht gelaufen war, hatte er einen Fehler begangen. Er war auf eine enge Landzunge gelangt, die er in der Hitze des Gefechts und in der Dunkelheit für einen Damm in der Bucht gehalten hatte. Die Landzunge reichte weit ins Wasser hinein. Namnamer war bis an ihr Ende gelaufen und auf der anderen Seite wieder zurück. Am Ufer entlang zogen sich drei Spuren. Offensichtlich hatten die Tungusen Namnamer gehörig unter Druck gesetzt, da sein Schritt sehr weit war. Auf einmal hörte Lesja ein Stöhnen. Er hielt an und hörte, dass das Stöhnen vom Ufer kam. Er sah sich um, konnte aber nichts erkennen. Man sieht nicht viel in der Nacht.

»Gar stöhnt ein Tunguse«, sagte sich Lesja. »Offensichtlich hat ihn Namnamer verletzt und so stöhnt der Tunguse. Man muss ihm den Todesstoß geben.«

Unter einer großen Steilwand, direkt am Wasser, lag ein Mensch mit dem Gesicht nach unten; zwischen den Schulterblättern ragte ein großer Pfeil heraus. Lesja bückte sich und sah: Kein Tunguse lag da, sondern der schwerverletzte Namnamer. Seine Seele war noch nicht von ihm gewichen, sie hielt sich noch ein wenig. Namnamer erkannte Lesja und sagte zu ihm:

»Als ich um die Landzunge gegangen bin, habe ich nicht zurückgeblickt und zeigte mich deshalb nahe den Tungusen. Sie legten auf mich an und trafen mich in den Rücken. Ich lief lange verletzt; wie ich gefallen bin, erinnere ich mich nicht. Ich bin erst vor Kurzem zu mir gekommen.«

Namnamer ging es schlecht. Er konnte nicht gehen. Lesja sagte zu ihm:

»Du bist schwer verletzt. Ich trage dich zu uns. Vielleicht schleppe ich dich bis zum Zelt. Stirbst du, dann werden wenigstens deine Knochen bei den Deinen liegen. Wenn du unterwegs nicht in meinen Armen stirbst, dann ziehe ich dir beim Zeltlager den tungusischen Pfeil heraus.«

Lesja hob Namnamer hoch und trug ihn zum Zeltlager der Wai. Namnamer starb nicht unterwegs.

»Lesja, zieh den Pfeil heraus«, sagte er.

Lesja zog den Pfeil heraus, dann legte er Namnamer auf einen Schlitten, legte neben ihn getrocknetes Fleisch und Speck, stellte Wasser hin und verpackte Namnamer wie ein Gepäckstück.

»Bleib du jetzt allein liegen«, sagte Lesja zu Namnamer, »ich gehe die Tungusen suchen. Denk nur nicht, dass sie mich umbringen. Den Tungusen sind nur zwei mutige Leute geblieben. Sie waren zu fünft, aber du hast drei von ihnen getötet. Die restlichen werde ich töten. Diese zwei werden nirgendwohin vor mir flüchten. Da sie dich nicht eingeholt haben, werden sie mich erst recht nicht einholen. Sie können nichts gegen mich tun. Ich würde nicht zu den Tungusen gehen, aber mir tut es um Großmutter leid. Sie hat mich unter solchen Qualen großgezogen. Ich gehe und helfe ihr aus der Not. Die Tungusen haben die Großmutter absichtlich fortgebracht, damit jemand von uns ihnen folgt, um sie zu befreien. So gehe ich nun.«

Lesja ging auf den Spuren der fortgetriebenen Herden. Wie weit ging er? Das weiß man nicht. Er ging auf die weite ebene Tundra hinaus. Dort fand er das Zeltlager der Tungusen. Viele Zelte gab es dort. Die Zelte standen ohne Ordnung, dicht und eng. So eng, dass ein Mensch zwischen ihnen nicht hindurch konnte. Abseits aller Zelte erblickte Lesja ein einsames, kleines Zelt.

»Ich werde zuerst dorthin gehen«, dachte er und wartete die Dunkelheit ab.

Die Nacht kam. Lesja kroch zum kleinen Zelt, hob den Rand der Abdeckung hoch und sah, dass im Zeltchen Großmutter Nibija saß. Er ging zu ihr hinein.

»Umsonst hast du deine Seele hergebracht, Lesja«, sagte die Großmutter. »Unter den Tungusen gibt es zwei tapfere Männer. Als wir hergefahren sind, habe ich gesehen, wie diese zwei den schnellen Rentieren nachsetzten und sie einfach mit ihren Händen fingen. Du wirst umkommen.«

Die Großmutter wusste nichts über die Kühnheit ihres Enkels.

»Das macht nichts, Großmutter«, sagte Lesja, »fürchte dich nicht. Ich komme nicht um. Erzähl mir lieber, wo diese zwei mutigen Leute wohnen. Zeig mir ihr Zelt ...«

»Ihr Zelt steht ganz in der Mitte. Dort wohnen sie.«

Lesja machte sich auf, die mutigen Leute zu suchen. Er fand das Zelt und kroch leise in die Mitte. Im Zelt war es dunkel. Nichts war zu sehen. Die Tungusen schliefen fest. Lesja hatte keine Zeit herauszufinden, wer von den Schlafenden der Mutigste war. Und wie sollte er es auch herausfinden? Lesja begann, alle nacheinander zu erstechen, die ihm in die Finger kamen. Nur einer sprang aus dem Zelt und lief davon. Lesja ergriff einen Bogen und verfolgte ihn. Er schoss mit dem Bogen auf ihn, konnte jedoch nichts ausrichten. Die Pfeile trafen, der Tunguse aber fiel nicht und starb nicht.

»Den kann man offensichtlich mit Pfeil und Bogen nicht töten!«, dachte Lesja. »Besser, ich verfolge ihn und erwürge ihn mit meinen Händen.«

Lesja fing und tötete den Tungusen. Es zeigte sich, dass der Tunguse eine eiserne Kleidung trug. Deshalb konnten ihm die Pfeile nichts anhaben. Lesja kehrte zu den Zelten zurück und brachte dort alle Männer um. Die Kinder und Frauen ließ er am Leben, denn sie waren unschuldig.

Die Rentiere im Zeltlager hatten sich alle vermischt. Lesja suchte sich aus der Herde die Rentiere aus, die den Wai genommen worden waren, spannte die vier besten Bullen vor den Schlitten, setzte seine Großmutter Nibija darauf und sagte zu ihr:

»Großmutter, fahr schnell zu unserem Lager. Ich habe dir gute Rentiere eingespannt. Sie werden unterwegs nicht anhalten und nicht vom Weg abkommen. Fahr, ich aber treibe für dich unsere ganze Herde zusammen.«

Zu den tungusischen Frauen sagte Lesja Folgendes:

»Euch lasse ich alle eure Rentiere. Fangt sie ein und geht wieder dorthin zurück, woher ihr gekommen seid. Euer Land werdet ihr auch ohne Männer finden können.«

Lesja kehrte zum Lager der Wai zurück. Er ging zu dem Schlitten, auf dem er den verletzten Namnamer zurückgelassen hatte, nahm die Abdeckung ab, blickte auf Namnamer und sagte zu ihm:

»Du lebst! Es ist gut, dass du wieder gesund wirst.«

»Ich bin schon fast ganz genesen, nur laufen kann ich nicht. Die Wunde ist von oben getrocknet.«

»Es wird langsam heilen«, sagte Lesja zu Namnamer. »Jetzt brauchen wir uns vor nichts mehr zu fürchten. Die Tungusen haben wir alle umgebracht. Wir brauchen mit niemandem mehr zu kämpfen. Auch flüchten müssen wir nicht. Es ist gut, wenn du wenigstens langsam gehen kannst.«

»Nein, Lesja, wir müssen noch kämpfen«, sagte Namnamer. »Ich habe von Vater gehört, dass die Tungusen sechs mutige Leute hatten. Wir haben nur fünf umgebracht. Der Verwegenste unter ihnen ist noch am Leben. Die Tungusen werden so oder so zu uns kommen. Weshalb hast du sie nicht alle getötet?«

Der Winter begann. Lesja und Namnamer warteten auf die Ankunft der Tungusen. Jede Nacht bewachten sie abwechselnd ihr Zeltlager. Großmutter Nibija kochte ihnen das Essen. Nibija lebte mit ihrem Enkel in einem Zelt zusammen und Namnamer wohnte von ihnen getrennt.

Einmal kam Lesja in der Nacht von der Wache ins Zelt, um zu essen.

Die Großmutter schlief noch nicht. Namnamer saß bei ihr im Zelt. Er war schon fast ganz genesen. Lesja setzte sich, Pfeile und Bogen in den Händen, neben Namnamer. Bis die Großmutter das Essen bereitet hatte, war Lesja eingeschlummert. Er hörte nicht, wie der letzte mutige Tunguse zu ihm ins Zelt gekrochen kam.

»Wie geht das?«, sagte der Tunguse, als er Namnamer erblickte. »Ich habe von den Meinen gehört, dass Namnamer getötet wurde, aber er lebt noch! Aber dann soll es so sein. Ich fürchte mich jetzt nicht mehr vor Namnamer. Ich muss zuerst Lesja töten, da er die Unseren allein umgebracht hat.«

Der Tunguse riss den Bogen hoch, um einen Pfeil auf Lesja zu schießen, doch die Großmutter fuhr dazwischen. Sie stand vor dem Tungusen auf und verdeckte mit ihrem Körper den Enkel.

»He!«, sagte der Tunguse. »Ich habe einen kräftigen Bogen. Ich schieße durch die Alte durch. Der Pfeil geht durch beide.«

Der Tunguse begann, die Sehne zu spannen. Es schien, als ob Lesja zusammenzuckte. Er schlug den Kopf in die Abdeckung des Zeltes, zerriss sie und sprang nach draußen.

Großmutter Nibija, die der tungusische Pfeil durchstoßen hatte, fiel tot zu Boden.

Namnamer schaffte es auch, aus dem Zelt zu springen und davonzulaufen, aber seine Wunde riss auf. Er fiel nieder und starb.

Lesja blieb allein. Er wusste nicht, was er tun sollte. Das Zelt war ganz von Tungusen umstellt. Da warf er sich direkt auf sie, durchstieß den Kreis und lief in die Tundra. Hinter ihm her lief Pjadewo[55] selbst.

Sie liefen den ganzen Winter lang. Der Sommer begann. Die Flüsse brachen auf, aber Pjadewo ließ Lesja keine Ruhe: Er jagte und jagte ihn. Lesja lief zu einem anderen großen Fluss. Der Fluss versperrte ihm den Weg.

»Ich muss so oder so sterben!«, dachte Lesja. »Im Wasser ertrinke ich, am Ufer tötet mich Pjadewo … Ich werde über den Fluss springen.«

Lesja nahm Anlauf, sprang über den Fluss, fiel auf den Köcher und zerbrach die Pfeile. Was nun? Lesja dachte kurz nach, holte aus dem Köcher die Pfeilstücke heraus und verteilte sie auf seinen Spuren. Einen Pfeil stieß er mit der Spitze nach oben in das Ufer des Flusses.

---

55 Pjadewo: bunte Winterjacke.

»Vielleicht fange ich hier den Tungusen?«, dachte Lesja und lief weiter.

Pjadewo sprang in vollem Lauf über den Fluss und stürzte.

»Lesja, wohin läufst du?«, rief er aus. »Ich habe mich an deinem Pfeil gestochen. Der Pfeil steckt in meinem Fuß. Komm, töte mich ...!«

Lesja blieb stehen und dachte nach:

»Wie werde ich zu ihm gehen? Pjadewo ist vielleicht ein Schamane. Was werde ich dann mit ihm machen? Pjadewo hat sich den Fuß durchstoßen, na, dann soll er liegen. Wenn er auch ein Schamane ist, sofort wird er nicht gesund. Wenn sein Fuß geheilt sein wird, bin ich weit fort von hier.«

Lesja kehrte zu seinem Zelt zurück. Großmutter Nibija und Namnamer fand er tot. Die Tungusen waren alle Pjadewo gefolgt.

Lesja saß lange da und sagte dann zu sich:

»Was soll ich da neben den Toten sitzen? Was soll ich von ihnen erwarten? Wie soll ich allein leben? Ich gehe lieber die Horde der Wai suchen. Vielleicht finde ich irgendwo Verwandte von Namnamer.«

Lesja stand auf und ging in die Tundra. Lange ging er. Von fern sah er ein Zeltlager.

Er ging zu den Zelten. Es zeigte sich, dass es das Lager der Wai war. Lesja erzählte ihnen alles über die Schlachten und ließ sich im Zelt des Führers der Horde nieder.

Der Führer hatte zwei Töchter. Eine gab er Lesja zur Frau. Lesja heiratete und willigte ein, mit dem Schwiegervater zusammen in einem Zelt zu leben.

Lesja machte aus Gänsefedern viele kleine Flaggen und jagte mit den Flaggen den ganzen Winter über wilde Rentiere. Mit der Frau lebte er freundschaftlich. Einmal nähte seine Frau für Lesjas Füße einen warmen Sack aus Rentierhaut und sagte leise zu ihm:

»Lesja, sei vorsichtig auf der Jagd. Im Lager hat man sich gegen dich verschworen. Die Leute sagen: ›Lesja ist ein Dreckskerl! Wie konnte er mit den Tungusen fertigwerden? Er selbst hat alle Wai umgebracht und auch den mutigen Namnamer.‹ Sieh dich vor.«

Lesja schwieg, doch hörte er gespannt zu.

Es war ein frostiger Tag. Es tobte ein starker, kalter Schneesturm. Die Wai versammelten sich zur Jagd und riefen Lesja zu sich. Lesja zeigte sich nicht. Ob Schneesturm oder nicht, ob Nebel oder nicht, Lesja wusste, wo die wilden Rentiere zu finden waren. Sie schickten die Treiber aus. Lesja fuhr mit dem Schwiegervater auf einem Schlitten. Beider Beine waren in Fellsäcke gehüllt. Lesja saß auf der Windschattenseite, der Schwiegervater lenkte die Rentiere. In seinen Händen hielt er eine dünne Stange mit einer scharfen Spitze und die Zügel. Der Schwiegervater hielt die Rentiere an. Lesja wandte ihm den Rücken zu und begann, eine Pfeife zu rauchen. Der Schwiegervater erhob unbemerkt die Stange, zielte und schleuderte sie mit aller Kraft gegen Lesjas Kopf. Lesja war gewandt. Er beugte den Kopf und sprang vom Schlitten. Die Stange flog vorbei und drang in die Rückenlehne des Schlittens.

Lesja nahm die Stange und gab sie dem Schwiegervater.

»Großvater«, sagte er, »sag mir: Warum wolltest du mich töten?«

»Das habe ich absichtlich gemacht, um deine Kühnheit zu erproben! Weshalb sollte ich dich töten wollen?«

Lesja sagte nichts mehr. Sie setzten sich auf den Schlitten und fuhren weiter. Gegen Abend kehrten sie von der Jagd zurück. Sie legten sich schlafen, doch der Schlaf kam nicht. Lesja konnte nicht einschlafen und wälzte sich von einer Seite auf die andere; auch der Alte wälzte sich herum.

So verging ein Monat.

Lesja stand einmal früh am Morgen auf und sagte zu seinem Schwiegervater:

»Großvater, gib mir Rentiere. Ich möchte auf Besuch fahren.«

Der Schwiegervater lehnte nicht ab. Lesja spannte die Rentiere ein und fuhr davon. In der Tundra entdeckte er ein einsames Zelt. Er fuhr hin. Im Zelt waren eine alte Frau und ihre Tochter.

Aus den Gesprächen erfuhr Lesja, dass die alte Frau die leibliche Schwester seiner Großmutter Nibija war. Danach sagte sie zu Lesja:

»Über dich, Lesja, verbreiten sich die Nachrichten weit. Dein Schwiegervater ist kein einfacher Mensch. Er verkehrt mit russischen Anführern. Der Alte verdächtigt dich, dass du die reichen Wai umgebracht hast und nicht die Tungusen. Sieh zu, dass dir dein Schwiegervater nichts Böses antut. Mein Mann ist auch kein einfacher alter Mann. Er kommt bald nach Hause.«

»Wohin soll ich mich wenden, Großmutter?«, fragte Lesja. »Ich bin zu Verwandten gekommen. Hier werde ich auch übernachten.«

Am Abend kam der Mann der alten Frau. Er war alt, aber sehr groß. Beim Treffen mit Lesja begann er, ihn über die Schlacht auszufragen.

Lesja erzählte dem alten Mann alles so, wie es sich zugetragen hatte. Er erzählte, wie er Namnamer gerettet hatte, wie er die Tungusen niedergestreckt und getötet hatte und wie der Schwiegervater Lesja auf der Jagd hatte erstechen wollen.

Der alte Mann hörte ihn zu Ende an und sagte:

»Du hast uns viel erzählt, Lesja, nur glaubt dir niemand. Auch ich glaube es nicht. Wie kannst du solche Dinge tun? Du bist doch ein Faulpelz. Woher hast du solche Kühnheit? Nicht die Tungusen haben die Wai getötet, sondern du selbst hast sie im Schlaf ermordet. Du hast sie deshalb umgebracht, weil sie dich schlecht behandelt haben. Über deinen Schwiegervater hast du auch nicht die Wahrheit gesagt.«

»Der Schwiegervater wollte mich mit der Stange erstechen, aber ich schaffte es, auszuweichen«, antwortete Lesja. »Sieh dir am Morgen den Schlitten an und du wirst sehen, wie die Lehne an ihm durchschlagen ist.«

»Den Schlitten kannst du selbst beschädigt haben, sagst aber, dass es der Schwiegervater war. Ich glaube dir nicht. Jetzt lasse ich dich nicht mehr von mir fort.«

Am Morgen nahm der Alte ein Beil, fällte zwei junge Lärchen und band sie als Unterstützung an den Schlitten, um Lesja und sich hinaufzusetzen und ihn zu den Russen zu bringen. Dann fing der Alte zwei große und lange Rentierbullen, spannte sie vor den Schlitten und sagte zu Lesja:

»Setz dich von der Seite auf den Schlitten, denn du fährst mit mir. Ich bin ein schwerer Mensch, aber ich fürchte dich nicht: Diese Männchen werden dein Gewicht nicht spüren. Ich lege die ganze Ladung auf sie, setze mich selbst hinauf und es macht nichts: Die Rentiere ziehen. Fahren wir.«

Lesja setzte sich zum großen alten Mann auf den Schlitten. Sie fuhren los. Ein Weg war gebahnt, die Rentiere liefen leicht. Sie kamen zu einem großen See. Auf dem See lag lockerer Tiefschnee. Auf der anderen Seite des Sees waren viele russische Hütten. Am Ufer standen die Anführer. Als die Rentiere auf den See liefen, hielt sie der Alte zurück.

»Nirgends gibt es bessere Rentiere als diese«, sagte der Alte zu Lesja. »Sie sind stark und schnellfüßig. Über den See gibt es einen gebahnten Weg zu den Hütten und die Rentiere laufen gut. Nur über den See selbst werden wir so fahren: Ich werde auf dem Schlitten sitzen und du springst in den Schnee und läufst neben dem Weg. Hier hast du die Stange und die Zügel, führe die Rentiere und treibe sie mit der Stange gut an. Wenn du nicht hinter meinen Rentieren zurückbleibst, dann nehme ich dich in Schutz, wenn du aber zurückbleibst, dann brauchst du keinen Schutz. Die Anführer wissen selbst, was sie mit dir machen.«

Wir kennen Lesja. Wir haben gesehen, dass er sehr schnell das Wasser entlanggelaufen ist, dass er allein alle tungusischen Krieger getötet hat, neben wilden Rentieren hergelaufen ist. Nun sehen wir noch einmal auf seine Kühnheit. Dafür stehen am anderen Ufer des Sees die Russen, vor denen der Alte gewarnt hat.

Lesja nahm die Zügel in die eine Hand und in die andere die Stange, sprang vom Weg auf die Seite und versank bis zum Gürtel im Schnee, aber er fürchtete sich nicht vor der schweren Prüfung. Er bezwang beide Rentiere und lief neben dem Weg her. Er lief, die Hand spannte die Zügel nicht. Die Rentiere konnten Lesja nicht überholen.

Hinter Lesja stob der Schnee wie in einem Sturm. Der Alte saß auf dem Schlitten und rief:

»Lesja, treib das Rentier in der Gabeldeichsel gut an! Stoß es stärker mit der Stange!«

Der Alte dachte, dass Lesja im Schnee versinken und stehen bleiben würde. Aber Lesja blieb nicht zurück. Er lief nebenher und schlug die Rentiere so, dass das Fell in Büscheln von ihnen flog. Auf der Haut blieb eine kahle Spur.

Der Alte sah mit eigenen Augen, dass Lesja ein verwegener Mensch war, fürchtete um seine Rentiere und rief ihm zu:

»Lesja, lauf langsamer! Langsamer! Du treibst die Rentiere zu sehr! Langsamer ...!«

Lesja tat, als hörte er nicht: Er putzte mit der Stange den Rentieren die Seite und lief selbst durch den tiefen Schnee.

Lesja flog wie ein Schneesturm über den großen See, lief auf das Steilufer hinaus zu den russischen Hütten und blieb erst dort stehen.

Die Rentiere waren erhitzt und konnten sich nicht auf den Beinen halten. Lesja war nicht müde und nicht außer Atem ...

Nun sahen alle, wer Lesja war und von welcher Kühnheit.

Lesja wurde nicht bestraft ...

Nachwort

Diese Übersetzung sibirischer Märchen, Mythen und Legenden basiert auf einer Sammlung von Michail Oscharow, der in den Zwanziger- und Dreißigerjahren des letzten Jahrhunderts Geschichten sibirischer Völker zusammengetragen hat. Wir folgen dabei dem mündlichen Charakter der Überlieferung, wie er von Oscharow aufgezeichnet wurde, denn die Märchentradition war zum Zeitpunkt der Sammlung noch eine rein mündliche, wenn man von einigen westlichen Märchensammlern absieht, die ebenfalls versucht haben, die noch lebendige Tradition festzuhalten. Diese Charakteristik wird besonders am Märchenbeginn und am Ende sichtbar, an denen der Erzähler ein paar persönliche Worte an das Publikum richtet. Auch erscheinen manche Erzählungen von der Komposition her nicht ganz so geschliffen, um nicht zu sagen: abgeschliffen, wie die Märchen aus der deutschen oder russischen Tradition.

Oscharows Werk dürfte kaum rezipiert worden sein. Anders ist es nicht zu erklären, dass einige Mythen und Legenden hier zum ersten Mal dem deutschsprachigen Leser zugänglich gemacht werden können. Es kann sein, dass dieser Umstand gerade dadurch zustande kam, dass Oscharow die Geschichten nur auf Russisch publiziert hat und sie somit den Forschern in den jeweiligen Sprachfamilien schwerer zugänglich waren. Denn den Märchen, die auch schon auf Ungarisch erschienen sind, war eine Vermittlung in die deutsche Sprache leichter. Aber auch der zweite Vermittlungsstrang, nämlich der über die DDR, funktionierte bei einigen Märchen nicht, obwohl hier etwa Übersetzungen von Thomas Reschke vorliegen.

Dass diese Sammlung im beinahe allerletzten Moment der Historie dieser Völker geschah, zeigt uns die Tatsache, dass die meisten Nachfahren der Erzähler (mit Ausnahmen) sesshaft geworden sind und sich immer mehr an das russische Leben assimilieren, womit früher oder später auch die Sprachen der Völker aussterben werden und mit ihnen das Verständnis für die Märchen und Gebräuche.

Es ist wenig bekannt, wie Oscharow zu seiner Sammlung gekommen und wie sie vor sich gegangen ist. Fest steht, dass er in seiner Arbeit die damals im Russischen üblichen Volksnamen verwendete. Da es im heutigen Sprachgebrauch keinen Unterschied zwischen Nenzen und Juraken gibt, ist es nicht ganz klar, wie er diese Völker tatsächlich unterschieden hat. Mit den Ostjaken meinte Oscharow wahrscheinlich ein Volk, dass man jetzt Keten nennt. Dies lässt sich aus den Ortsnamen in den Märchen schließen, denn die Chanten, die damals ebenfalls Ostjaken genannt wurden, leben in einer anderen Region. Es ist anzunehmen, dass Oscharow diese Geschichten entlang des Jenisseis und seinen Nebenflüssen gesammelt hat.

Die Eigennamen, die in den Geschichten der jeweiligen Volkssprachen vorkommen, wurden in der im Deutschen allgemein gebräuchlichen lateinischen Umschrift für das Russische geschrieben.

Die folgende Tabelle soll einen Eindruck über die Größe und die Sprache der hier erwähnten Völker vermitteln.

Bezeichnung	**Sprache**	**Personen**
Ewenken	Ewenkisch: eine mandschu-tungusische Sprache	~ 35 000
Dolganen	Dolganisch: eine Turksprache	~ 7 200
Ostjaken (Keten)	Ketisch: eine paläosibirische Sprache	~ 1 500
Nenzen / Juraken	Nenzisch (Jurakisch): eine finno-ugrische Sprache	~ 41 000

Anders als im Westen genießt Oscharow gerade unter den Ewenken auch heute noch einen besonderen Ruf, da er mit seiner Romantrilogie »Der große Arglsch« eine Art Nationalepos der Ewenken erschaffen hat. Dies konnte jedoch nicht verhindern, dass er im Dezember 1937 den stalinistischen Säuberungen zum Opfer gefallen ist.

Glossar

Zu den Märchen der Ewenken

Boe: Anrede an einen jungen Mann.
Burunduk: Streifenhörnchen.
Choglen: Großer Bär (Sternzeichen).
Chorolge: Auf dem Boden liegt noch etwas.
Chulelgo: nicht der Anfang.
Kaira: Oberbekleidung aus Fell mit einem Ausschnitt vorne.
Koderorun: Schaber.
Kumolge: ausgeleert.
Mani: Orion.
Momura: Schellente.
Njangtal: Zedernwurzeln.
Ningtyl: Fersen.
Omylgo: Es wird etwas weniger.
Oran: Stromschnelle.
Oron: Rentier.
Palma: an einem langen Schaft befestigtes Messer.
Ponjaga: Brett mit Tragriemen zum Transportieren für Beile, Nahrung und für Beute.
Sarana: eine sibirische Lilienart.
Suglan: Zusammenkunft, Versammlung.
Tschamdalen: ein ewenkisches Volk.
Tschina: Adlerhorst.
Tschutschun: runder Schaber.
Turga: Stock, Stab.
Tygalge: bis an den Rand.
Ukon: Tauchente.
Uschilge: die Hälfte.

Zu den Märchen der Dolganen

Laida: sumpfiger Platz, der mit Moos bedeckt ist.
Lontschak: junges Rentier.
Njuk: Stück aus Rentierfell, mit dem das Zelt bedeckt wird.

Zu den Märchen der Ostjaken

Kuk: So bezeichnen die Ostjaken den Jenissei.
Myrak: ein böser Geist.
Wetka: kleines, ausgehöhltes Boot.

Zu den Märchen der Nenzen

Bakar: Schuh.
Detsche: der Jenissei bei den Nenzen.
Jangai-Parawy: krumm, verbrannt.
Jastwa: Delikatessen.
Mady: Nenzen.
Narte: eine Art Schlitten.
Sakui: Oberbekleidung aus Fell.

Zu den Märchen der Juraken

Arschin: russ. Längenmaß, ca. 0,7 m.
Bakasi: Schuhe.
Lesja: fauler Mensch.
Limbytsch: Friedensfahne.
Maliza: Oberbekleidung aus Rentierfell.
Mangabi: Armer.
Meiro: kerngesunder Mensch.
Namnamer: Einjähriger.
Padewy: kurze Oberbekleidung für den Winter.
Pjadewo: bunte Winterjacke.
Rasluka: ein Querriemen.
Tajum-basa: Unbesiegbarer.
Teto: Reicher.
Tscheljak: Block aus Holz oder Knochen.

Weitere Titel aus dem Verlag
Edition Liaunigg

KINDERBÜCHER

Grigorij Oster, Alexander Strohmaier:

- **101 lustige Matheaufgaben Band 1.** (ISBN: 978-3-902712-01-1)
  Der lustige Mathespaß für Kinder ab 8. Grigorij Osters absurd-komische Textaufgaben begeistern Jung und Alt.

- **101 lustige Matheaufgaben Band 2.** (ISBN: 978-3-902712-02-8)
  Märchenhafte Szenen, Alltagssujets sowie Verbrecherjagten und Krimigruseleien regen Mädchen wie Buben zum Lesen, Verstehen und Rechnen an.

- **101 lustige Matheaufgaben Band 3.** (ISBN: 978-3-902712-03-5)
  Mit Menschen, Tieren und Phantasiefiguren lernen Grundschüler den Übergang vom konreten zum abstrakten Denken. Und das mit viel Humor!

Alle drei Bände sind von Alexander Strohmaier kongenial illustriert.

RUSSISCHE FRAUENLYRIK AUS DER EMIGRATION (russisch/deutsch)

Ella Bobrowa:

- **Irina Istomina.** (ISBN: 978-3-902712-07-3)
  Als ihr Vater verhaftet und deportiert wird, ändert sich auch für Irina Istomina das Leben grundlegend.

Natalie Fischer:

- **Jederzeit.** (ISBN: 978-3-902712-05-9)
  Ist Wien eine Gummizelle? Gibt es da gestiefelte Wellen? Beißen dort Wolkenhunde? Wie viel hat eine beschwipste Tram getrunken? Ja, und die Schwalben? Fensterfremd?

SPORT

Jack Daniels:

- **Die Laufformel.** (ISBN: 978-3-902712-00-4)
  Mit der *Laufformel* von Jack Daniels wissen Sie jeden Tag, wenn Sie die Laufschuhe schnüren, warum Sie die Trainingseinheit gerade so laufen und nicht anders.